STUMME JULE

HÜNNEBECK & WENDT

DIE AUTOREN

Marcus Hünnebeck gehört zu den erfolgreichsten Thriller-Autoren Deutschlands. Seine Bücher erreichen regelmäßig die vordersten Positionen in den Bestsellerlisten und begeisterten inzwischen weit über eine Million Leser. Besonders mit der Reihe um die beiden Hauptkommissare Robert Drosten und Lukas Sommer hat er sich in der Gunst der Leser nach vorne geschrieben. Nachdem er im Ruhrgebiet aufgewachsen und danach viele Jahre im Rheinland gelebt hat, wohnt er inzwischen in Hamburg.

Kirsten Wendt-Hünnebeck veröffentlicht seit 2011 Sachbücher und Romane und gehört zu den etablierten Autoren der deutschen Selfpublisher-Szene. Die im Jahr 1970 geborene Nordfriesin hat zwei erwachsene Kinder und liebt es, mit ihrem Mann durch die Welt zu reisen.

Bei ihren ersten gemeinsamen Romanen handelte es sich um romantische Komödien, *Opferraum* und *Bruderlos* waren ihre ersten gemeinsamen Thriller. Mit *Stumme Jule* starten sie eine Thrillerserie im Nordseeumfeld.

DAS BUCH

Nina hält ein Champagnerglas in der Hand. Sie weiß von den K.-o.-Tropfen im Getränk und spürt den gierigen Blick des Mannes in ihrem Nacken. Unbemerkt schafft sie es, den Champagner auszukippen. Kurz darauf täuscht sie Schwindel vor. Der Mann führt sie zum Bett … und erlebt dort sein blaues Wunder.

Monate später freut sich Ninas Schwester Jule auf Baltrum über einen Pensionsgast, der sich im Winter zwei Wochen bei ihr einquartiert. Doch schon in der ersten Nacht hört sie, wie er heimlich im Haus herumschleicht. Am nächsten Morgen stellt sie ihn zur Rede. Er behauptet, Polizist zu sein und einen auf der Insel lebenden Frauenmörder zu jagen, der seit vielen Jahren auf dem Festland tötet. Trotz der Beweise, die er ihr vorlegt, zweifelt sie an seinen Worten. Will er sich in Wahrheit an Nina rächen?

Als eine Sturmflut über die Nordseeinsel fegt, spitzen sich die Ereignisse dramatisch zu. Abgeschnitten von der Außenwelt beginnt nicht nur für Jule ein Kampf um Leben und Tod.

Stumme Jule: Nordsee-Thriller

1. Auflage, März 2022

Covergestaltung: © cover.artwize.de

Lektorat: Ruggero Leò
Korrektorat: Kirsten Wendt

Herausgeber:
Marcus Hünnebeck
Heimweg 6, 20148 Hamburg

ISBN der Printausgabe: 979-8425473028

Alle in diesem Roman geschilderten Handlungen und Personen sind frei erfunden. Ähnlichkeiten mit lebenden oder verstorbenen Personen sind zufällig und nicht beabsichtigt.

1

NINA

Meine Oma wäre nicht auf John reingefallen. *He hett Geld as Schiet*, wäre ihr knappes Urteil gewesen, sie hätte kaum merklich den Kopf geschüttelt und die Lippen zusammengepresst. Aussagekräftige Gesten hatte sie mindestens so viele auf Lager wie plattdeutsche Lebensweisheiten. Auf Platt lässt es sich ohnehin besser fluchen als auf Hochdeutsch, *Schiet* klingt nun mal harmloser als die wortgetreue Übersetzung. Geld wie Heu zu haben war für Oma jedenfalls höchst verdächtig. Sie misstraute Kerlen, die auf dicke Hose machten. *Nina, pass op, sien Höhner leggen Gooseier*, hätte sie mich gewarnt.

John, der neben mir am Steuer eines mattschwarzen Land Rovers sitzt, ist so ein Kerl. Seine Hühner würden tatsächlich Gänseeier legen. Für ihn zählt nur höher, weiter, schneller – ein richtiger Angeber und Lackaffe eben. Ich erkenne seinen Charakter auch ohne den Rat meiner Großmutter, gebe ihm aber, was er braucht. Erfolgsverwöhnte Männer lieben das Gefühl, angehimmelt zu werden. Kess räkle ich mich auf dem Beifahrersitz und befeuchte meine Lippen mit der Zunge. Nur ein bisschen, das reicht, um ihn heiß zu machen. Dazu biete ich einen verführerischen Ausblick auf meine Beine, die in hauchdünnen, schwarzen Strümpfen stecken.

Johns Manschettenknöpfe glitzern mit den silbernen Armaturen des Luxuswagens um die Wette, und die Lichter der Straßenlaternen spiegeln sich in den Pfützen, während wir durchs nächtliche Hamburg rauschen. Beim Abbremsen vor der Zufahrt zur Tiefgarage lacht er auf, als eine Ladung Wasser von der Straße bis zum Gehweg spritzt.

»Schade, dass da keiner stand. Den hätte ich schön eingesaut«, jubelt er schadenfroh. »Von oben bis unten nass. Das wäre ein Spaß geworden!«

»Und du hättest seine Reinigung bezahlen müssen.«

»Ist mir scheißegal, den Jux wär's wert!«

Neugierig beuge ich mich vor, um mir einen besseren Eindruck von der Einfahrt zu machen. Wir sind im noblen Stadtteil Harvestehude angekommen – hier müsste seine Adresse sein, zumindest seinen Prahlereien zufolge. Nicht schlecht. Johns Wohnung gehört zu einer der Toplagen direkt an der Alster.

»Sind wir schon da? Ist es diese weiße Villa?«

»Na klar, was hast du denn erwartet? Denkst du, ich hab dir zu viel versprochen? Ich hasse Mittelmaß.« Er fährt wieder an, stoppt neben einem Kartenlesegerät und hält eine schwarze Chipkarte davor. Sofort bewegt sich das Zugangstor zur Seite. In der Garage angekommen, parkt er schwungvoll ein. Ein dicker Schlitten reiht sich hier an den nächsten. Die Autotür öffnet er mir nicht. Auch ohne anständige Manieren ist es möglich, ein arrivierter Geschäftsmann zu sein. Vielleicht bringt man es als Rüpel sogar besonders weit. Er macht eine ausladende Armbewegung in Richtung Fahrstuhl. »Geil, oder?«

»Allerdings«, sage ich. Wir betreten den Aufzug, und er benutzt erneut seine Chipkarte. Darauf scheinen alle Informationen gespeichert zu sein, die das interne Sicherheitssystem benötigt, denn wir fahren auf direktem Weg ins Penthouse nach oben.

Die luxuriöse Maisonette übertrifft meine Erwartungen um Längen, und ich blase ihm weiter Zucker in den Hintern. »Das sieht ja aus wie in *Schöner Wohnen.* Allein die Möbel sind der Hammer. Mir gefällt dieser Stil!«

»Bauhaus«, erklärt er. »Möbel betrachte ich grundsätzlich als Investition, damit kannst du nichts verkehrt machen. Die meisten Leute meinen ja, teuer sei automatisch gut. Aber die haben keine Ahnung. Wer sich ein bisschen mit dem Thema beschäftigt, kommt schnell zum Schluss, dass die wahren Klassiker nie aus der Mode kommen. In Möbel sollte man investieren!«

»Da spricht ein Kenner. Woher weißt du das alles? Bist du so aufgewachsen?« Ich folge John in die moderne Küche, meine High Heels habe ich im Flur ausgezogen und spüre das warme Eichenparkett unter den Füßen.

»Nee, ganz im Gegenteil. Das Wissen hab ich mir selbst angeeignet. Bei mir zu Hause gab's keinen silbernen Löffel im Mund, sondern harte Arbeit. Ohne Knete keine Fete. War ein Standardspruch meines Vaters. Das ist das einzig Brauchbare, was ich aus meiner Kindheit mitgenommen habe.« Er öffnet den Kühlschrank und befördert eine Flasche Champagner auf den hohen Tresen. »Setz dich.« Er weist auf einen Barhocker. »Willst du das Geheimnis meines Erfolges wissen?«

»Klar. Ich möchte nämlich auch so ein tolles Sofa haben«, antworte ich lächelnd. Ich schaue zur eleganten Sitzgelegenheit im Wohnbereich und schiebe ihm zwei Champagnerschalen zum Einschenken zu.

»Sofa ...« John schmunzelt überheblich.

Ich wusste es. Er hält sich wirklich für den Größten und mich für unglaublich blöd. Besser könnte es gar nicht laufen. »Das ist kein banales Sofa, Ninchen, das ist eine Liege von Le Corbusier. In diesem speziellen Design übrigens nur ganz schwer zu bekommen, da braucht man Kontakte. Bitte nenn es also nicht Sofa, einverstanden? Das klingt ein bisschen provinziell und steht einer Lady wie dir nicht zu Gesicht.«

»Kein Problem. Aber bitte nenn mich nicht Ninchen, okay?« Bei aller Liebe, so viel Zeit muss sein. Ich heiße Nina.

»Sorry, kommt nicht wieder vor, aber *Süße* ist erlaubt?«

»Absolut. Gegen *Süße* hab ich nichts einzuwenden.« Wir prosten uns zu, trinken jedoch noch nicht. John hat offensichtlich Redebedarf, also lausche ich brav seinen Worten.

»Weißt du.« Nachdenklich setzt er sich auf den Hocker neben mich und stellt sein Glas wieder ab. »Ich hab eines Tages beschlossen, mir zu nehmen, was ich will. Wenn ich das nicht getan hätte, wäre ich bis heute ein Niemand. Kannst du dir vermutlich bei diesem Wohlstand gar nicht vorstellen, oder?«

Ich schüttle den Kopf. »Ehrlich gesagt, nein. Du wirkst, als wären dir Selbstbewusstsein und Erfolg in die Wiege gelegt worden.«

»Tss, das wäre schön. Von wegen.«

Er seufzt tief und legt eine Hand auf mein Bein. Hübsche Finger hat er immerhin. Schmal und kräftig, keine patschigen Wurstgriffel.

»Alles hart erwirtschaftet. Sieh dir zum Beispiel die Gemälde an, das sind keine Drucke aus dem Möbelhaus, sondern echte Kennerstücke. Ich bin mit einem Kunsthändler aus Leipzig befreundet, der weist mich auf entsprechende Werke hin. Diese Beziehungen gepaart mit meinem Riecher fürs Geschäft – zack, bumm, und den Sack zugemacht. So geht Business, Nin... Süße.«

In sexy Pose neige ich mich ihm zu, aber er ist noch

nicht mit seinem Vortrag fertig. Männer hören sich schrecklich gern selbst reden, da muss sogar die Aussicht aufs Vögeln warten. Na gut, zur Feier des Tages heuchle ich Interesse. »Also, ich finde deinen Wohlstand erstaunlich. Ich kenne viele Leute, die aus einfachen Verhältnissen stammen, sehr fleißig sind und trotzdem nur zweitausend im Monat verdienen. Wieso ist das bei dir anders? Wie lautet deine Zauberformel?«

»Die gibt es nicht. Ich nehme eher an, ich bin ein Getriebener, weil ich nie mehr dahin zurückwill, wo ich herkomme. Es ist ... Ach, egal, ich sag's einfach.« Er schnauft und scheint Hemmungen zu haben, mich einzuweihen. Dabei ist das gar nicht nötig. Wir haben schließlich beide das gleiche Ziel, allerdings weiß das nur einer von uns. »Früher wurde ich gemobbt. Ich war ein richtiges Mobbingopfer.«

»Was? Du?« Ich reiße meine Augen auf. »Oh Mann, das tut mir leid, John, damit hätte ich nun echt als Allerletztes gerechnet.«

»Tja. Veränderung ist möglich. Ich war jedenfalls früher ein völlig anderer. Mit Freundlichkeit und Zurückhaltung kommt man nicht weiter, das hab ich schmerzlich am eigenen Leib erfahren. Darum hab ich beschlossen, die Seiten zu wechseln. Jetzt bin ich derjenige, der nimmt, und nicht andersrum. Lebt sich deutlich besser auf diese Weise.«

»Darauf sollten wir anstoßen.«

»Gute Idee. Auf das Leben. Cheers!«

Nachdem ich einen kleinen Schluck getrunken habe, rutsche ich damenhaft vom runden Ledersitz und zupfe mir den Rock zurecht. »Entschuldige, darf ich mal deine Toilette benutzen? Nur schnell die Nase pudern.«

»Klar, einmal um die Ecke, zweite Tür links. Aber lass dir nicht ewig Zeit, sonst wird die Sehnsucht zu groß.«

»Keine Sorge, bin gleich wieder bei dir.«

Ich hauche ihm einen Luftkuss zu und verschwinde ins Bad. Rasch verschließe ich die Tür und atme durch. Endlich einen Moment allein zum Verschnaufen und Nachdenken. Zuerst setze ich mich auf die Toilette, aber sitzend kann ich mich nicht konzentrieren. Im Stehen werde ich ruhiger, mustere mein Spiegelbild. Weshalb John wohl ausgerechnet mich ausgesucht hat? Warum passe ich in sein Beuteschema? Mit etwas Menschenkenntnis sollte er erkennen, dass ich *ihn* gewählt habe, und nicht er mich. Bisher bin ich immer davon ausgegangen, einen starken Frauentyp zu verkörpern, aber vielleicht war das auch nur Wunschdenken. Er hält mich für leichte Beute. Glaubt nicht jede Frau von sich, weiblich und selbstbewusst zugleich zu sein? Nun, John wird schon bald feststellen, dass sich diese Eigenschaften nicht gegenseitig ausschließen. Ich erledige den Mistkerl! Er hat nämlich eine besondere Leidenschaft und betäubt Frauen mit K.-o.-Tropfen, um sich dann an ihnen zu vergehen. Beim sexuellen Missbrauch benutzt er ein Kondom. Ist er fertig mit den perversen Machenschaften, wäscht er seine Opfer gründlich. Nur keine Rückschlüsse auf seine Person hinterlassen, fein säuberlich alle Beweise vernichten.

Anschließend setzt er die Geschändeten vor der Stadt auf einsamen Straßen aus. Weit draußen, damit sie möglichst lange nach Hause brauchen und er in Ruhe seine Spuren verwischen kann. Eine einzige Frau hat bislang Anzeige gegen ihn erstattet, doch weil sie keine Beweise für seine Täterschaft vorlegen konnte, ist das Verfahren im Sande verlaufen. Ich habe mit mehreren Betroffenen gesprochen. Bis auf die eine hat ihn keine weitere angezeigt. Teils aus Scham, teils aus Überzeugung, den Drecksack nicht überführen zu können. Man ist halt mitgegangen, hat sich auf einen Flirt eingelassen und war angeblich leichtsinnig. Jede Frau auf der Welt kennt das Problem: Wer nicht zufällig Opfer eines wildfremden, aus dem Gebüsch springenden Täters ist, hat schlechte Karten. Die öffentliche Meinung zu kurzen Röcken, hohen Schuhen und rotem Lippenstift scheint seit Jahrhunderten manifestiert zu sein. Wer nicht besser aufpasst, ist selbst schuld. Am besten, wir laufen auch im Hochsommer mit Rollkragenpullovern und unförmigen Hosen herum, damit die Männer nicht in Versuchung geraten. Welch Hohn!

Zusätzlich befürchteten meine Gesprächspartnerinnen, dass ihre Beweisführung durch ein weiteres Manko erschwert wäre, nämlich durch das Fehlen von Kameras im Gebäude. Das ist leider richtig. Ich habe unten in der Parkgarage erfolglos nach Überwachungskameras Ausschau gehalten. Da John direkt ins Penthouse fährt, trifft man auch keine anderen Leute, die als Zeugen dienen könnten. Heute werden sich diese Tatsachen nicht zu seinen Gunsten auswirken.

Ich strecke den Rücken durch und nicke mir im Spiegel selbst aufmunternd zu. Auf geht's.

Ich verlasse das Bad und kehre zu John zurück, der mir das aufgefüllte Champagnerglas reicht. Mit Sicherheit hat er meine Abwesenheit genutzt, um mir seine K.-o.-Tropfen zu verabreichen.

»Danke«, wispere ich. Provokant setze ich das Glas an meine Lippen.

Er soll ruhig ein bisschen zappeln.

Verstohlen beobachtet er mich aus dem Augenwinkel, während er einen Schluck trinkt. »Mir gefällt dein Style.« Er nickt bewundernd und nimmt mit den Augen Maß.

Wie ich das hasse.

»Ich finde, du passt perfekt in mein kleines Reich, haha!«

Höflich lache ich und spaziere mit dem Glas in der Hand einige Schritte zu einer großen Skulptur, die mitten im Raum steht und den Essbereich vom Wohnzimmer abtrennt. Soll wohl modern sein, ist aber hässlich. »Wow, das nenne ich mal eine coole Statue!«

»Skulptur. Dicke Berta, sagt dir das was?«

»Was? Du findest mich zu dick?«, gebe ich in gespieltem Entsetzen zurück. »Da klingelt bei mir nichts, nein.«

»Ach, ist egal, an dem Werk hat sich die Künstlerin orientiert. Und nein, ich finde dich ganz und gar nicht zu dick, sondern genau richtig. Am besten kann ich das allerdings ohne Kleidung beurteilen ...«

Er dreht mir am Küchentresen kurz den Rücken zu, um sein Getränk abzustellen. Ich nutze die Gelegenheit und kippe blitzschnell meinen Champagner in eine hohe Vase, die hinter mir auf einem Sideboard steht. In der Eile erkenne ich nicht, ob ein Tropfen danebengegangen ist. Wird schon geklappt haben, Hauptsache, John merkt nichts.

Zielstrebig kommt er auf mich zu und legt seine Hände auf meine Hüften.

Ich schmiege mich sanft an ihn. »Warte, ich stell eben mein Glas weg.«

»Nicht nötig, das übernehme ich.« Er nimmt mir das leere Glas ab und platziert es neben der Vase, ohne mich aus den Augen zu lassen. »Du bist so wunderschön. Der kleine Schwips steht dir ausgezeichnet.«

»Hm«, murmle ich und lasse mich küssen. Er soll glauben, dass die K.-o.-Tropfen bereits ihre Wirkung entfalten. Lasziv knutsche ich, als sei ich ein Spät-Hippie auf Droge, während er mich gekonnt ins Schlafzimmer dirigiert. »Wie gut du küsst.« Ich atme schwer und stelle mir vor, Uschi Obermaier zu sein.

Seine Lippen wandern zu meinem Ohr, kaum hörbar flüstert er: »Ich kann noch ganz andere Sachen gut, du wirst dich wundern.« Widerlich schiebt er mir seine Zunge in den

Gehörgang. »Oder auch nicht«, fügt er in boshaftem Ton hinzu.

»Was?« Meine Beine geben an der Bettkante nach, ich sinke rücklings auf die dunkelgrün bezogene Matratze. »Ich fühl mich so schummrig. Was hast du gesagt?«

»Lass mich nur machen, das ist der Sex, der dich betört.«

Er schiebt mich quer übers Laken, und ich verstumme scheinbar sediert. Gierig begrapscht er meinen Körper. Er hält sich nicht mit Nebensächlichkeiten wie Unterschenkeln oder Hals auf, sondern zerrt am Dekolleté und BH, quetscht grob meine Brustwarzen.

»Du geiles Stück hast nur drauf gewartet. Jetzt besorg ich's dir so richtig, du Schlampe!«

Ich ertrage seine immer brutaler werdenden Griffe genau bis zu dem Moment, an dem er sich an meinem Unterleib zu schaffen macht. Ruckartig winkle ich mein rechtes Bein an, versetze ihm einen harten Kinnhaken und trete ihm in die Eier. John stürzt überrumpelt vom Bett, und ich springe auf.

»Du Miststück, scheiße, was soll das?«

Konzentriert verpasse ich ihm einen Tritt gegen die Schulter. Er schreit vor Schmerz auf, berappelt sich aber zügig und greift nach meinem Bein, sodass ich ins Straucheln gerate.

»Lass mich los, du Arsch!« Bei seinem Versuch, aufzustehen entwinde ich mich seinem Griff und springe mit einem Satz hinter ihn. »Na, Johnny, bist du immer noch scharf drauf, es mir zu besorgen? Bist wohl doch nicht mehr so fit, was?«

Wütend stemmt er sich auf. Ich balle die Fäuste und gehe in kleinen Schritten rückwärts aus dem Schlafzimmer. Dabei fixiere ich meinen Gegner und denke an die effektivsten Nahkampftechniken. Seit der Kindheit trainiere ich diverse Kampfsportarten und genieße das Gefühl der Überlegenheit, das sich immer einstellt, wenn man seinen Gegner überrascht. Dies ist ein solcher Moment, in dem ich die Erfahrungen nutzen kann, um ihn einzuschüchtern, zu provozieren und letztendlich zu besiegen.

Johns Gesicht ist hochrot vor Schmerz und Wut. Er stürmt auf mich zu und will mich zu Fall bringen, doch außer einiger unbeholfener Schläge in die Luft gelingt ihm nichts. Er schnappt sich eine bunte, schwere Schale. Drohend hebt er das Ding hoch und zielt damit auf meinen Kopf. Ich weiche zur Seite aus und gebe ungewollt den Weg ins Wohnzimmer frei, in das er beinahe der Länge nach hineinfällt. Die Schale fliegt ihm aus der Hand und landet in der gläsernen Tür zur Dachterrasse. Das Glas zerspringt leicht, das Wurfgeschoss endet kaputt auf dem Fußboden im Wohnzimmer.

Seine Stimme überschlägt sich, halb krabbelt er, halb hinkt er zu dem guten Stück. »Die war von Hermès! Aua! Ich bring dich um! Ich hab mir die Hand gebrochen oder so. Verdammter Mist!«

»Von Hermès? Ich dachte, die machen nur Tücher. Du hast bestimmt auch eine Gehirnerschütterung, du Ärmster.«

Er hangelt sich am Türgriff hoch, rüttelt daran, kann die Balance nicht finden. »Du bist so unfassbar primitiv. Das bezahlst du alles, Fräulein, du hast hier alles zerstört! Das war ein Sammlerstück aus Paris!«

Ich stehe direkt hinter ihm und überlege, ihm noch eins überzubraten, doch er stolpert unkontrolliert nach draußen in die Dunkelheit. Seine Hose hängt in den Kniekehlen, er blutet aus dem Mund – vermutlich hat er sich beim Kinnhaken auf die Zunge gebissen. Auf einmal dreht er sich zu mir um und schwankt hin und her. Ohne nachzudenken, versetze ich ihm mit beiden Händen einen Stoß, damit er mich nicht zu fassen bekommt. Er fällt rücklings über das niedrige weiße Geländer in die Tiefe. Im feinen Harvestehude gelten wohl keine TÜV-Bestimmungen.

»Aaaaah!«

Es klatscht nach höchstens zwei Sekunden auf. Ich renne hinterher und schaue hinab. Wir sind im fünften Stock, er ist bestimmt tot. Oder? Doch John ist nur auf einem Vordach gelandet, trotz der kärglichen Beleuchtung erkenne ich wenige Meter unter mir Bewegungen. Er lebt.

»Hilfe!«, stöhnt er ins Leere.

Ich zische herunter: »Sei leise, sonst helfe ich dir nicht!«

»Ich brauche einen Arzt!«

»Du sollst still sein. Ich komme gleich. Muss mal sehen, wie ich das anstelle.«

»Da ist ein Fitnessraum im vierten Stock, durch den musst du durch. Beeil dich, ich glaub, ich sterbe!«

»So schnell stirbt man nicht. Weißt du doch am besten.«

Ich verlasse die Dachterrasse, gehe in die Küche und durchwühle die Schränke, bis ich eine Packung Gefrierbeutel finde. Anschließend hole ich vom Sideboard mein Champagnerglas, befördere es mit spitzen Fingern in eine Gefriertüte, verschließe den Zipper und wickle vorsichtshalber einige Lagen Küchenpapier darum. Schnell noch die Schuhe angezogen, dann nichts wie weg. Nachdem ich die Wohnung verlassen habe, entscheide ich mich für die Treppe und suche im dunklen Hausflur die Tür zum Fitnessraum. Licht anzuschalten wage ich nicht, um keine Nachbarn auf mich aufmerksam zu machen. Im Gym irre ich nervös durch einige Räume, bis ich den Ausgang nach draußen finde. Vielleicht dient der Bereich als Raucherecke, jedenfalls wirkt die Stelle, wo John aufgeschlagen ist, nicht sonderlich heimelig. Als ich neben ihn trete, liegt er in unveränderter Position mit merkwürdig verdrehten Gliedmaßen da. »Sieht nicht besonders bequem aus, wie du da liegst.«

»Ich kann mich nicht bewegen. Hilf mir!«

»Bin ich Arzt oder was? Guck mal, was ich hier habe.« Triumphierend schwenke ich das eingewickelte Glas hin und her. »Das lass ich in einem Labor untersuchen, wenn du nicht die Klappe hältst. Die Rückstände der K.-o.-Tropfen, die du mir unterjubeln wolltest, werden dort problemlos nachgewiesen.«

»Du bist ja total hysterisch. Ich spüre meine Beine nicht mehr! Ich glaub, ich bin gelähmt. Damit kommst du nicht durch. Du hast mich zum Krüppel gemacht!«

»Du solltest dir gut überlegen, was du von dir gibst. Ich weiß über dich Bescheid. Reihenweise hast du Frauen betäubt und vergewaltigt. Falls du wirklich im Rollstuhl landest, tut mir das nicht leid. Du hättest es absolut verdient. Karma is a bitch.«

Er fängt an zu heulen, schluchzt wie ein Baby. Fassungslos schaue ich auf das Häufchen Elend am Boden. Was für eine Memme, ausgerechnet mich anzuwinseln. *He is een Keerl as een Pund Wurst.* Oma, ich fühl wie du.

Ich greife in seine Hosentasche, sein Heulen wird lauter. »Keine Sorge, ich steh nicht auf dich, ich suche nur dein Handy. Bin ja kein Unmensch. Wo ist es?«

»Andere Seite.«

»Hast du kapiert, was du tun sollst? Wenn du mich erwähnst, trenne ich die Verbindung.«

»Ja, mach hin, du blöde Kuh!«

Ich verzichte auf einen Fußtritt, wähle die Notrufnummer 112 und halte John sein Handy ans Ohr.

»Hallo, John Sievers hier, ich bin gestürzt und kann mich nicht mehr bewegen. Bitte schicken Sie schnell einen Rettungswagen ans Alsterufer, es ist dringend!«

Die Frau in der Notrufzentrale verspricht, sofort jemanden vorbeizuschicken. Ich gebe ihm Gelegenheit, die weiteren Fragen zu beantworten, trenne die Verbindung und lege das Handy ein paar Meter von ihm entfernt auf den Boden. Langsam beuge ich mich vor und flüstere ihm eine Warnung ins Ohr: »Ich warne dich. Es ist besser, wenn sich unsere Wege nicht mehr kreuzen. Auf Nimmerwiedersehen.«

2

LEANDER

Kalter Regen peitscht mir ins Gesicht. *Na toll!* Auf der Fahrt hierher nach Neßmersiel war es trocken, teils sogar sonnig. Ausgerechnet jetzt, während ich mit ungefähr dreißig anderen Menschen darauf warte, auf die Fähre nach Baltrum zu gelangen, beginnt es zu regnen. Ich ziehe die Kapuze weit über den Kopf. Ist das ein schlechtes Omen für mein Vorhaben? Oder einfach nur typisch wechselhaftes Nordseewetter?

Von der Fähre, die gerade angelegt hat, steigen höchstens fünfzehn Personen. Mitten im Februar hat das Ostergeschäft und damit die neue Saison noch nicht begonnen. Derzeit reisen bloß Einheimische oder hartgesottene Touristen auf die Nordseeinsel. So wie ich. Zumindest gebe ich vor, ein Urlauber zu sein, dem Wind und Wetter nichts anhaben können.

Ich besteige die Fähre, und einer der Mitarbeiter begrüßt mich mit einem freundlichen »Moin«, das ich lächelnd erwidere. Niemand soll daran zweifeln, dass ich mich auf die nächsten Wochen freue.

Der größte Teil meines Gepäcks liegt in einem regengeschützten Container, den ein Kran aufs Schiff befördert. Nur von der schwarzen Umhängetasche habe ich mich nicht getrennt. Darin stecken zu wichtige Unterlagen, die ich nicht aus der Hand geben will. Ich betrete den geschützten Innenbereich der Fähre und schaue mich um. Hinweisschilder führen mich nach unten, wo ein Kiosk für die Reisenden Getränke und kleine Snacks im Angebot hat. Noch ist die Verkaufsstelle geschlossen. Es wäre schön, während der halbstündigen Überfahrt in den Genuss eines warmen Kaffees zu kommen. Vorläufig setze ich mich auf eine der vielen Bänke und rutsche bis zum Fenster durch. Hier im Hafen ist die See recht ruhig, hoffentlich bleibt das so, denn ich weiß nicht, wie seemannstauglich mein Magen ist. Die letzte Fahrt mit einem Schiff liegt Jahre zurück. Ich lasse den Blick über die wenigen anderen Menschen gleiten, ohne etwas zu registrieren, das mich misstrauisch stimmt. Niemand schenkt mir Aufmerksamkeit.

Ein paar Minuten später begrüßt der Kapitän seine Gäste, weist auf die Möglichkeit des Ticketkaufs an Bord hin und wünscht uns allen eine gute Reise. Die Fähre setzt sich langsam in Bewegung. Kurz darauf öffnet der Kiosk seine Pforte. Da es auffällig wäre, auf einem Schiff die Tasche überallhin mitzunehmen, lasse ich sie auf dem Tisch liegen und gehe zu der kleinen Verkaufsstelle. Das nächste »Moin«. Ich bestelle einen Kaffee und einen Schokoriegel. Zurück an meinem Platz nippe ich an dem heißen Getränk. Dabei bemerke ich einen ungefähr sechs Jahre alten Jungen, der mich neugierig mustert. Seine Mutter sitzt mit dem Rücken zu mir und bekommt unseren intensiven Blickkontakt nicht mit. Ich sehe dem Jungen in die Augen. Zu meiner Überraschung wendet er nicht den Blick ab. Aus einem Impuls schneide ich eine Grimasse. Im ersten

Moment wirkt er überrascht, dann grinst er breit. Nun habe ich die Aufmerksamkeit der Mutter gewonnen. Sie schaut über die Schulter. Beinahe entschuldigend hebe ich die Hand.

»Hallo. Sie haben einen netten Sohn.«

Die Frau lächelt. »Hat er versucht, Sie niederzustarren? Das ist seit ein paar Monaten seine Masche, mit der er sich die Zeit auf der Fähre vertreibt.«

»Fahren Sie öfter aufs Festland?«

»Einmal die Woche zur Logopädin.« Sie beugt sich zu ihrem Sohn und streichelt ihm über den Kopf. »Klaas macht große Fortschritte. Im Sommer kommt er in die Schule.«

»Wow! Dann beginnt für dich ein spannender neuer Abschnitt.«

Klaas schaut mich weiter neugierig an, ohne ein Wort zu sagen.

»Ich bin übrigens Leander. Freut mich, dich kennenzulernen, Klaas.«

»Mich auch«, erwidert der Junge nun.

Seine Mutter wechselt die Sitzposition, damit sie sich bei unserem Gespräch nicht verrenken muss. »Was verschlägt Sie auf die Insel? Der Februar ist ein ziemlich rauer Monat.«

»Genau so gefällt es mir«, behaupte ich. »Zwei Wochen Urlaub.« Ich tippe auf meine schwarze Tasche. »Ich schreibe meinen ersten Roman. Einen Krimi. Was gibt's dafür Besseres als heulenden Wind und peitschenden Regen?«

»Sie ziehen sich also extra auf die Insel zurück, um zu arbeiten?«

Ich nicke. »Zu Hause bin ich ständig abgelenkt. Da kriege ich in zwei Wochen keine zwanzig Seiten zusammen.«

»Wo kommen Sie unter?«, fragt die Frau.

»Haus Jule.«

Ein flüchtiges Lächeln huscht übers Gesicht der Insulanerin.

»Sie kennen die Besitzerin offensichtlich«, stelle ich fest.

»Jule ist eine bezaubernde junge Frau. Mit einer interessanten Lebensgeschichte.«

Bei den letzten Worten senkt sie die Stimme. Ist ihr dieses Urteil unangenehm? Norddeutschen sagt man nach, eher verschlossen zu sein. Für Insulaner gilt das angeblich im doppelten Ausmaß. Zur Mutter des Kindes passt diese Charakterisierung nicht. Ich nutze die Chance, etwas über meine Gastgeberin zu erfahren. »Darf ich mich zu Ihnen setzen?«

Sie nickt. Ich wechsle den Platz. »Sie haben das Interesse eines angehenden Schriftstellers geweckt. Was wissen Sie über Jules Lebensgeschichte?« Ich spreche leise genug, dass uns niemand belauschen kann.

»Jules Eltern sind nicht auf der Insel geboren, sondern haben sich kurz nach der Hochzeit auf Baltrum niedergelassen und ein Hotel übernommen. Damals trug es einen anderen Namen. Dann kamen die Mädchen, und als Jule zehn Jahre alt war, schien es die Mutter nicht mehr auszuhalten. Ein Familienleben auf der Insel zu organisieren ist manchmal eine Herausforderung.« Wie zur Bestätigung streichelt sie ihrem Sohn erneut übers Haar. »Aber Jule und ihr Vater wollten ihr Leben auf Baltrum nicht aufgeben. Die Ehe ging in die Brüche. Die Mutter zog mit Nina zurück, Jule und ihr Vater blieben. Schon vor seinem Tod hat er das Hotel nach seiner Tochter benannt, die ihn und seine Träume immer unterstützt hat.«

»Spannend. Mal gucken, ob ich das in mein Manuskript einarbeiten kann.« Ich klopfe auf die Tasche.

»Verraten Sie Jule nicht, von wem Sie das wissen.«

»Ehrenwort. Können Sie mir noch mehr interessante Details über die Insel verraten?«

Auf der restlichen Fahrt erhalte ich Informationen, die man teilweise in Fremdenführern nachlesen kann. So erfahre ich, dass die Insel ins sogenannte Ostdorf und Westdorf aufgeteilt ist. Jules Hotel liegt im Westdorf. Klaas' Mutter empfiehlt mir mehrere Cafés, in denen man besonders leckeren und hausgemachten Kuchen serviert. Dann nennt sie mir noch ein paar Restaurants, gibt aber gleichzeitig zu bedenken, dass Jule ebenfalls warme Speisen von sehr guter Qualität im Angebot hat. »Wenn Sie bei Jule essen, machen Sie nichts falsch. Da Sie einen Krimi schreiben, empfehle ich Ihnen übrigens einen Spaziergang zu unserem wunderschönen Friedhof.«

»Ich liebe Friedhöfe.«

»Dann werden Sie unseren im Ostdorf ganz besonders mögen.«

»Wir besuchen da oft meine Großeltern«, sagt Klaas.

»Väterlicherseits«, ergänzt seine Mutter. »Ich bin eine Zugezogene. Für manche Einheimische noch immer.« Sie lacht ohne eine Spur von Bitterkeit.

»Wo sind Sie geboren?«, erkundige ich mich.

»Im Ruhrgebiet. Tief im Westen.« Sie lächelt.

Ob ihre Herkunft ihre offene Art erklärt?

Der Kapitän meldet sich noch einmal zu Wort. Er kündigt an, dass die Fähre in wenigen Minuten anlegt und beim Ausstieg die Kartenkontrolle stattfindet. Danach wünscht er seinen Gästen einen angenehmen Aufenthalt auf der Insel.

»Wissen Sie, wie Sie zum Hotel kommen?«, fragt meine Gesprächspartnerin.

»Jule hat mir einen Plan geschickt. Sah nicht schwierig aus.«

»Ist es auch nicht. Wenn Sie die Fähre verlassen und Ihr

Gepäck vom Container geholt haben, gehen Sie geradeaus und biegen am Nationalpark-Haus rechts ab. Sie laufen am Flugplatz entlang, und sobald der rechts von Ihnen liegt, nehmen Sie die erste Möglichkeit links und dann direkt wieder rechts. Da kommen Sie an der Inselschule und der katholischen Kirche vorbei. Kurz darauf haben Sie Ihr Ziel schon erreicht.«

»Das klingt einfach.«

»Das Hotel liegt ideal, um die Insel zu erkunden. Sie werden bestimmt eine schöne Zeit haben.«

Ein paar Minuten später steigen wir gemeinsam von der Fähre, und ich verabschiede mich von ihnen. Klaas' Mutter vermutet, dass man sich in den nächsten Wochen garantiert über den Weg laufen wird. Ich stelle mich vor ein noch abgesperrtes Areal und warte darauf, mein Gepäck aus dem Container zu holen, den ein Kran an Land hievt. Dann gehe ich los. Interessiert schaue ich mich um. Hier verbringe ich also die nächsten vierzehn Tage. In der Luft liegt der Geruch nach Pferdeäpfeln, den ich als Stadtmensch nicht unangenehm finde. So etwas habe ich seit ewigen Zeiten nicht gerochen. Der Himmel ist während der Überfahrt aufgerissen, dafür weht mir ein starker Wind um die Nase. Nach dem Flugplatz biege ich links ab. Auf beiden Seiten des Weges stehen zwei Strandkörbe. In einem von ihnen sitzt eine in warme Kleidung eingepackte Frau, die mir ein Lächeln schenkt. Rechts komme ich an einem Sportplatz vorbei, auf dem zwei Fußballtore und auch eine Weitsprunggrube zur körperlichen Ertüchtigung einladen. Ich wende mich nach rechts und überfliege ein Hinweisschild. Der Sportplatz gehört zur Inselschule und darf außerhalb der Unterrichtszeiten von allen Kindern benutzt werden.

Kurz nachdem ich die Kirche *St. Nikolaus* hinter mir gelassen habe, entdecke ich an einem dreistöckigen Gebäude das Schild *Haus Jule*. Ich bleibe stehen und mustere das in die Jahre gekommene Hotel. Auf den zweiten Blick bemerke ich ein Hinweisschild des Restaurants, von dem Klaas' Mutter gesprochen hat – und über das ich schon Bescheid wusste.

Ich betrete das Gebäude. Hinter der Rezeption steht niemand. Ich warte ein paar Sekunden, dann drücke ich eine Klingel. Es dauert nicht lange, bis eine Frau aus einem Nebenraum tritt. Sie sieht meinen Koffer und lächelt.

»Herr Wächter?«, fragt sie.

»Leander Wächter, hallo.«

»Herzlich willkommen auf der schönsten Nordseeinsel Deutschlands. Kleine Insel, große Liebe. Sie werden hoffentlich erfahren, warum das unser Leitspruch ist.«

Jule tritt hinter die Rezeption und schlägt ein auf dem Pult liegendes Buch auf. Ich begutachte sie. Jule ist Ende zwanzig, hat schulterlanges, blondes Haar, ist schlank und hat fein geschnittene Gesichtszüge. Ihr Gesicht ist leicht gerötet, vielleicht von der Arbeit in der Gaststätte? Sie blättert eine Seite in dem Buch um und hakt meinen Namen ab. Falls sie meinen Personalausweis sehen will, würde ich ihr ein Exemplar vorlegen, mit dem ich zwar keine Flughafenkontrolle passieren könnte, das aber für eine flüchtige Musterung ausreichen sollte.

»Die Hälfte des Betrags haben Sie ja schon überwiesen. Den Rest begleichen Sie bei der Abreise«, erklärt sie. »Haben Sie online die Kurkarte erworben?«

Ich nicke. »Brauchen Sie die zur Kontrolle?«

»Nein. Die wird bei der Abreise von der Insel eingescannt. Sie müssen die nicht mit sich führen. Ich habe Ihnen Zimmer zwölf vorbereitet. Ist mein schönstes Zimmer. Theoretisch haben Sie derzeit die freie Auswahl, falls Sie abergläubisch sind, was die Zahl Zwölf betrifft. Ein Bett frisch zu beziehen ist schnell erledigt.«

»Freie Auswahl? Bin ich der einzige Gast?«

»Ist im Februar nicht ungewöhnlich. Ich hab derzeit nur Restaurantgäste. Das Hotelgeschäft zieht im März wieder an.«

»Lohnt es sich dann überhaupt zu öffnen? Sonst könnte ich mich nach einem anderen Hotel umsehen. Ich will Ihnen keine Umstände bereiten.«

»Ganz im Gegenteil. Ich freue mich über Ihren Aufenthalt. Kommen Sie, ich zeige Ihnen, wo es Frühstück gibt und wo Sie auch jeden Mittag und Abend speisen können. Ihr Gepäck können Sie ruhig stehen lassen. Hier auf der Insel kommt nichts abhanden.«

Schweren Herzens stelle ich meine Tasche zum Koffer und folge ihr durch zwei Türen. Sie führt mich in ein schön dekoriertes Restaurant. Blau-weiße Farben dominieren, auf einigen freien Flächen stehen maritime Dekoartikel: Muscheln, Buddelschiffe, eine Angel in Miniaturformat. An den Wänden hängen verschiedene Flaggen. Momentan sind etwa acht Gäste anwesend, die mich interessiert mustern. Ich hebe meine Hand zum Gruß. »Moin.« Manche der Gäste antworten, ein etwa fünfzigjähriger Mann mustert mich mit finsterer Miene, ohne einen Ton zu sagen.

»Frühstück serviere ich normalerweise von acht bis halb elf. Mittags hat das Restaurant zwischen eins und drei geöffnet, abends ab halb sechs. Falls Sie gerne zu einer anderen Uhrzeit frühstücken möchten, wäre das derzeit kein Problem.«

»Acht Uhr ist perfekt.«

»Also darf ich eher morgens mit Ihnen rechnen?«

»Ja.«

Wir gehen wieder zur Rezeption zurück. »Zimmer

zwölf liegt in der ersten Etage. Soll ich Ihnen beim Gepäck helfen?«

»Nicht nötig.«

Die erste Etage erreichen wir über eine nicht allzu breite Treppe, die an manchen Stellen knarrt. Im Treppenhaus hängen Schwarz-Weiß-Fotografien mit Inselmotiven an den Wänden. Jule führt mich an zwei Zimmern vorbei, ehe sie vor einer Tür stehen bleibt, an der in goldfarbenem Messing eine *12* in Augenhöhe angebracht ist. Jule hält eine Schlüsselkarte an den Türgriff. Es summt, und die Tür springt ein kleines Stück auf.

Ich betrete den Raum, der auf der Homepage des Hotels mit einer Größe von zweiunddreißig Quadratmetern angegeben wird.

»Oh schön«, sage ich sofort.

Jule lächelt. »Ich habe vor vier Jahren renoviert und alle Räume mit neuen Möbeln ausgestattet. War finanziell ein Kraftakt, aber die Reaktionen der Gäste fallen ziemlich eindeutig aus.«

»Haben Sie sich beraten lassen oder alles selbst ausgesucht?« Ich schiebe meinen Koffer über die Schwelle.

»Allein.«

»Spricht für Ihren Geschmack.«

»Danke.«

Ein breites Boxspringbett steht vor einer weiß gestrichenen Wand. Ein Anker in blauer Farbe zieht meine Aufmerksamkeit auf sich. »Haben Sie den auch gezeichnet?«

Jule lacht. »Nein. Das habe ich Profis überlassen.«

Eine Couch, von der aus man den idealen Blick auf den Fernseher an der Wand hat, ergänzt das Mobiliar ebenso wie eine Ecke mit Tisch und bequem aussehendem Stuhl, von dem aus man aufs Wattenmeer hinausblickt. An der

Wand neben dem Zugang zum Badezimmer steht zudem ein zweiteiliger Kleiderschrank aus Ahornholz.

»Die Schreibecke ist ideal für mein Vorhaben«, sage ich.

»Was planen Sie in den nächsten zwei Wochen?«

Ich öffne meine Umhängetasche und ziehe einen prall gefüllten Ordner heraus. »Rechercheunterlagen.« Ich lege den Ordner auf den Tisch und packe meinen Laptop daneben. »Seit langer Zeit träume ich davon, einen Roman zu schreiben. Aber irgendetwas kommt zu Hause immer dazwischen. Deswegen habe ich letztes Jahr Urlaub angesammelt, um mich zwei Wochen am Stück zurückzuziehen. Bis zu meiner Abreise will ich jeden Tag fünfzehn Seiten verfassen.«

»Verraten Sie, worum es in dem Roman geht? Oder ist das ein Geheimnis?«

»Solange Sie niemandem davon erzählen. Ich schreibe einen Thriller über eine Frau, die Jagd auf Männer macht. Sie setzt ihr gutes Aussehen ein, um ihre Opfer für deren vermeintliche Sünden zu bestrafen. Keiner der Männer übersteht die Begegnung mit meiner Hauptfigur unverletzt, manche von ihnen werden sogar für immer körperliche Schäden davontragen.« Während ich ihr davon erzähle, begutachte ich ihre Mimik. Nichts deutet darauf hin, dass sie misstrauisch wird.

»Klingt mir zu gruselig. Aber falls das Buch ein Erfolg wird, lade ich Sie gern zu einer Lesung in der Gaststätte ein.«

»Deal«, erwidere ich.

»Im Schrank finden Sie übrigens einen Safe. Durch diese Tür kommen Sie ins Badezimmer.«

Ich folge ihr dorthin. Auch das Bad ist erfreulich modern ausgestattet, nicht zuletzt mit einer Regendusche und einem breiten Waschbecken.

»Sehr schön«, lobe ich. »Hier fühle ich mich schon jetzt wohl.« Ich lächle.

Jule erwidert den Blickkontakt nur kurz, dann räuspert sie sich. »Ich gehe zurück zu meinen Gästen. Sie sind herzlich willkommen in der Gaststätte, sobald Sie sich eingerichtet haben.«

Ihr schlagartig kühleres Verhalten irritiert mich. Habe ich zu viel preisgegeben?

3

JULE

Komischer Geselle, dieser Schriftsteller. Oder einfach nur ein typischer Mann, der abcheckt, wie weit er bei mir gehen kann. Ich kenne das schon – allein reisende Männer sind oft etwas aufdringlich. Sobald sie realisieren, dass ich meinen Betrieb ohne Partner führe, scheint das wie eine Einladung zum Flirt zu wirken. Bestimmt unterstelle ich ihnen manchmal falsche Absichten, obwohl sie nur nett sein wollen, aber ich habe in der Vergangenheit schlechte Erfahrungen gemacht und passe deshalb doppelt auf. Mal lungerte einer stundenlang an der Rezeption herum und hinterließ Zettel mit zweideutigen Botschaften, mal berührte einer auf der Treppe ganz zufällig meinen Po. Einer stalkte mich nach seinem Urlaub noch monatelang mit unflätigen Anrufen und SMS. Den bin ich erst losgeworden, als ich mit der Polizei gedroht und mir eine neue Handynummer besorgt habe.

Ich bin insgesamt vorsichtig geworden, sowohl im Hotel als auch in der Gaststätte. Ohne Freundlichkeit und einen lockeren Spruch auf den Lippen komme ich als Gastronomin auf unserer Insel zwar nicht weit, aber ich muss regelmäßig Grenzen setzen. Bei meinem neuen Hotelgast bin ich mir nicht sicher, ob er diese kennt. Er soll nicht annehmen, ich sei Freiwild. Sonst werden es zwei anstrengende Wochen.

»Machst du mir ein Pils?« Tamme nimmt nicht den Blick von seiner Zeitung, als ich zurück in die Gaststätte kehre.

»Geht gleich los.« Ich stelle mich hinter den schmalen Tresen und zapfe ein Bier. Tamme Dreyer ist an mehreren Abenden die Woche hier, genau wie die anderen Insulaner, mit denen er sich am Stammtisch zum Karten spielen trifft. Der Rest meiner heutigen Kundschaft gehört nicht zum Kreis der fünfzig- bis sechzigjährigen Skatfreunde, ist aber dennoch hiesig. Man kennt sich. Hier kennt ohnehin jeder jeden. »Prost.«

»Prost.« Er legt die Zeitung beiseite, kommt zu mir an die Theke und nimmt den ersten Schluck. »Sach mal, was war das denn für ein komischer Heini eben?«

»Ach, mein neuer Gast? Fandst du ihn komisch? Der bleibt zwei Wochen lang.«

Er lacht spöttisch auf. »Zwei Wochen? Was will man denn so lange im Winter als einer vom Festland auf Baltrum? Wahrscheinlich ein Yoga-Fritze auf der Suche nach Erleuchtung.«

Aus dem Hintergrund fallen Reiner und Jan ins Gelächter ein und brummen »Om«.

Ich fülle Kaffeebohnen in den Vollautomaten und stelle zwei große Becher in die Vorrichtung. Vor ein paar Monaten habe ich in neues Porzellan investiert – ich mochte das typisch norddeutsche Indischblau nicht mehr leiden. Nun werden meine Getränke und Speisen in türkisfarbenem Geschirr mit braunem Rand serviert. Das ist immer noch traditionell genug und gleichzeitig modern. Ich überlege stets genau, ob ich etwas Ungewöhnliches wage oder das

Brauchtum wahre. Wer bei uns Urlaub macht, schätzt es gemütlich. Avantgardistische Verrücktheiten brächten unser heiles Fleckchen Erde durcheinander. Trotzdem kann es nicht schaden, hier und da mit der Zeit zu gehen. Ein gesunder Mix aus Alt und Neu ist der Schlüssel für einen gelungenen Urlaub auf der kleinsten der sieben ostfriesischen Inseln. Viele Gäste kommen seit der Kindheit hierher und lieben es auch noch als Rentner, die Dinge wiederzufinden, die sie schon als junge Steppkes mochten. Dazu kann ein simpler Becher gehören.

»Gut möglich, dass er Erleuchtung sucht.« Ich stelle die Kaffeemaschine an. Wie auf Kommando erheben sich Reiner und Jan von ihren Plätzen. »Er ist Schriftsteller und will hier einen Krimi schreiben. Dafür braucht er Ruhe.«

»Du ahnst es nicht. Verrückt! Da bucht er ausgerechnet bei dir ein Zimmer? Sehr seltsam.«

Tammes Abneigung ist eindeutig. Wundern tut es mich nicht. Jeder Fremde, der aus der Art schlägt, wird misstrauisch beäugt. Man spielt auf unserer Insel nach festen, ungeschriebenen Regeln. Eine davon lautet, dass ich den Herrschaften an der Nasenspitze ansehe, wann sie ihren Kaffee haben möchten. Wortlos stelle ich die beiden gefüllten Pötte vor mir ab und warte, bis die Männer damit an den Tisch zurückgekehrt sind.

»Na ja, wenn ich mir vorstelle, ein ganzes Buch zu schreiben, würde ich vielleicht auch die Abgeschiedenheit suchen. Hier kann er eben von morgens bis abends ohne Ablenkung seinen Gedanken nachhängen und nach Herzenslust in die Tasten hauen.«

Tamme zwinkert mir amüsiert zu. »An dir ist wohl eine kleine Künstlerin verlorengegangen, hm?«

»Quatsch. Ich find's jedenfalls nachvollziehbar.«

»Und ich find's affig.«

»Hauptsache, er benimmt sich anständig und zahlt seine Rechnung, alles andere ist mir egal.«

»An deiner Stelle würde ich mir schon Sorgen machen, Jule. Hast du keine Angst, jede Nacht allein mit einem fremden Mann in diesem großen Haus zu sein?«

Ich schüttle gelassen den Kopf. »Wenn er mir dumm kommt, weiß ich mir zu helfen. Mach dir da mal keine Sorgen.«

»Das haben schon deutlich stärkere Frauen als du gedacht«, entgegnet er leicht abfällig, als würde er mich nicht ernst nehmen. »Die wurden dann eines Besseren belehrt.«

»Okay ...«

Meine Lust auf eine Fortführung des Gesprächs hält sich in Grenzen. Dass Männer oft der Meinung sind, uns Frauen die Welt erklären zu müssen, ist mir schleierhaft. Dabei wissen wir über manches besser Bescheid als sie. Kennt wohl jeder, dafür gibt es sogar den Begriff *Mansplaining*. Tamme muss mir nicht verraten, wie belästigt ich mich manchmal fühle.

Ich setze einen gleichgültigen Gesichtsausdruck auf, woraufhin Tamme Gott sei Dank den Mund hält. Er scheint ein generelles Problem mit Leander Wächter zu haben. Immerhin findet er nicht nur die Situation mit ihm unter meinem Dach fragwürdig, sondern auch dessen Absicht, einen Roman zu schreiben. Vielleicht ist ihm Künstlerisches einfach suspekt. Ich kann den neuen Gast verstehen, denn ich habe selbst schon mal darüber nachgedacht, ein Buch zu verfassen. Eine Geschichte auf Baltrum würde es werden, über meine Kinderjahre, die mich besonders geprägt haben. Als Zugezogene vom Festland ist mir die Integration schwergefallen. Mir einen Platz in der verschworenen Inselgemeinschaft zu erkämpfen hat Jahre gedauert. Meistens war ich einsam. Kinder sind dennoch anpassungsfähiger als

Erwachsene – meine Mutter hat es nicht geschafft. Gerade, als es mir einigermaßen gelungen war, mich heimisch zu fühlen, hielt sie es nicht mehr aus. Sie packte ihre Sachen und verließ zusammen mit meiner Schwester unseren Vater und mich. Das war schrecklich, aber ich spielte die Unberührbare und schob die Tatsache beiseite, eine Außenseiterin zu sein. Als Papa-Kind konnte ich meinen Vater obendrein unmöglich allein lassen, also blieb ich und machte alles mit mir selbst aus. Die Trennung von Mama und meiner Schwester war schmerzhaft, aber mein Vater litt unter der Aufsplittung der Familie stärker, er bekam sogar ein Magengeschwür. Ich wollte ihm keinen zusätzlichen Kummer aufbürden. So ertrug ich mein Schicksal ohne großen Widerspruch und hielt die Hänseleien der Klassenkameraden stumm aus.

Wahrscheinlich hat niemand gemerkt, wie es in mir aussah, und tief im Herzen werde ich daher nie ein Insulaner sein. Nach außen wirkt es anders. Jeder Neue denkt, ich stamme von hier. Außerdem ist es seit meinem zehnten Lebensjahr besser geworden. Andere Dinge rückten in den Fokus. Jetzt gehöre ich dazu. Bloß in Momenten wie diesen merke ich, dass ich anders bin. Vielleicht bilde ich es mir auch nur ein, und Tamme Dreyer ist derjenige, der aus der Rolle fällt. Nicht ich.

Der neue Gast betritt den Raum und reißt mich aus den Gedanken. Das ging schnell, er kann noch nicht mal seinen Koffer ausgepackt haben. Hoffentlich will er sich nicht wegen des geringen Wasserdrucks beschweren. Ich bin gerade dabei, Gläser aus der Spülmaschine ins Regal zu räumen, und unterbreche den Vorgang.

»Hallo«, sagt er und nimmt am Tresen Platz, zwei unbesetzte Barstühle von Tamme entfernt.

Ich lächle ihm zu. »Hallo. Alles zu Ihrer Zufriedenheit im Zimmer?«

»Ja, danke, alles bestens. Sehr gemütlich und ein toller Ausblick. Ich bin jetzt schon entschleunigt.«

Tamme entfährt ein leises »Tss«.

»Wenn Sie etwas essen wollen, müssen Sie sich bitte an einen Tisch setzen. Soll ich Ihnen die Karte geben?« Ich greife zum Stapel der Speisekarten, doch er winkt ab.

»Nein danke, ich bin nicht sonderlich hungrig. Mir ist die Überfahrt wegen des Wellengangs auf den Magen geschlagen. Auf Schiffen wird mir oft schlecht. Ein Matrose ist an mir jedenfalls nicht verloren gegangen.«

Verlegen fährt er sich mit der Hand durchs dunkelblonde Haar und schaut achselzuckend von mir zu Tamme. Der lacht herablassend. Ich ahne, wie der Gast sich fühlen muss, denn ich kenne solche Reaktionen nur zu gut.

»Lassen Sie mich gern an Ihrer Heiterkeit teilhaben«, sagt Leander Wächter.

»Hä?« Tamme schüttelt fassungslos den Kopf.

»Was hat Ihr Lachen zu bedeuten? Stören Sie meine Worte?«

»Dies ist ein freies Land. Sie können von mir aus sagen, was Sie wollen. Ihre *Worte* interessieren mich kein Stück.«

»Dann ist ja gut. Aber etwas aggressiv hört es sich trotzdem an.«

Ich halte die Luft an. Das kann ja was geben. Hoffentlich werden die Stammtischbesucher nicht zu unverschämt, sodass ich einschreiten muss. Schließlich will ich sie nicht verärgern. Andererseits möchte ich auch dem Gast nicht in den Rücken fallen.

Tamme schaut ihm ernst ins Gesicht. »Nordseeinseln sind nichts für Weicheier. Da brauchen Sie nicht gleich beleidigt zu sein. Ist nur meine Meinung.«

»Tamme, bleib locker«, ermahnt Reiner ihn von hinten. »Such nicht immer Streit.«

»Nein, kein Problem. Ich bin nicht beleidigt, schließlich hab ich selbst gefragt, was los ist.« Der Gast wendet sich Tamme interessiert zu. »Halten Sie mich automatisch für ein Weichei, weil ich nicht auf einer Nordseeinsel lebe?«

»Hm.«

»War blöd formuliert, geb ich zu. Ich versuch's anders: Verbringen Sie schon Ihr ganzes Leben auf Baltrum?«

»Meine Güte«, stöhnt Tamme.

Dieses Verhör geschieht ihm nur recht. Hätte er nicht rumgestänkert, würde ihn der Schriftsteller jetzt nicht mit seinen Recherchefragen bombardieren. Die Männer vom Stammtisch und ich grinsen uns verschwörerisch zu, bevor Tamme antwortet.

»So viel Gequatsche ist nicht mein Fall. Machen statt labern, lautet meine Devise. Wenn ich ein Buch lesen will, dann, weil mich ein Thema interessiert. Über Sturmfluten oder den Zweiten Weltkrieg zum Beispiel. Aber ich kauf mir keine ausgedachten Geschichten von irgendeinem ...« Er räuspert sich.

Leander Wächter bleibt freundlich. »Ich verstehe, was Sie meinen. Ehrlich. Sie haben keine Lust, von einem weichgespülten Typen, dem auf der Fähre schlecht wird, einen Roman zu lesen, der ausgerechnet auf Ihrer Insel spielt. Richtig?«

»So in etwa, ja.«

»Verraten Sie mir trotzdem noch, ob Sie schon immer auf Baltrum zu Hause gewesen sind?«

»Wenn es Sie glücklich macht. Hier hab ich den größten Teil meines Lebens verbracht, hier spring ich irgendwann auch in die Kiste. Woanders halte ich es gar nicht aus.«

Jetzt flunkert er aber gewaltig. Jeder weiß, dass Tamme mehrmals im Jahr auf dem Festland ist. Nicht nur, um einzukaufen oder Arztbesuche zu erledigen, sondern immer mehrere Tage am Stück. »Du bist doch öfters mal auf dem

Festland«, mische ich mich ein. »Bestimmt zwei- oder dreimal jährlich für ein paar Tage.«

»Aus geschäftlichen Gründen. Na und?«

»Nichts na und. Nur so. Ich wollte das nur anmerken, weil du meintest, du hältst es woanders nicht aus.«

»Gehst du jetzt auch unter die Intellektuellen, oder was?«

Vom Stammtisch ertönt Gelächter, und Jan unkt: »Mensch, Tamme, dass du überhaupt weißt, was ein Intellektueller ist! Am Ende bist du der Schlauste von allen und schreibst selbst ein Buch.«

»Ihr seid solche Dösbaddel alle miteinander. Kann ich jetzt bitte einfach in Ruhe mein Pils genießen? Ist das wohl möglich?« Er nimmt das Glas und marschiert mit großen Schritten zum Stammtisch.

Mein Hotelgast seufzt und wünscht ihm »Prost«, dann wendet er sich leise an mich.

»Scheint gar nicht so leicht zu sein, die hier geltenden Regeln und Gebräuche einzuhalten. Ich hoffe, ich falle Ihnen nicht zur Last mit meiner Neugierde. Ist eine Berufskrankheit. Eigentlich bin ich nämlich echt nett.«

»Glaube ich Ihnen«, sage ich und bemühe mich um einen distanzierten Tonfall. »Manchmal geht's ein bisschen schroff zu. Das sollte man aber nicht persönlich nehmen. Sie gewöhnen sich bestimmt schnell an die saloppe Art.«

»Okay, gut zu wissen. Danke für Ihre Unterstützung. Ich hab gehört, dass ein *Moin* im Norden genügt, um eine Unterhaltung zu bestreiten. Das würde jedenfalls zu dem Gespräch vorhin passen.«

»Richtig. Moin reicht, Moin Moin ist schon zu viel und gilt als unnötiges Gesabbel. In Ostfriesland lieben wir es kurz und knapp.«

»Nich' lang schnacken, Kopp in' Nacken. Verstehe.« Der Neue erhebt sich und streckt die Arme zur Seite. »In diesem Sinne ... Ich werde dann mal zurück in mein hübsches Zimmer gehen. Bin hundemüde und will morgen früh mit der Arbeit beginnen.«

»Und Sie wollen gar nichts mehr essen? Ich könnte Ihnen sonst auch nur eine Kleinigkeit zubereiten. Einen Strammen Max vielleicht?«

»Danke, sehr nett von Ihnen, aber ich warte mit dem Essen bis zum Frühstück. Bis dahin hat sich mein Magen wieder beruhigt.«

Ohne hinzusehen, weiß ich auch so, dass die drei Skatbrüder unser Gespräch aufmerksam verfolgen und entsprechende Grimassen schneiden.

»Dann wünsche ich eine gute Nacht. Frühstück gibt's ab acht.«

»Gute Nacht.«

Kaum hat er die Tür hinter sich geschlossen, lästern die Männer lautstark los.

»Eine Landratte wie aus dem Lehrbuch. Schleicht ohne Abendbrot ins Bett, weil das Bäuchlein zwickt.«

»Uhuhu, der Arme!«

»Jule, willst ihm nicht eine Wärmflasche bringen, dem feinen Herrn Dichter?«

»Haha, genau, eine Wärmflasche wie bei Mutti! Was für ein Weichei!«

»Jo.« Reiner klopft mit den Karten auf den Tisch. »Wer gibt?«

4

LEANDER

Ob ich mit meinem angeblich empfindsamen Magen zu dick aufgetragen habe? Der nicht sonderlich raue Wellengang hatte mir nichts ausgemacht, aber ich halte es für sinnvoll, ein falsches Bild von mir zu zeichnen. Mein wahres Gesicht lernen die Insulaner, auf die es ankommt, früh genug kennen. Offenbar hat mir vor allem Tamme Dreyer die Geschichte abgenommen und ein erstes Urteil über mich gefällt. Gut so! Verachte mich ruhig.

Allerdings sitze ich jetzt in meinem Zimmer und schiebe Hunger. In meinem Reisegepäck liegt noch ein Schokoriegel. Auf den Nachttisch hat Jule eine Flasche Wasser und eine kleine Tüte Gummibärchen gelegt. Das muss reichen! Bevor ich meine Vorräte anknabbere, will ich mich mit Arbeit ablenken.

Ich setze mich an den Tisch, an dem ich in den nächsten zwei Wochen angeblich an einem Roman schreiben werde. Aber diese Geschichte dient mir nur zur Tarnung. Sie soll erklären, warum ich Fragen stelle und mich viel auf der Insel bewegen will. Vielleicht sogar an Orten, die Touristen normalerweise nicht interessieren –

etwa die Häuser von Einheimischen. Falls ich bei einem neugierigen Blick durchs Fenster erwischt werde, kann ich behaupten, für mein Projekt einen lebensechten Eindruck gewinnen zu wollen. Ob Dreyer mich zu sich nach Hause einladen würde? Ich lächle bei dieser abwegigen Vorstellung. Aus der Umhängetasche ziehe ich den dicken Hefter mit den vermeintlichen Romanrecherchen. Oh ja. Recherchiert habe ich, jedoch nicht für ein Buchprojekt. Ich schlage den Ordner auf und nehme das Deckblatt heraus. Die nächsten Seiten bestehen aus Kopien von verschiedenen Arztberichten, die aus den unterschiedlichsten Großstädten Deutschlands stammen. Sie dokumentieren Verletzungen, die Männern im Nahkampf zugefügt wurden. Manche dieser Männer behaupten, sie seien Opfer eines Überfalls auf offener Straße geworden, andere geben zu, einer Betrügerin aufgesessen zu sein. Allerdings verschweigen sie, was sie zuvor geplant hatten. Keiner von ihnen hat einem Arzt oder der Polizei die ganze Wahrheit gestanden. Auch nicht jener Hamburger, den es am schlimmsten getroffen hat, da ihn die Begegnung mit der Schönheit zu einem Leben im Rollstuhl verdammt hat.

Ich blättere weiter und wühle mich durch Berichte und Fotografien. Die Frau hat sich mit dem Falschen angelegt. Umgekehrt gilt das auch. Es wäre besser gewesen, sie hätten beide die Finger voneinander gelassen. Aber dann wäre ich jetzt nicht hier auf der Insel. Seit ihrer schicksalhaften Begegnung ist ein halbes Jahr vergangen. Der Mann hat es sich zur Lebensaufgabe gemacht, Rache zu üben, für die er Informationen sammelt und Mitstreiter sucht. Genau deswegen bin ich nach Baltrum gereist. Ich werde diesen Wunsch nach Vergeltung für meine Zwecke ausnutzen. Um meine eigenen Pläne in die Tat umzusetzen.

Nach einer Weile schlage ich den Ordner zu. Die Unterlagen verstaue ich mit einigen anderen wichtigen Gegenständen, die Jule nicht entdecken darf, in dem Safe, der dafür gerade eben groß genug ist. Mehr passt nicht hinein, was ärgerlich ist, weil ich einen weiteren Ordner dabeihabe. Das Hungergefühl ist nicht stärker geworden, und so beschließe ich, weder den Schokoriegel noch die Gummibärchen anzubrechen. Mit dem zweiten Schnellhefter voller Schriftstücke lege ich mich aufs Bett und schalte die Lampe auf dem Nachttisch ein.

Während ich die Unterlagen studiere, denke ich an die verbale Auseinandersetzung mit Dreyer.

»Du hältst mich also für ein Weichei«, flüstere ich. »Da wirst du dich noch sehr wundern.«

Als ich mein Wissen genug aufgefrischt habe, packe ich den ganzen Hefter in die Schublade des Nachttisches. Dann gehe ich ins Bad, mache mich für den Schlaf zurecht und ziehe schließlich die Vorhänge vor den Fenstern zu. Müde lege ich mich aufs Bett und schließe die Augen.

* * *

Nach dem Erwachen bin ich für einen kurzen Moment desorientiert. Ich lausche auf ungewohnte Geräusche. Regen klatscht gegen die Fensterscheiben. Aber das hat mich nicht geweckt. Da ich zu Hause in einer Dachgeschosswohnung mit schrägen Fenstern lebe, ist mir dieses Geräusch vertraut.

Hat sich jemand in meinen Raum geschlichen, oder bin ich von ganz allein erwacht?

Außer dem Regen ist nichts zu hören. Jetzt taste ich nach dem Lichtschalter und schalte die matte Nachttischlampe ein.

Niemand zu sehen.

Ich erhebe mich vom Bett, in das ich mich wenige Stunden zuvor mit Sporthose und Pullover gelegt hatte. Es dürfte zwischen zwei und drei Uhr nachts sein. Ich blicke auf meine Armbanduhr und lächle zufrieden. Zwanzig Minuten nach zwei. Genau die Zeit, zu der ich aufwachen wollte.

Ich schalte die Lampe wieder aus und aktiviere die Taschenlampenfunktion meines Handys. Jule schläft im Erdgeschoss, leider kann ich nicht einschätzen, ob sie meine Schritte hören wird. Wie gut das Gebäude schallisoliert ist, könnte ich nur mit Bestimmtheit sagen, wenn derzeit jemand über mir wohnen würde, was nicht der Fall ist. Deswegen laufe ich auf Socken durchs Zimmer und verzichte darauf, die Toilette aufzusuchen.

Ich schiebe die Zugangskarte in die Hosentasche und schleiche zur Tür. Fast geräuschlos öffne ich sie. Damit sie nicht zufällt, stelle ich einen Schuh an den Rahmen und überzeuge mich davon, dass er die Tür wirklich aufhält. Zufrieden betrete ich den dunklen Flur. Erneut lausche ich. Schläft Jule tief, oder ist sie ein nervöser Mensch, den das leiseste Geräusch aus dem Schlaf reißt? Da sie spätestens um acht Uhr im Restaurant mein Frühstück vorbereiten wird, liegt sie vermutlich im Bett, sodass ich ungestört meinen Plan durchziehen kann. Trotzdem ist Vorsicht geboten. Sie darf unter keinen Umständen aufwachen und mir jetzt schon auf die Schliche kommen.

Ich gehe an den nicht belegten Gästezimmern vorbei und erreiche die Treppe. Einige Stufen knarren. Ich versuche, mir die Stellen genau einzuprägen. Langsam mache ich mich auf den Weg nach unten. Zwei der Holzstufen lasse ich aus und schaffe es ohne ein verräterisches Geräusch bis zum Erdgeschoss. Dort verharre ich und horche erneut. Ich vernehme das leise Ticken einer Uhr. Nun nähere ich mich dem Gastraum, dessen Tür geschlossen ist. Ich gehe daran vorbei und lande schließlich vor einer braunen Holztür, an der ein Messingschild angebracht ist. *Privat.* Mir ist das

Schild ein paar Stunden zuvor aufgefallen. Dahinter dürften Jules Räume liegen. Ich schalte die Taschenlampenfunktion aus und schieße mit Blitzlicht mehrere Bilder von der Tür. Ob Jule abgeschlossen hat? Oder gibt es aus ihrer Sicht dafür keinen Grund, weil sie sich nicht um Einbrecher sorgt?

Ich lege meine Hand auf die Klinke. Die Versuchung, sie zu drücken, ist riesengroß. Noch besser als Fotos von dem geschlossenen Privatbereich wären Bilder der schlafenden Hotelbesitzerin. Oder ihr erschrockenes Gesicht, weil sie durch mich wach wird. Aber das ist ausgeschlossen. Ich nehme die Hand weg. Es wird Zeit, in mein Zimmer zurückzukehren. Für den ersten Schachzug habe ich genügend Material zusammen. Also drehe ich mich um und schalte die Taschenlampenfunktion wieder an. Nach zwei Schritten erwische ich eine verräterische Stelle auf dem Holzdielenboden. Es knarrt, und das Geräusch kommt mir ohrenbetäubend laut vor. Mein Herzschlag setzt vor Schreck aus. Ich halte den Atem an und bleibe stehen. Außer dem Uhrticken ist nichts zu vernehmen. Vielleicht schluckt die verschlossene Tür den Lärm. Oder Jules Schlaf ist tief genug, dass sie davon nicht aufwacht.

Da mehrere Sekunden lang nichts passiert, setze ich den Weg fort. Am unteren Treppenabsatz warte ich, denn meine Ohren haben etwas registriert. Das leise Öffnen einer Tür. Ich schalte das Handylicht aus. Ob ich es im Dunkeln stolperfrei nach oben schaffe?

Kaum habe ich die nächste Stufe betreten, öffnet sich eine weitere Tür. Diesmal lauter als zuvor. Vermutlich erreicht Jule gerade den Flur. Das Licht einer richtigen Taschenlampe erhellt den Gang. Jetzt bleibt mir keine Zeit mehr, wenn ich nicht von ihr erwischt werden will. Ich lasse die zweite Stufe aus und betrete die dritte. Auch die sechste der insgesamt vierzehn Holzstufen übergehe ich. Innerlich bete ich, keine weiteren knarrenden Stellen zu erwischen. Das Schicksal meint es gut mit mir.

»Hallo?«, ertönt Jules Stimme.

Baut sie mir eine Brücke, damit ich mich zu erkennen gebe? Oder stellt sie mir bloß eine geschickte Falle? Ich gehe auf ihr Angebot nicht ein. Das Licht im Gang wird heller. Nur noch Sekunden, dann wird sie mich erwischen und eine Erklärung verlangen.

»Hallo?«, wiederholt sie.

Es ist verlockend, darauf einzugehen. Die größten Fehler im Leben wirken immer verlockend, stellen sich aber schnell als verhängnisvoll heraus. Im schlimmsten Fall würde Jule mich rauswerfen – was zu Gerede bei den Insulanern führen würde. Dann könnte ich meine Pläne beerdigen. Ich betrete den Gang zu den Zimmern. Um vorgewarnt zu sein, blicke ich über die Schulter. Sie hat ihrerseits die Treppe erreicht und leuchtet nach oben. Ich husche zu meiner noch immer offenen Tür.

Jule betritt die Holzstufen, und schnell höre ich ein Knarren.

Ich nehme den Schuh weg und umklammere die Klinke. Ein einziger Fehler könnte mich endgültig verraten. Mir gelingt es, die Tür geräuschlos zu schließen. Nun muss ich abwarten. Ich drücke mein Ohr gegen das Holz, kann aber nichts vernehmen. Jule könnte direkt davorstehen, ohne dass ich es mitbekommen würde. Zwischen dem Boden und der Tür gibt es einen kleinen Spalt. Ich lege mich aufs Laminat und starre zu der Lücke, die anfangs völlig dunkel ist. Dann wird es minimal heller. Das Licht stammt von der Taschenlampe. Ob Jule sich mit einem Blick ins Zimmer überzeugt, ob ich im Bett liege?

Ich warte mit angehaltenem Atem. Zunächst wird der kleine Schein heller, ehe er wieder düsterer wird und schließlich ganz erlischt. So, wie ich mich nicht getraut habe, die Klinke zum Privatbereich hinunterzudrücken, verzichtet sie darauf, mein Zimmer zu betreten. Trotzdem wissen wir beide, was wir getan haben.

»Scheiße«, flüstere ich leise.

Das hätte nicht passieren dürfen. Aber wie hätte ich das verräterische Knarren der Holzdiele vorhersehen können?

Wäre ich bloß nicht so übermütig gewesen. Ein Foto der mit dem Messingschild versehenen Tür aus ein paar Schritten Entfernung hätte für meine Zwecke ausgereicht. Nun muss ich mir genau überlegen, wie ich mich zum Frühstück bei unserer nächsten Begegnung verhalten soll.

Ich bleibe noch einige Minuten liegen, ehe ich aufs Bett klettere. Erst dort ziehe ich mich bis auf die Unterhose aus. Obwohl ich einen leichten Druck auf der Blase spüre, kommt es nicht infrage, jetzt die Toilette aufzusuchen. Die Klospülung würde mich endgültig verraten. Ich kuschle mich in die dicke Decke und schließe die Augen. Bei unserem Wiedersehen muss ich mich ahnungslos geben. Vortäuschen, ganz wundervoll und ohne Unterbrechung geschlafen zu haben. Ich kann nicht zugeben, mich nachts durch die Räume geschlichen zu haben, obwohl sie natürlich weiß, wer das Knarren verursacht hat. Immerhin bin ich ihr einziger Gast.

Verärgert über meine Dummheit, versuche ich, in den Schlaf zu finden. So hatte ich mir den Verlauf der ersten Nacht nicht vorgestellt. Vielleicht muss ich schon in wenigen Stunden meine ursprüngliche Taktik ändern und Jule einen saftigen Knochen vor die Nase halten. Es dauert ewig, bis mich Müdigkeit erfasst.

5

JULE

Ich bin gespannt, ob sich sein Magen über Nacht beruhigt hat. Andernfalls fällt das Frühstück zu üppig aus, und ich bleibe auf den Resten sitzen. Es ist ohnehin etwas schwierig, einem einzelnen Gast genügend Auswahl zu bieten. Normalerweise kann man sich bei mir am Büfett bedienen, das ich rund um den Tresen herum aufbaue. Außerhalb der Saison nehme ich die Bestellung auch gern à la carte auf. Eine einzige Person beherberge ich allerdings selten, sodass ich es am Sinnvollsten finde, den großen Tisch am Fenster, an der gemütlichen Eckbank, mit allem zu decken, was das Herz begehrt.

Einerseits will ich nicht knauserig wirken, andererseits soll sich niemand genötigt fühlen, jedes bisschen zu probieren. Ich schätze es, eine anständige Mischung parat zu haben. Ansonsten esse ich es in den nächsten Tagen eben selbst. Ich richte je drei Sorten Wurstaufschnitt, Leberwurst und Käse sowie Lachs und Ei auf einer Etagere an. Ein paar Weintrauben, Nüsse, Gurken- und Tomatenscheiben dazu. Marmelade, Honig, Butter und Margarine kommen in tönerne Gefäße. Das Obst – Banane, Apfel, Honigmelone, rote und grüne Weintrauben – schneide ich nicht klein, weil es Verschwendung wäre; dafür drapiere ich es hübsch auf einer Platte, auf die ich zusätzlich Joghurt, Quark und Müsli in Glasschalen stelle. Brötchen und Croissants gibt es bei mir nur als Aufbackware, aber ich habe selbstgebackenes Brot, das die Gäste schätzen. Mein Brotbackautomat ist ständig im Einsatz, auch wenn es nur für mich ist, und ich probiere gern neue Rezepte aus. Heute reiche ich den Klassiker, mein berühmtes Krustenbrot.

Sobald Leander Wächter runterkommt, werde ich ihn fragen, ob ich ihm Rührei oder Spiegeleier zubereiten darf, und was er trinkt: Kaffee oder Tee. Mein Blick wandert über den gedeckten Tisch. Sieht super aus mit der beigefarbenen Spitzendecke und Serviette, die perfekt zum Geschirr passen. Traditionell und nicht altbacken. Die Lebensmittel sind frisch und appetitlich drapiert. Ich bin zufrieden. Verhungern wird er nicht, so viel steht fest. Eine negative Bewertung auf den gängigen Internetportalen wegen des Frühstücks schließe ich aus.

Fehlt sein restlicher Eindruck der Unterkunft ... Warum nur ist er nachts im Gang herumgelaufen? Hat ihn irgendetwas gestört, oder ist ihm buchstäblich eine Laus über die Leber gelaufen? Diese Frage beschäftigt mich. Er muss rumgelaufen sein, denn die Bodenplatte knarzt bloß, wenn jemand drauftritt. Er ist mein einziger Übernachtungsgast, eine andere Lösung scheidet aus. Was hatte er mitten in der Nacht bei mir zu suchen?

Gefährlich wirkt er nicht auf mich. Zumindest habe ich keine Angst, ihm hilflos ausgeliefert zu sein, falls er böse Absichten hegen sollte. Allerdings traue ich ihm nicht recht über den Weg. Das kritische Bauchgefühl hat sich schon beim Einchecken eingestellt, und nach dem nächtlichen Rumschleichen hat es sich nur verstärkt. Vielleicht ist er ein

Lügner oder Betrüger. Irgendetwas erscheint mir suspekt an ihm, so als sei er unaufrichtig oder verstecke einen wesentlichen Teil seiner Persönlichkeit.

Sollte er mir blöd kommen, werde ich schon mit ihm fertig. Auf so was bin ich vorbereitet, sowohl mental als auch körperlich.

Die Tür öffnet sich, und Leander Wächter tritt voller Elan ein. Pünktlich wie angekündigt um acht Uhr, die Haare vom Duschen noch feucht. Er trägt Jeans, Sneaker und ein kariertes Flanellhemd, wirkt sympathisch und durchschnittlich. Strahlend schaut er von mir zum gedeckten Tisch.

»Wow, guten Morgen!«

»Guten Morgen!«

»Das ist ja mal ein Anblick. Alle Achtung, ich werde platzen! Ist das etwa für mich allein?«

»Klar. Da ich noch nicht weiß, was Sie am liebsten mögen, müssen Sie die ganze Palette essen.« Ich grinse. »Nur ein Spaß, natürlich nicht. Nehmen Sie, so viel Sie mögen. Der Rest kommt in den Kühlschrank. Trinken Sie Kaffee oder Tee?«

»Kaffee bitte, mit Milch.«

»Gerne. Darf ich Ihnen ein Rührei oder Spiegelei braten?«

»Um Himmels willen, nein danke, ich bin mehr als zufrieden, mit dem, was hier steht.«

»Freut mich. Setzen Sie sich, ich bin gleich mit dem Kaffee wieder da.«

Auf dem Weg zur Kaffeemaschine frage ich im Plauderton über die Schulter: »Wie war die Nacht? Haben Sie gut geschlafen?«

»Absolut super!«

In seiner Stimme schwingt keinerlei Argwohn mit.

»So erholsam hab ich seit Langem nicht geschlafen. Normalerweise wache ich ein-, zweimal nachts auf. Sie wissen schon, alte Menschen und ihr verstärkter Harndrang. Aber heute habe ich durchgeschlummert. Herrlich!«

Soso, interessant. »Prima! Zu den alten Menschen gehören Sie noch lange nicht.«

»Ab Mitte vierzig geht's rapide abwärts, glauben Sie mir. Hier ein Fältchen, da ein graues Haar, und ständig irgendwelche Zipperlein. Der Appetit ist immerhin noch voll da.«

Ich stelle ein Tablett mit Kaffee- und Milchkännchen auf den Tisch. »Bitte schön.«

Etwas Kleines – ein Stöckchen oder Kieselstein – knallt gegen die Fensterscheibe, und wir zucken beide erschrocken zusammen.

»Huch«, entfährt es ihm lachend. »Ganz schön stürmisch heute. Eine steife Brise.«

Die Kartenspieler hätten dies mit *Weichei* kommentiert, ich beschränke mich auf ein Schmunzeln. »Büschen Wind, sagt man in Ostfriesland dazu, nicht der Rede wert. Sie kennen bestimmt den Spruch: Sturm ist erst, wenn die Schafe keine Locken mehr haben.«

»Ja, schon mal gehört. Schafe gibt's auf Baltrum aber nicht, oder?«

»Nein, das stimmt, die haben wir hier nicht.« Ich drücke den Rücken durch und reibe die Hände. »Entschuldigen Sie, Herr Wächter, wäre es in Ordnung, wenn ich eben Ihr Zimmer herrichte, während Sie in Ruhe frühstücken? Ich kann Ihnen auch weiterhin Gesellschaft leisten, aber es passt mir zeitlich ganz gut in den Kram. Ich hab nachher noch einiges zu erledigen.«

»Na klar, überhaupt kein Problem.« Er schenkt sich Kaffee ein und greift nach einer Scheibe Brot. »Wenn ich das so frech fragen darf, wieso machen Sie das denn selbst? Erledigt das nicht eine angestellte Reinigungskraft?«

»Nein.« Ich unterdrücke ein amüsiertes Lächeln, um nicht arrogant zu wirken. Diese Festländer haben oft eine völlig falsche, romantisierte Vorstellung vom Inselleben. »Das Putzen ist unser tägliches Brot. Als Pensionsbesitzerin könnte ich mir in der Nebensaison gar keine Reinigungskraft leisten. Manche lassen sich von Familienmitgliedern unterstützen oder stellen sie dafür auch ein, aber ich erledige es allein. Nur in der absoluten Hochsaison beschäftige ich Hilfskräfte von der Insel.«

Leander Wächter hört mir aufmerksam zu, vermutlich liefere ich ihm wertvolle Insiderinfos für sein Buch.

»Sehr interessant, danke. Also, ich will Sie nicht länger aufhalten. Ich frühstücke gern allein, zumal ich das von zu Hause gewohnt bin. Dann kann ich schon mal meine Gedanken ordnen, bevor es raus an die frische Luft geht.«

»Fein. Haben Sie Pläne für den Tag?«

»Zuerst werde ich mir den Strand vorknöpfen, und danach sehe ich weiter. Nach einem ausgedehnten Spaziergang am Meer finde ich hoffentlich den optimalen Einstieg in meinen Roman.«

Eine Weile wird er mit Essen beschäftigt sein, sodass ich vor der Zimmerreinigung mit der Inspektion seiner Sachen loslege. Wahrscheinlich gewährt er mir einen zeitlichen Anstandspuffer, bevor er zurückkehrt, um zur Toilette zu gehen, die Zähne zu putzen und seine Jacke zu holen. Schließlich weiß er, dass ich beschäftigt bin, und wird mich nicht sofort stören. Ich könnte auch erst während seines Spaziergangs bei ihm rumschnüffeln, aber wenn ich es jetzt unter dem Vorwand der Zimmerreinigung erledige, ist es unauffälliger.

Ich betrete den Raum mit Eimer, Lappen und Putzzeug in der Hand. Den Staubsauger lasse ich im Flur stehen. Im Zimmer zwölf sieht es aus wie erwartet: Da er erst gestern eingezogen ist, sind die Spuren überschaubar. Wobei es manche Gäste durchaus schaffen, schon nach wenigen Stunden Aufenthalt eine Schneise der Verwüstung zu hinterlassen. Doch das ist nicht die Regel. Der Großteil der Touristen ist rücksichtsvoll und bemüht sich, mir so wenig Arbeit wie möglich zu bereiten. Besonders ältere Stammgäste rühren mich immer wieder aufs Neue, wenn sie am Tag ihrer Abreise sogar die Bettwäsche abziehen. Manche besorgen obendrein im Inselmarkt Putzzeug und wienern vorm Auschecken den Boden, obwohl sie ihren wohlverdienten Urlaub bis zur letzten Sekunde genießen sollten.

Ich glaube nicht, dass Leander Wächter zu dieser Sorte Mensch gehört, zumal es sich hierbei ohnehin um eine aussterbende Spezies handelt. Jüngere Generationen kämen nicht auf die Idee, bezahlte Leistungen zu übernehmen. Müssen sie auch nicht – ich handhabe es selbst nicht so, wenn ich verreise. Allerdings geht es einem als Vermieter in Fleisch und Blut über, bestimmte Dinge zu erkennen, die ein normaler Urlauber gar nicht sieht. Ich würde zum Beispiel niemals in fremden Unterkünften den Wasserkocher benutzen, weil manche Gäste darin ihre Socken und Unterhosen waschen. Seit ich das weiß, schrubbe ich die Wasserkocher in meiner Pension einmal wöchentlich intensiv. Aber davon hat Leander Wächter keine Ahnung. Er hat bestimmt nicht in seiner ersten Nacht Schlüpfer gekocht, sondern führte etwas ganz anderes im Schilde. Bloß was?

Sein Schlafanzug und einige Klamotten liegen auf Matratze und Stuhl verteilt, die Socken auf dem Boden. Wahrscheinlich ist er Single, das passt irgendwie zu seiner restlichen Art und dem, was er gerade preisgegeben hat. Weder trägt er einen verräterischen Ring, noch wirkt er wie ein typisch selbstbewusster Ehemann. Er täuscht vor, gelassen zu sein, ist es aber nicht. Genauso wenig wie ich.

Hektisch schaue ich mich um und suche nach Informationen, wieso er sich mitten in der Nacht auf dem Flur herumgetrieben hat. Ist da etwas faul? Was könnte mir den passenden Anhaltspunkt liefern? Denk nach, Jule, konzentrier dich! Ich ziehe die Nachttischschublade auf und entdecke einen dunkelgrünen Schnellhefter aus dünner Pappe. Er ist vollgestopft mit Papieren, Dokumenten und Zetteln. Mein Herz rast vor Aufregung. Ich sollte das hier nicht tun, aber ich kann nicht anders und muss einfach Bescheid wissen. Durchatmen. Wenn er mir an den Kragen will, werde ich gewappnet sein. Ich habe jedes Recht, mir Sicherheit zu verschaffen, schließlich beherberge ich als alleinstehende Frau einen Wildfremden, der mir frech ins Gesicht lügt.

Hastig stopfe ich den Hefter zurück in die Schublade, schleiche auf den Flur und lausche. Die Geräusche seines Bestecks sind deutlich zu hören. Gott sei Dank, er isst noch. So schnell kann er ja auch gar nicht fertig sein. Also auf ein Neues. Nachdem ich den Raum wieder betreten habe, setze ich mich auf die Bettkante und nehme den Schnellhefter, lege ihn auf den Schoß und öffne ihn. Ach du Schande, sind das etwa Unterlagen der Polizei? Wie kommt ein Schriftsteller denn an so was? Fahrig blättere ich hin und her, ohne den Sinn der einzelnen Dokumente zu verstehen, doch beim Foto von Tamme Dreyer halte ich erschrocken inne. Sein Gesicht ist in Passfotogröße auf ein Schriftstück kopiert. LKA Hamburg mit Stempel und allem Drum und Dran, dazu Tammes Anschrift und Geburtsdatum. Aus der Betreffzeile springen mir die Begriffe *Tatverdacht* und *Mordkommission* ins Auge. Ich blättere weiter durch die Unterlagen, doch die Informationen kommen nur tröpfchenweise in meinem Gehirn an. Zu aufgeregt bin ich, um den Sinn ganz zu erfassen. Der Stapel enthält mehrere Todesanzeigen von Frauen sowie Kopien polizeilicher Berichte. Unser Tamme Dreyer soll diese Frauen umgebracht haben, verstehe ich das richtig?

Ob es sich ausschließlich um Schriftstücke von Behörden handelt, kann ich nicht erkennen, eventuell habe ich ein Sammelsurium unterschiedlicher Quellen vor mir. Nirgendwo ist der Name Leander Wächter vermerkt, dafür mehrmals Tamme Dreyer. Wächter hat ihn offenbar auf dem Kieker, weil er mehrere Frauen ermordet haben soll. Oh mein Gott, mein Stammgast ist ein Killer! Haben die beiden sich gestern deshalb so angegiftet? Kennen sie sich? Wieso besitzt ein Autor Interna der Kripo? In meinem Kopf rasen die Gedanken, wie gefesselt sitze ich auf dem Bett und blättere vor und zurück, um die Zusammenhänge zu begreifen. Dabei vergesse ich alles um mich herum, verliere jegliches Zeitgefühl. Ein brutaler Verbrecher auf unserer beschaulichen Insel – das sprengt meine Vorstellungskraft.

Plötzlich steht Leander Wächter im Türrahmen. Ich habe ihn nicht kommen hören. Vor Schreck rutscht mir fast der Schnellhefter vom Schoß.

»Was machen Sie da?«

Er kommt auf mich zu, ist nur drei Schritte von mir entfernt. Ich schiebe die Unterlagen eilig zusammen, lege den Packen auf den Nachttisch und springe auf. Meine Stimme will mir kaum gehorchen, ich bekomme bloß ein zittriges Wort raus. »Nichts.«

So selbstbewusst wie möglich halte ich seinem durchdringenden Blick stand. Ich habe ihn bei etwas Entsetzlichem erwischt, er wird mich kaltmachen. Er kommt einen Schritt weiter auf mich zu. »Sieht nicht nach ›nichts‹ aus.«

»Ich hab aufgeräumt.« Jetzt trennt uns nur noch ein Meter voneinander. Wie angewurzelt stehe ich vorm Bett und bekomme vor Angst keine Luft. Blitzschnell beuge ich mich zum Nachttisch, ziehe mit einem Ruck den Stecker der zylinderförmigen Nachttischlampe raus und reiße sie hoch. Wie eine Schlagwaffe halte ich sie warnend vor mich, um einen Angriff abzuschmettern. »Überlegen Sie sich genau, mit wem Sie sich anlegen!«, zische ich.

6

LEANDER

Ich achte auf ihre Körpersprache und Mimik. Das haben mich die letzten Jahre gelehrt. Je genauer man seinen Gegner einschätzt, desto stärker sinkt das Risiko, sich in einer Auseinandersetzung zu verletzen.

Sie wirkt ängstlich und entschlossen zugleich. Die Art, wie sie die Lampe hält, deutet darauf hin, dass sie in Notwehr zuschlagen würde, falls ich eine falsche Bewegung mache. Also hebe ich die Hände und gehe einen Schritt zurück, um den Abstand zwischen uns zu vergrößern.

Sofort entspannt sie sich. Wenn ich jetzt blitzschnell vorstoßen würde, könnte ich ihr die Lampe entreißen und sie überwältigen. Aber was hätte ich davon? Die Karten sind teilweise aufgedeckt, und ich muss mit dem Blatt spielen, das ich bekommen habe.

»Ich gehe zurück nach unten. Solange ich der einzige Gast bin, können wir offen miteinander reden. Ich verspreche, ich rücke mit der Wahrheit heraus. Sie sollten den Hefter mitbringen. Den brauche ich, um Ihnen reinen Wein einzuschenken.«

Ich drehe mich um. Sie könnte den Moment ausnutzen,

um mir die Lampe über den Schädel zu ziehen. Meine Nerven sind zum Zerreißen gespannt. Unbehelligt verlasse ich das Zimmer. Kaum ist die Situation überstanden, ärgere ich mich über meine Dummheit. Warum habe ich den Schnellhefter nicht woanders versteckt? Klar, im eher kleinen Safe liegen die Gegenstände, die ich viel dringender verstecken musste. Aber ich hätte die Unterlagen in meinem Gepäck verstauen können. Gerade nach den nächtlichen Ereignissen wäre diese Vorsichtsmaßnahme sinnvoll gewesen. Jetzt ist es zu spät, und ich verdränge den Ärger über mich selbst. Stattdessen setze ich mich an meinen Platz. Leider ist mir der Appetit vergangen, obwohl ich nicht mal die Hälfte der Speisen angerührt habe.

Ungefähr eine Minute nach mir betritt Jule die Gaststätte.

»Ihr Brot ist sensationell lecker«, lobe ich. »Backen Sie das selbst?«

»Sehr witzig«, erwidert sie wütend. »Was soll das alles? Wer sind Sie?«

»Das Brot ist *wirklich* lecker. Das nehme ich morgen früh gerne wieder, falls ich hier weiter wohnen darf. Woran mir gelegen wäre, um keine Aufmerksamkeit auf mich zu lenken. Lassen Sie mich raten. Weil Sie mich heute Nacht gehört haben, sind Sie misstrauisch geworden.«

»Und weil Sie behauptet haben, durchgeschlafen zu haben. Ich werde nur ungern angelogen.«

»Lügen haben kurze Beine. Man sieht's immer wieder.« Ich seufze.

»Sind Sie ein Schlafwandler, oder haben Sie gehofft, mich im Schlaf überwältigen und vergewaltigen zu können?«

»Weder noch. Ich musste mich umsehen, denn in den nächsten Wochen könnte es heikel werden. Gefährlich. Da ist es gut, sich auszukennen.«

»Was heißt das?«

»Ich greife jetzt in meine Hosentasche, um Ihnen etwas zu zeigen. Nicht erschrecken.«

Aus der Tasche ziehe ich ein dünnes Lederetui, das ich ihr zuwerfe. Obwohl sie in der einen Hand den Hefter hält, fängt sie das Etui sicher auf.

»Was ist das?«

»Öffnen Sie es.«

Zögerlich folgt sie der Anweisung. Fast so, als würde sie befürchten, dass ihr plötzlich Betäubungsgas ins Gesicht strömt. Doch das Etui entstammt keiner Comicverfilmung, sondern offenbart ihr lediglich meinen wahren Namen.

»Ein Dienstausweis?«, fragt sie überrascht. »Leander Brodersen?«

»Das ist mein richtiger Name.«

»Kriminalhauptkommissar?«, fährt sie fort. Sie zweifelt an der Echtheit des Ausweises.

»Ich schwöre Ihnen, das ist alles echt. Ich bin Mordermittler des LKA Hamburg.«

»Und warum buchen Sie sich dann mit einer falschen Identität bei mir ein? Ist das keine Straftat?«

»Nur ein halber falscher Name. Der Vorname stimmt.« Ich lächle versöhnlich, doch noch ist sie nicht so weit, um meinen Auftritt lustig zu finden. Also werde ich wieder ernst. »Ich ermittle undercover gegen Tamme Dreyer. Das ist ein sehr gefährlicher Mann.«

»Tamme?«, wiederholt sie und lacht. Allerdings nicht aus vollem Herzen. Ich habe Zweifel gesät.

»Was wissen Sie über Dreyer?«

»Er ist mein Nachbar.«

»Kann er deswegen kein Mörder sein?«

»Nein! Ausgeschlossen. Nicht Tamme.«

»Was wissen Sie über ihn?«, wiederhole ich.

Jule stöhnt. »Er wohnte schon im Nachbarhaus, bevor

meine Eltern das Hotel übernahmen. Tamme ist Stammgast bei mir. Gern gesehen. Bestimmt isst er dreimal die Woche hier. Er …« Sie stoppt und runzelt die Stirn.

»Sein Beruf?«, helfe ich ihr. »Was wissen Sie darüber?«

»Er ist freiberuflicher Vertreter einer großen Handelsgesellschaft. Ich hab den Namen vergessen. Der Hauptsitz ist irgendwo in Westdeutschland.«

Ich nenne ihr den Namen des Arbeitgebers.

»Ja, genau! Die meiste Arbeit kann er im Homeoffice erledigen. Ein Traumjob, wenn Sie mich fragen. Ein paar Mal im Jahr fährt er aufs Festland und bleibt jeweils knapp eine Woche dort. Meistens wegen einer Messe oder irgendwelcher Firmenveranstaltungen.«

»Was erzählt er über diese Ausflüge?«

Sie denkt nach. »Nicht viel. Manchmal meckert er über direkte Vorgesetzte oder Kunden, die es sich im letzten Moment vor der Vertragsunterzeichnung anders überlegen.«

»Hat er je erwähnt, was er in seiner Freizeit macht, wenn er auf dem Festland ist?«

Wieder überlegt sie, ehe sie den Kopf schüttelt. »Nein. Ich frag ihn allerdings auch nie. Er ist alleinstehend. Vermutlich amüsiert er sich. Hier auf der Insel hat er jedenfalls keine amourösen Abenteuer. Darüber wüsste ich Bescheid. Und über die Bedürfnisse von allein lebenden Männern müssen wir uns wohl nicht austauschen.«

»Oh ja«, bestätige ich. »Er *amüsiert* sich. Auf eine ekelhafte Weise.«

Ich schiebe Teller, Tasse, Besteck, Etagere und das Tablett zur Seite. »Kommen Sie. Ich zeige Ihnen, was er wirklich macht. Breiten wir die Unterlagen hier auf dem Tisch aus. Und keine Angst. Ich tu Ihnen nichts an. Ich bin einer der Guten. Ein Polizist.«

Würde sie meine wahren Absichten durchschauen,

würde sie mich wohl mindestens mit einem Brotmesser bedrohen ... oder Schlimmeres anstellen. So zögert sie lediglich, bevor sie langsam zum Tisch kommt.

»Geben Sie mir den Hefter«, bitte ich sie.

Jule folgt der Aufforderung, und ich nehme die einzelnen Zettel und Fotografien heraus. Der Tisch ist groß genug, um meine Beweise ordentlich zu präsentieren. Ihr Blick wird besonders von den Bildern sieben verschiedener Frauen angezogen, die sich ähnlich sehen. Tamme Dreyer steht auf einen speziellen Frauentyp. Seine Opfer waren alle zwischen Mitte und Ende dreißig. Kleine Frauen, keine größer als einen Meter sechzig. Alle hatten blondes oder zumindest dunkelblondes Haar und einen eher konservativen, fast schon spießigen Kleidungsstil. Von diesen Äußerlichkeiten abgesehen, einte sie noch mehr. Jedes Opfer steckte nach einer Scheidung in einer schwierigen Lebensphase, vor allem finanziell. Zum Glück waren alle kinderlos.

Aus dem Gedächtnis nenne ich die Namen der Opfer sowie das Todesjahr und tippe jeweils auf das entsprechende Bild. Mein Detailwissen beeindruckt Jule.

»Er hat jede dieser Frauen vor ihrem Tod stundenlang entsetzlich gequält. Wir haben sehr viele Wunden an ihnen gefunden. Oral. Vaginal, anal – überall stießen wir auf Penetrationsspuren. Meistens hat er ihnen Gegenstände eingeführt. Aber er hat auch jedes Opfer vergewaltigt.«

Jule reißt entsetzt den Mund auf. »Nein! So ein Mensch ist Tamme nicht. Das würde man ihm anmerken.«

»Wenn ich ihn überführt habe, wird er in der Liste der schlimmsten Serienmörder Deutschlands sehr weit oben stehen. Nicht zuletzt wegen seiner Brutalität, mit der er sich an ihnen vergangen hat.«

»Wieso verhaften Sie ihn nicht einfach? Können Sie ihn nicht mit seiner DNA überführen?«

»Dafür ist er zu schlau. Er benutzt bei den Vergewaltigungen Kondome und reinigt seine Opfer mit Bleichmitteln.«

»Also können Sie gar nicht sicher sein, dass er der Mörder ist?«

»Ich bin der leitende Ermittler im siebten Todesfall. Da hat er sich nämlich ein Opfer aus Hamburg ausgesucht. So nah an der Küste hat er zuvor nicht getötet. Meistens war er in Süd- oder Ostdeutschland tätig. Bei einer Datenbankabfrage ist mir eine Parallele zu einem zwei Jahre zurückliegenden Mord aufgefallen. Ich hab mich mit den leitenden Ermittlern in Chemnitz in Verbindung gesetzt, und schnell war klar, dass wir einen Mehrfachmörder suchen. Durch weitere Recherchen stieß ich auf die anderen ungelösten Fälle. Seitdem kreist mein Leben nur noch um die Mordermittlung. Dass ich nachts nicht ohne Unterbrechung schlafen kann, hat nichts mit einem Pinkelbedürfnis zu tun. Dreyers Opfer rauben mir den Tiefschlaf. Sie folgen mir in meine Träume. Irgendwann stieß ich auf eine Verbindung nach Baltrum.«

»Welche?«, fragt Jule.

»Eine Quittung für ein Fährticket. Das haben die Kollegen in München beim vierten Mord sichergestellt. Sie vermuten, das Opfer habe kurz vor seinem Tod die Insel für einen Tagesausflug besucht. Ich glaube, das Opfer hat Dreyer heimlich beobachtet, bevor es sich mit ihm getroffen hat. Und Dreyer hat das nicht bemerkt.« Ich tippe auf den kopierten Beleg des Fährtickets. »Als ich nach weiteren Querverbindungen suchte, stieß ich auf Hinweise, die mich zu Dreyer geführt haben. Er ist der Mörder, daran habe ich keinen Zweifel.«

»Aber Sie können es nicht beweisen, sonst wären Sie nicht allein hier.«

»Richtig. Mein Vorgesetzter glaubt, ich würde Urlaub machen. Im Präsidium habe ich die Geschichte eines

Romanprojekts kundgetan und den Spott der Kollegen auf mich gezogen. Ich bin am Ende meines Lateins. Dreyer hat sieben Morde begangen, aber ich kann sie ihm nicht nachweisen.«

»Was machen Sie dann hier? Wieso ermitteln Sie hier auf der Insel?«

»Er hat Trophäen seiner Opfer eingesteckt. Schmuckstücke und Unterwäsche. Ich bin mir sicher, die finden sich bei ihm im Haus. Leider kann ich keinen Richter auftreiben, der mir einen Durchsuchungsbescheid ausstellt.«

»Sie wollen bei ihm einbrechen«, folgert sie blitzschnell. »Deswegen haben Sie sich für mein Hotel entschieden. Wegen der Nähe zu seinem Haus.«

»Sie sind clever«, lobe ich sie. »Ich war schon öfter hier auf der Insel. Mit falschem Bart und Perücke. Hab in unterschiedlichen Pensionen geschlafen und ihn beobachtet. Ich wusste, dass er Ihr Stammgast ist.« Jedes einzelne Wort dieser Behauptungen ist gelogen. Aber das wird Jule nicht herausfinden. »Das alles muss unter uns bleiben. Sie dürfen mit niemandem darüber reden. Verstehen Sie? Wenn er davon erfährt, schweben Sie in Lebensgefahr.«

Jule nickt sofort.

»Das ist enorm wichtig«, fahre ich fort. »Sie dürfen sich mit niemandem auf dieser Insel über Dreyer austauschen. Oder den Fokus auf mich richten. Ich bin Leander Wächter. Nicht Brodersen. Ihnen darf nie mein richtiger Name über die Lippen kommen.«

»Ich hab's kapiert«, sagt sie. »Aber Sie können nicht einfach bei ihm einbrechen. Er ist fast immer zu Hause. Wenn er nicht gerade bei mir im Restaurant sitzt oder in einer anderen Kneipe ein Bierchen trinkt. Falls er mal zum Supermarkt geht, ist er keine zwanzig Minuten später wieder da. Das reicht niemals, um ...«

»Ich weiß«, unterbreche ich sie. »Auf Baltrum ist man

bald rum«, zitiere ich einen Satz, den ich im Rahmen meiner Recherchen über die Insel gelesen habe.

Sie lächelt. »Genau. Die Insel ist klein. Und selbst wenn Sie es schaffen, in seiner Abwesenheit bei ihm einzubrechen und wieder rauszukommen, könnte Sie ein anderer Insulaner beobachten. Jeder von ihnen würde Tamme Bescheid geben. Er ist ein Einheimischer. Sie ein Fremder. Die Einheimischen halten zusammen. Man würde Sie als den Eindringling ansehen.«

»Ich weiß«, wiederhole ich. »An diesem Problem arbeite ich gerade. Mir fällt in den nächsten Tagen bestimmt was ein. Und vielleicht können Sie mir dabei helfen.«

Jule wirkt erschrocken. Zunächst glaube ich, wegen meiner Bitte, mich zu unterstützen. Dann bemerke ich ihren Blick. Sie schaut durchs Fenster nach draußen.

»Tamme kommt. Was will der denn hier?«

»Sie müssen ihn aufhalten.«

»Ich geb mein Bestes. Packen Sie alles zusammen. Schnell!« Sie rennt zur separaten Ausgangstür der Gaststätte.

Hektisch schiebe ich die Unterlagen zusammen und stopfe sie in den Hefter. Dabei segelt ein Blatt zu Boden.

»Scheiße!«

Es landet mit der leeren Seite nach oben unter dem gegenüberliegenden Tisch. Wenn ich es aufhebe, könnte er das bemerken. Außerdem würde ich zu viel Zeit verlieren, denn ich müsste mich unter den Tisch bücken. Er will bestimmt wissen, wieso das Geschirr mit dem Essen zusammengeschoben am Rand steht. Also lasse ich den Zettel liegen und drapiere die Nahrungsmittel so, als wäre ich noch mitten beim Frühstück.

7

JULE

»Moin, Tamme.« Mit einem Strohbesen, den ich glücklicherweise gestern auf der Fußmatte vergessen und mir fix geschnappt habe, fege ich den Eingangsbereich sauber. Ohne Besen wüsste ich nicht, was ich hier im Winter um diese Uhrzeit sonst hätte machen sollen. Ich puste mir angestrengt die Haare aus dem Gesicht und erwecke so hoffentlich den Eindruck, schwer beschäftigt zu sein. »Du bist ja heute früh unterwegs. Bist du aus dem Bett gefallen, oder was verschafft mir die Ehre?« Tamme bleibt irritiert stehen, weil ich nicht zur Seite trete, sondern wie ein Wasserfall quassele und weiterfege. »Was für ein Mistwetter. Hier sieht's aus wie bei Hempels. Ich kann's nicht ertragen, wenn draußen alles kreuz und quer rumfliegt. Da gerate ich in einen regelrechten Putzrausch. Verrückt, ich weiß.«

»Äh …«

»Ja?« Ich verharre und schaue ihm erstmals direkt in die Augen. Er wirkt vollkommen normal, gar nicht wie ein Mörder. Aber jeder weiß, dass schlechten Menschen das Böse nicht ins Gesicht geschrieben steht. Sonst könnten

Serienkiller wie Ted Bundy nicht viele Jahre lang unbehelligt mit der Masse schwimmen und ihr monströses Wesen verbergen. Selbst im Märchen nimmt die böse Hexe zur Tarnung eine freundliche Gestalt an. »Ist was?«

»Ich wollte mich überzeugen, ob es dir gut geht.« Er spricht mit auffällig lauter Stimme und versucht, einen Blick an mir vorbei ins Innere zu erhaschen.

Ob er meine Unsicherheit bemerkt, mein aufgesetztes Lachen entlarvt? Er ahnt auf jeden Fall, dass was im Busch ist und sucht wahrscheinlich Leander. Ich muss unbedingt noch Zeit schinden. »Klar geht's mir gut. Warum auch nicht? Hab nur ordentlich zu tun. Ständig weht hier alles voll.«

»Das stört doch keinen Menschen. Kaum hast du es weggefegt, kommt die nächste Böe. Gib's auf, das ist vollkommen unnötig. Der Einzige, den es interessiert, bist du selbst.«

»Hm. Was ich anfange, bring ich auch zu Ende.«

»Lässt du mich trotzdem rein? Oder willst du mir noch länger den Weg versperren?«

»Oh, klar, entschuldige bitte, ich steh ja voll im Weg! Natürlich lasse ich dich rein, haha, logisch. Immer hinein in die gute Stube. Ich lebe meinen Putzfimmel später weiter aus.«

Umständlich lehne ich den Besen zuerst links an die Hauswand, dann rechts. Tamme beobachtet meine Bewegungen irritiert und runzelt die Stirn. Er geht vor mir rein, ich folge ihm dicht auf den Fersen. Am liebsten würde ich ihn zur Seite schubsen, um zu schauen, ob Leander die Unterlagen rechtzeitig verstaut hat. Aber ich erkenne es auch so. Gott sei Dank – der Schnellhefter liegt neben ihm auf der Bank, auf dem Tisch ist kein Papier mehr zu sehen.

Ich ziehe hinter mir die Tür zu und beobachte Tamme, der den Frühstückstisch ansteuert.

»Guten Morgen«, grüßt Leander.

»Moin. Hab ich mir gedacht, dass Jule heute wegen Ihnen ein Frühstück anbietet.«

»Ja, und es ist echt sensationell.«

Ich gehe langsam zum Tresen. Wenn ich weiterhin blöd im Raum rumstehe, wäre das zu auffällig. »Meine Gäste buchen immer das Frühstück mit.«

»Nee, einmal hattest du dieses ältere Ehepaar, das sich selbst versorgen wollte. Weißt du noch? Er war, glaube ich, Lehrer.«

»Stimmt, die hatte ich vergessen. Sie waren beide pensionierte Lehrer und kamen aus NRW. Am Ende haben sie ständig gefragt, ob Reste vom Frühstück da sind. Natürlich ohne Bezahlung, weil ich es ja sonst wegschmeißen müsste.«

»Typisch.«

Ich nicke. »Was kann ich dir anbieten, Tamme? Einen Kaffee?«

»Jo. Und wenn der Herr Autor genug übrig gelassen hat, würde ich zusätzlich gern dein Frühstück in Anspruch nehmen. Weiß ja nicht, ob das möglich ist.«

Leander macht eine einladende Handbewegung zum Stuhl ihm gegenüber. »Überhaupt kein Problem, es ist noch jede Menge da. Ich werde hier königlich verwöhnt. Wollen Sie sich zu mir setzen? Dann muss unsere Gastgeberin nicht extra alles hin- und herräumen.«

»Okay, Jule?«, fragt Tamme.

»Logisch, da freu ich mich drüber. Ich hol eben ein weiteres Gedeck.«

Er zieht seinen Parka aus, hängt ihn über die Stuhllehne und nimmt Platz. Im Weggehen sehe ich ein Blatt Papier auf dem Fußboden liegen. Mist! Das muss in der Hektik unter den gegenüberliegenden Tisch gesegelt sein. Glücklicherweise liegt es mit der weißen Seite nach oben. Hoffentlich bemerkt Tamme es nicht.

Nachdem ich das Geschirr und den Kaffee gebracht habe, stelle ich mich hinter den Tresen. Ich gebe mir gar nicht erst die Mühe vorzugeben, als verfolge ich den Schlagabtausch der Männer nicht. Trotzdem werkle ich beim Zuhören ein wenig herum und unterdrücke jegliche Emotionen. Ein Handgriff nach dem anderen, als ob es ein stinknormaler Tag wäre.

Leander schiebt die Etagere über den Tisch. »Den Lachs würde ich probieren, der ist köstlich.«

»Ach was. Wäre ich echt nicht drauf gekommen.« Er weist mit dem Kinn zum geschlossenen Schnellhefter auf der Eckbank neben Leander. »Was ist denn da drin?«

»Hier drin? Ach, meine Unterlagen halt.«

»Darf ich einen Blick reinwerfen?«

Leander lächelt freundlich. »Sie haben ja nicht mal Ihren Kaffee angerührt.« Damit hat er recht. Weder Tasse noch Teller hat Tamme bislang angefasst. Als hätte er gar keinen Appetit, sondern nur einen Vorwand für das Gespräch gesucht. »Ich zeige meine Recherchen niemandem, tut mir leid. Da bin ich eigen.«

»Aha. Sehr seltsam. Damit kann ein anderer sowieso nichts anfangen. Oder glauben Sie, ich schreib dann mal eben locker-flockig selbst ein Buch, weil ich Ihre brisanten Aufzeichnungen mit den Augen gescannt habe? Wohl kaum.«

»Vielleicht übertreibe ich wirklich, gut möglich. Ich recherchiere seit Jahren für den Roman und bin deswegen ein wenig paranoid.«

»Sieht so aus.«

»Ich nehme die Unterlagen sogar mit zum Frühstück, um sie immer bei mir zu wissen.« Leander reibt sich verlegen das Kinn. »Jeder hat so seine Macke. Das ist meine.«

Tamme wendet sich mir zu. »Durftest du denn einen Blick in die geheimnisvollen Schriften werfen?«

Ich spüre, wie ich erröte und will gerade antworten, als Leander mir zuvorkommt: »Das nicht, aber ich habe mich bei ihr nach etwas erkundigt.«

»Bei der Gelegenheit ist dann wohl versehentlich was zu Boden gefallen«, erwidert Tamme und steht blitzschnell auf. Er bückt sich unter den gegenüberliegenden Tisch, um den Zettel aufzuheben.

Mir schlägt das Herz bis zum Hals. Wenn es sich um eines der verräterischen Dokumente handelt, wird die Situation eskalieren. Mein Nachbar dreht das Papier um und mustert es. Leander und ich starren ihn an. Was hält Tamme in der Hand? Er legt den Bogen auf den Frühstückstisch und tippt mit dem Zeigefinger darauf.

»Wieso haben Sie denn einen fünf Jahre alten Fährplan ausgedruckt? Ziemlich schräg.«

Er setzt sich wieder. Du meine Güte. Es ist bloß der Reederei-Plan der Baltrum-Linie, ich bin so erleichtert!

»Oh, der ist mir wohl eben runtergefallen, danke!« Leander nimmt die Seite an sich. »Den brauche ich auch für meine Arbeit.«

»Wird anscheinend ein historischer Roman«, kommentiert Tamme rüde. »Als ob sich heute irgendjemand dafür interessiert, wann früher die Schiffe fuhren.«

»Da würden Sie sich sehr wundern, was Leser alles bemerken. Ein mit mir befreundeter Thrillerautor bekommt Zuschriften von Fans, denen jedes noch so nebensächliche Detail auffällt. Er erhält manchmal Mails, in denen sie sich über falsche Jahreszahlen oder Straßennamen beschweren. Wenn er behauptet, im vorletzten Juli in Schottland habe es zehn Tage am Stück geregnet, kann das zu Beschwerden führen, weil irgendjemand zu dieser Zeit dort war und es besser weiß. Es war der trockenste Juli seit Ewigkeiten. Genau so könnte es mit den Tiden und den entsprechenden Fährzeiten passieren. Also Ebbe und Flut.«

Tamme lacht höhnisch auf. »Danke für die Erklärung der Gezeiten. Ohne Ihr Wissen wäre die Menschheit aufgeschmissen.«

»Manchmal bin ich ein richtiger Klugscheißer, Entschuldigung. Jedenfalls spielt mein Roman nicht in der Gegenwart, sondern ein paar Jahre in der Vergangenheit auf Baltrum. Authentizität ist für mein Projekt wichtig, darum gehört der Fährplan zu den erforderlichen Einzelheiten. Nicht, dass mir irgendwann Einheimische Kleinigkeiten um die Ohren hauen. Das gilt es zu verhindern.« Er zwinkert Tamme zu, der ihm die kalte Schulter zeigt.

»*Einheimische* interessieren sich garantiert nicht für Ihren Roman.«

»Warum sind Sie eigentlich mir und meinem Herzensprojekt gegenüber so negativ eingestellt? Haben Sie damit ein konkretes Problem, oder ist das generell ein Thema?«

»Tss. Es ist mir scheißegal, was Sie treiben. Aber wenn Sie es genau wissen wollen, finde ich diesen Mitteilungszwang zum Kotzen. Jeder Mensch glaubt heute, etwas unheimlich Wichtiges zu sagen zu haben. Was haben Sie schon für eine Ahnung von unserer Insel oder der Nordsee? Wieso kümmern sich die Leute nicht um ihren eigenen Scheiß, anstatt Gott und die Welt vollzulabern?«

»Okay.« Schulterzuckend lehnt sich Leander zurück. »Ist Ihre Meinung. Ich hab schließlich gefragt. Finde ich trotzdem komisch, denn dann gäbe es keine Kunst. Ohne Fiktion wäre das Leben ziemlich langweilig.«

Unvermittelt steht Tamme auf, schnappt sich seine Jacke und schaut zu mir. »Tut mir leid, Jule, mir ist irgendwie der

Appetit vergangen. Falls dein Gast Ärger macht, gib mir Bescheid. Ich komm dir jederzeit zu Hilfe.«

»Äh ... ja ... gut, okay ... Danke fürs Angebot, aber ...« Er verschwindet mit einem knappen Handgruß nach draußen, bevor ich weiterreden kann. Was war das denn für ein Auftritt? Wir schauen ratlos zur Tür.

Leander bricht das Schweigen zuerst. »Der Mann ist gefährlich. In ihm gärt es. Das hat er gerade eindrucksvoll unter Beweis gestellt.«

»Dem kann ich mich nur anschließen. Ich habe ihn noch nie so erlebt. Solange ich denken kann, ist er einfach ein normaler Nachbar für mich gewesen, der hier ein und aus geht.«

»Das glaube ich Ihnen. Muss komisch und beängstigend für Sie sein.« Er steht auf und gesellt sich zu mir.

»Wirklich beruhigend ist das tatsächlich nicht. Ich meine: ein Mörder? Echt jetzt? Mein Gott, ich weiß überhaupt nicht, wie ich mich verhalten soll!«

»Versuchen Sie, besonnen und ruhig zu bleiben. Lassen Sie keine Panik aufkommen. Und behalten Sie das alles um Himmels willen für sich.«

»Ja.«

Ich nicke hastig und fische nach meinem Kettenanhänger. Die silberne Seestern-Halskette trage ich im Alltag fast immer. Meine Schwester hat die gleiche. Alle paar Jahre kaufen wir uns identische Schmuckstücke und nutzen sie als Glücksbringer und Zeichen der Verbundenheit. Wenn ich nervös bin, beruhigt es mich, den glitzernden Seestern zu reiben, obwohl es kindisch ist.

Leander weist mit dem Zeigefinger zum Tisch. »Leider hat er nichts vom Essen angerührt und auch seinen Kaffee stehen gelassen. Das heißt, wir kriegen erstmal keine frischen DNA-Spuren. Es wäre wichtig, dass Sie bei seinem nächsten Besuch sein Glas nicht spülen.«

»Glauben Sie, dass er bald wieder auftaucht?«

»Seine Gewohnheiten kennen Sie besser als ich. Ich denke schon. Er wird hier vermutlich aufkreuzen wie sonst auch. Hoffe ich zumindest.«

Wieder steigt die Angst in mir auf. Wie soll ich das bloß aushalten, ohne die Nerven zu verlieren? »Mir wird nichts passieren«, sage ich mehr zu mir selbst als zu ihm. »Und wie wollen Sie Tamme überführen?«

»Das wird schon.« Er klopft mit der flachen Hand auf die Arbeitsplatte. »Denken Sie jedenfalls bitte daran, das nächste Glas oder die nächste Tasse, die er berührt, nicht zu spülen. Er hat Fingerabdrücke auf dem Blatt hinterlassen, die ich sichern kann, aber noch wichtiger sind seine DNA-Spuren.«

»Richtig, er hat den Fahrplan angefasst.«

»Genau.« Gedankenverloren weicht er mir aus. »Ich muss jetzt in mein Zimmer. Sie wissen Bescheid.«

»Sobald Tamme etwas zu sich nimmt, kümmere ich mich drum. Versprochen!«

8

LEANDER

Die Tür zu meinem Zimmer steht offen. Jule hat wohl keinen Grund gesehen, sie zu schließen. Ich betrete den noch ungesäuberten Raum. Obwohl ich damit rechne, dass sie mir schnell folgt, um ihre Arbeit zu vollenden, drücke ich die Tür leise zu. Ich brauche zumindest für einige Augenblicke das Gefühl, ungestört zu sein.

Den Schnellhefter mit den Unterlagen lege ich auf den Schreibtisch und schlage ihn auf. Manche Zettel bewahre ich in Klarsichtfolien. In eine davon stecke ich den Fährplan, den Dreyer angefasst hat. Dass ich ihn jemals auf Fingerabdrücke untersuche, erscheint mir zweifelhaft. Nicht, wenn alles so läuft, wie ich es mir ausgemalt habe. Auch die Sache mit den DNA-Spuren habe ich nur erwähnt, um glaubhaft die Polizistenrolle zu spielen.

Ich trete ans Fenster. Der Blick aufs Wattenmeer beruhigt meine angespannten Nerven. Das hätte verdammt schiefgehen können. Wäre nicht ein harmloser Zettel zu Boden gesegelt, sondern ein Auszug aus der Polizeiakte, hätte ich direkt in den Brennnesseln gesessen.

Meine Gedanken wandern wieder zu Jule. Sie hat mir

den Grund meines Aufenthalts hier auf der Insel offensichtlich abgekauft. Zumindest habe ich an ihr keinen Zweifel wahrgenommen. Das ist gut, denn falls sie meine wahren Beweggründe kennen würde, wäre mein Vorhaben zum Scheitern verurteilt. Aber mir rinnt die Zeit schneller durch die Finger als erhofft. Ich muss handeln und die Daumenschraube anlegen. Mir geistern Szenarien durch den Kopf, wie ich an mein Ziel gelangen kann. Vielleicht ist es gar nicht schlecht, ihr Misstrauen gegen Dreyer angefacht zu haben. Dadurch fällt es mir hoffentlich leichter, sie um etwas zu bitten, das ich mich sonst nicht trauen würde.

Die Idee nimmt Konturen an. Ich wälze Vor- und Nachteile und komme zum Ergebnis, es durchzuziehen. Schnell ziehe ich mir einen dicken Pullover, Jacke, Mütze und Schal an. So gegen das kalte Wetter gewappnet, verlasse ich mein Zimmer wieder.

Im Flur bleibe ich stehen und lausche. Es sind keine Geräusche zu hören, kein Klappern, einfach nichts. Fast schon gespenstisch. Um mein Kommen anzukündigen, gehe ich pfeifend die Treppe hinunter. In der Gaststätte sitzt Jule an dem Tisch, an dem zuvor Dreyer und ich gesessen haben. Sie hat noch nicht abgeräumt, starrt lediglich ins Leere. Sie wirkt niedergeschlagen, was mir einen Stich versetzt. Aber ich muss ans große Ziel denken.

Ich setze mich zu ihr. »Alles in Ordnung?«

Sie schaut hoch, ohne eine Miene zu verziehen.

»Er ist mein Nachbar«, sagt sie leise.

Sie wirkt fast, als würde sie sich eine Mitschuld an den toten Frauen geben.

»Und ein sehr gefährlicher Mann«, füge ich hinzu. »Ich gehe davon aus, er wird uns beobachten.«

Sie schaut erschrocken zum Fenster. »Oh Gott! Daran hab ich gar nicht gedacht.«

»Nicht so schlimm. Aber es ist wichtig, dass Sie das ab sofort im Hinterkopf haben.«

Jule nickt. »Sie wollen rausgehen?«

»Ich muss den Kopf freibekommen. Das geht an der frischen Luft einfach besser. Und ich habe eine Idee, wie wir Dreyers Misstrauen zerstreuen können.«

»Lassen Sie hören.«

»Gehen Sie mit mir vor die Gaststättentür«, bitte ich sie. »Für ein Selfie. Das wirkt schön arglos. Ich hoffe, er wird das mitbekommen.«

»Wieso?«

»Meine Berufserfahrung lehrt mich, mit scheinbar harmlosen Aktionen zerstreut man am allerschnellsten Bedenken. Wenn er sieht, wie wir vor Ihrem Hotel ein Foto schießen, hält er mich hoffentlich weiterhin bloß für einen Spinner.«

»Meinen Sie wirklich?«, fragt Jule.

»Es gibt dafür keine Garantie, da wir nicht wissen, was er gerade macht. Vielleicht kriegt er es gar nicht mit. Aber ich bin mir ziemlich sicher, dass er hinter einer seiner Gardinen hockt und zu uns rüberstarrt.«

»Na gut. Ich räume eben die Lebensmittel in den Kühlschrank.«

Ein paar Minuten später stehen wir draußen vor der Gaststätte. Trotz des kalten Windes hat sich Jule keine Jacke übergeworfen. Ein Pluspunkt für das, was ich tatsächlich mit dem Schnappschuss vorhabe.

Ich halte die Kamera mit ausgestrecktem Arm hoch.

»Wohin muss ich gucken?«, fragt Jule.

»Am oberen Rand in der Mitte ist die Frontkamera.« Ich sage die Worte »bitte lächeln«, die die Aufnahme automatisch auslösen. Insgesamt schieße ich auf diese Weise vier Bilder.

»So. Hoffentlich hat er das gesehen. Danke, Jule.«

»Was machen Sie jetzt?«

»Ich laufe ein bisschen rum. So wie es ein Schriftsteller tun würde. Wahrscheinlich bin ich mindestens eine Stunde unterwegs. Wenn Sie also in meinen Sachen schnüffeln wollen, haben Sie ausreichend Gelegenheit dazu.«

Jule schaut mich entrüstet an.

»War nur ein Spaß«, beruhige ich sie.

»Wären Sie direkt ehrlich gewesen, hätte ich das nicht getan.«

»Ich weiß.«

»Viel Vergnügen bei Ihrer Erkundungstour.« Sie geht zurück ins Haus.

Langsam schlendere ich die Straße entlang. Auf Höhe von Dreyers Haus beschleunige ich meinen Schritt. Wenn er mich wirklich beobachtet, will ich ihm keinen Grund zum Misstrauen bieten.

Ich komme an Gebäuden vorbei, die mir schon gestern auf dem Hinweg aufgefallen sind. Eine Konditorei, die katholische Kirche, das Schulgebäude. Statt nach links zum Flugplatz abzubiegen, gehe ich geradeaus. So nähere ich mich dem Inselkern, in dem nicht nur das Rathaus, sondern auch ein Supermarkt und ein bisschen weiter entfernt ein paar Geschäfte liegen. Außerdem gibt es hier Restaurants und eine Eisdiele. Nicht alle Läden haben geöffnet. Wegen der frühen Uhrzeit oder der Jahreszeit? Ich habe Wichtigeres zu tun, als das herauszufinden. Auf einer Bank nehme ich Platz und ziehe mein Handy aus der Jackentasche. Ich prüfe die Fotos, die alle ihren Zweck erfüllen. Sie strahlen eine gewisse Vertrautheit aus.

Ich rufe das E-Mail-Programm auf und verfasse eine Nachricht an eine Adresse, die ich auswendig kenne. Jedes

Wort muss genau überlegt sein. Diesen Schritt hatte ich erst zu einem späteren Zeitpunkt vorgesehen, leider führt Jules Neugier zu einer Änderung der Pläne.

Hallo Nina!

In den letzten Jahren hast du dich mehrfach um die Belange fremder Frauen gekümmert. Nun sollte dich das Wohlergehen deiner eigenen Schwester interessieren. Du siehst, ich bin in ihrer Reichweite. Außerdem vertraut sie mir. Ich bewege mich nachts im Hotel frei herum, und tagsüber posiert sie für Fotos mit mir. Was meinst du, wie schnell ich ihr ein Messer in die Brust rammen kann, um ihren Herzschlag zu stoppen?

Du bist die Einzige, die das verhindern kann. Allerdings bleibt dir nicht viel Zeit. Ich erwarte dich innerhalb von achtundvierzig Stunden hier auf der Insel. Sonst bestrafe ich Jule für deine Feigheit.

Solltest du ihr eine Warnung schicken, werde ich ihr das anmerken. Dann ziehe ich die entsprechenden Konsequenzen, und Jule stirbt.

Nimm mich ernst. Das ist besser für uns alle.

X

Ich lese den Text zweimal durch. Sie wird nicht an meinen Absichten zweifeln, nicht bei ihrem Werdegang. Wahrscheinlich hat sie nie geglaubt, dass ihr Verhalten ihre Schwester in Gefahr bringen könnte, doch nun ist es so weit. Wir ernten alle die Früchte unserer Arbeit.

Ich füge eines der Selfies bei und eines der Bilder, die ich nachts vor der Tür mit dem *Privat*-Schild aufgenommen habe. Nach einem letzten Check sende ich die Mail ab.

Das Selfie wird ihr die Möglichkeit geben, Schritte gegen mich zu unternehmen, aber dieses Risiko muss ich eingehen. Ich habe Sicherheitsvorkehrungen getroffen, von denen ich hoffentlich profitieren werde.

Eigentlich müsste ich direkt zu Jule zurückkehren, um sie im Auge zu behalten. Da ich ihr angekündigt habe, mindestens eine Stunde unterwegs zu sein, würde das allerdings auffällig wirken. Ich muss mich auf mein Gespür verlassen. Nina wird Jule nicht vorwarnen. Sie ist der Typ Mensch, der die Probleme lieber eigenständig aus dem Weg räumt. Also schlendere ich zum Strand. Der Himmel ist fast wolkenlos, und auch der Sturm hat sich ein bisschen beruhigt. Als ich mein Gesicht der Sonne entgegenstrecke, fühlt es sich an, als würde der Frühling nahen.

Nach etwas mehr als einer Stunde kehre ich zurück. Jule hält sich in der ansonsten leeren Gaststätte auf.

»Haben Sie das gute Wetter genossen?«, fragt sie mich.

»Das war herrlich.«

»Lust auf eine heiße Schokolade?«

Mir schießen unzählige Gedanken durch den Kopf. Nina könnte sie vorgewarnt und ihr geraten haben, mir K.-o.-Tropfen einzuflößen. Oder ein Schlafmittel. Allerdings wird sie solche Substanzen kaum unter der Theke aufbewahren. Wenn ich jetzt schon misstrauisch reagiere, dürfte ich in den nächsten Tagen nichts mehr zu mir nehmen, was Jule zubereitet hat.

»Das klingt verlockend«, sage ich. »Bin gleich wieder bei Ihnen. Ich bringe nur eben meine Winterkleidung hoch.«

Rasch laufe ich die Treppe nach oben und betrete das gemachte Zimmer. Ich entriegle den Safe und starre auf die Sachen, die dort liegen. Sie wirken unberührt. Bestimmt besitzt Jule einen Generalschlüssel, mit dem sich die Safes öffnen lassen. Das Risiko muss ich eingehen. Für einen kurzen Moment überlege ich, die Pistole mit nach unten zu nehmen. Doch wenn sie mich wirklich ausknockt, werde ich keine Chance haben, sie einzusetzen.

Ich schließe den Safe wieder und gehe in die Gaststätte. Jule hat zwei Tassen heiße Schokolade vorbereitet und sitzt an einem Tisch. Sie nippt an ihrer gelben Kaffeetasse. Meine ist klassisch weiß. Hat sie absichtlich unterschiedliche Farben genommen, um keinen tragischen Fehler zu begehen?

Ich setze mich zu ihr. »Das duftet köstlich.«

»Greifen Sie zu«, sagt sie lächelnd.

Vermutlich bilde ich mir ihren verschlagenen Blick nur ein. Trotzdem frage ich mich, ob ich vorgeben soll, die Schokolade lieber auf meinem Zimmer trinken zu wollen. Ich hätte die Nachricht an Nina aus dem Hotel abschicken sollen, dann hätte ich eine Kontaktaufnahme vielleicht mitbekommen.

»Soll ich Ihnen Sahne aufschlagen? Oder ein bisschen Alkohol dazugeben?«

»Nein, danke. Heiße Schokolade pur ist jetzt genau das Richtige.«

Ich nippe an der Tasse. Das Getränk schmeckt so, wie ich es erwarten würde.

»Wo waren Sie überall?«, fragt Jule.

Ich beschreibe ausführlich meinen kleinen Spaziergang. Sie erklärt mir, dass fast alle Geschäfte das ganze Jahr über geöffnet hätten. Manche Restaurants hingegen würden erst mit dem Beginn der Osterferien ihren Betrieb aufnehmen.

»Die Öffnungszeiten auf der Insel sind für Touristen gewöhnungsbedürftig. In unserer Straße liegt eine wundervolle Konditorei. Die öffnet außerhalb der Hochsaison von halb drei bis halb sechs. Sonn- und Montage sind Ruhetage. Dabei kaufen dort nicht nur Besucher, sondern auch die Einheimischen. In den drei Stunden brummt der Laden, ganz unabhängig von der Jahreszeit.«

Ich trinke weiter und achte genau auf meinen Bewusstseinszustand. Sobald ich den kleinsten Anflug von Schwindel wahrnehme, werde ich versuchen, mich in meinem Zimmer einzusperren. Einen Stuhl unter die

Klinke drücken und hoffen, einigermaßen unbeschadet aus der Konfrontation herauszukommen.

Angenehme Wärme breitet sich in meinem Magen aus.

»Schmeckt sehr lecker«, lobe ich.

»Ist ein Spezialrezept«, sagt Jule lächelnd. »Hab ich von meinem Vater übernommen.«

Sie blickt aus dem Fenster. »Ich kann das einfach nicht glauben«, murmelt sie.

Meint sie ihren Nachbarn oder die Mail, die ich ihrer Schwester geschickt habe?

»Würde mir an Ihrer Stelle ähnlich gehen.«

Jule schaut mich an. »Warum?«, fragt sie mich.

Ich bemerke noch immer keine Veränderung. Wir unterhalten uns über Tamme Dreyer statt über mich.

»Sie meinen, was diesen Drang in ihm ausgelöst hat? Was zum ersten Mord geführt hat?«

Jule zögert, ehe sie nickt.

»Das werden wir wohl frühestens erfahren, wenn wir sein Leben auf links umkrempeln. Oder er ein vollständiges Geständnis ablegt. Allerdings kommt das bei den wenigsten Tätern vor. Menschen wie Dreyer kann man nicht vertrauen. Selbst wenn sie vorgeben, alles auf den Tisch zu legen, lügen sie noch immer.« Ich trinke die Schokolade aus. »Danke, das war köstlich. Ich ziehe mich jetzt in mein Zimmer zurück und setze mich an den Laptop.«

»Viel Erfolg«, wünscht sie mir.

Mein Misstrauen gegenüber Jule war wohl unnötig. Unbehelligt verlasse ich die Gaststätte.

9

NINA

Bis zur Mittagspause lässt meine Assistentin Rebecca mich hoffentlich in Ruhe. Sie dürfte mit der Imagekampagne für die neue App gut beschäftigt sein. Unser Kunde erwartet etwas Großartiges, und ich habe ihm vollmundig versprochen, ihn nicht zu enttäuschen. Als Geschäftsführerin unseres Start-ups habe ich mich für den Erfolg des Projekts verbürgt, obwohl ich insgeheim nur der Hälfte der Belegschaft vollen Einsatz zutraue.

In der IT-Branche kann ich nun mal nicht auf herausragende Programmierer verzichten, aber genau diese Berufsgruppe verhält sich manchmal etwas sonderbar. Zumindest ist es für mich auch noch ein Jahr seit unserer Firmengründung ungewohnt, mit dieser wortkargen und eigenbrötlerischen Sorte Mensch umzugehen. Der Umgang mit Leuten aus der Wirtschaft hingegen ist mir vertraut, ich bin eben durch und durch Geschäftsfrau. Mit klaren Zeitangaben, schnellen Entscheidungen und warmen Worten komme ich bei unseren Nerds nicht weit. Es dauert so lange, wie es nun mal dauert, erklären sie. Je mehr Druck ich aufbaue, desto stoischer wird ihr Blick zum Bildschirm. Darum überlasse ich lieber Rebecca die Kommunikation zwischen den einzelnen Schnittstellen und konzentriere mich selbst auf die Akquise, Kundenbindung und finalen Entscheidungen.

Sie betritt mein gläsernes Büro und schaut an mir vorbei aus dem Fenster. Unsere Büroräume sind in der sechsten Etage eines zwölfstöckigen Hochhauses in Hamburgs HafenCity. Am großartigen Ausblick sieht man sich nie satt. Himmel, Wasser und Schiffe bedeuten für ein Küstenkind wie mich die prächtigste Kulisse der Welt.

Rebecca seufzt zufrieden. »Das Tor zur Welt. Es ist einfach so schön hier. Du, Nina, soll ich den Entwicklern sagen, dass wir die Präsentation der App bis nächsten Mittwoch fertig haben müssen? Oder ist das ein Geheimnis?«

Ich lege meine Hände auf den geschlossenen Laptop. »Verrat es ihnen lieber nicht. Manchmal hab ich den Verdacht, sie arbeiten extra langsam, wenn die Luft dünner wird. Wir dürfen das Projekt auf keinen Fall versemmeln.«

»Okay.«

»Kümmer du dich bitte um alles Nötige, ich brauche die geballte Ladung Konzentration.«

Sie verschwindet auf leisen Sneakersohlen, nachdem ich mein abweisendes Chef-Gesicht aufgesetzt habe. Endlich. Ich klappe den Laptop auf, öffne Facebook und gebe *Christopher Schmitz* ein. Untereinander erscheinen zahlreiche Profile mit diesem Namen, der Großteil von ihnen mit Foto. Ich weiß bereits, auf welchen Christopher Schmitz ich es abgesehen habe. Ich habe ihn vorgestern erst entdeckt. Bei der Suche rutscht er mir nicht aus dem Visier, weil wir zwei Facebook-Freunde gemein haben. Während ich ihn anklicke und als Erstes die Angaben zu seiner Person durchlese, ziehe ich mein Smartphone aus der Handtasche, um Instagram aufzurufen. Christopher Schmitz' Insta-Account ist nicht aussagekräftig: lediglich ein paar gepostete Landschaftsbilder aus Urlauben und weniger als hundert Abonnenten. Damit kann ich nichts anfangen. Klar, er ist ja auch Jahrgang 1972. Die Generation rund um die Siebzigerjahre ist eher Facebook-affin. Fünfzigjährige fühlen sich auf den anderen sozialen Plattformen verloren. Auf Facebook ist Schmitz allerdings überhaupt nicht zurückhaltend. Eitel präsentiert er sich beim Training im Fitnesscenter von seiner Schokoladenseite, stößt die unterschiedlichsten Diskussionen an und kommentiert wie ein Weltmeister bei anderen Usern. Besonders stolz ist er auf herablassende Statements gegenüber dem weiblichen Geschlecht. *Wenn eine Frau nicht redet, soll man sie auf keinen Fall unterbrechen.* Schon klar. Sein Social-Media-Profil entspricht genau dem, was ich vermutet habe. Ich habe einen weiteren Kandidaten entlarvt, dem ich das Handwerk legen werde. Der Widerling lebt zwar in Stuttgart und treibt dort sein Unwesen, aber das spielt keine Rolle. Im Kampf um Gerechtigkeit für wehrlose Frauen, die Schmitz auf dem Gewissen hat, ist räumliche Entfernung das geringste Problem. Bislang war ich mir nicht vollkommen sicher, ob er wirklich der Richtige ist. Zwei Opfer haben ihn zwar detailliert beschrieben, doch wegen seines Allerweltnamens hätte ich bei meinem Rachefeldzug auch den Falschen erwischen können. Jetzt weiß ich, dass er es ist. Örtliche und zeitliche Angaben passen ebenso perfekt wie sein chauvinistisches Weltbild. Er veröffentlichte seine Posts genau an den Tagen auf Facebook, als er seine Opfer mit K.-o.-Tropfen ausknockte.

Ich reiße mich zusammen, um keinen Kommentar unter seinen Satz *Im Leben wählt ein Mann unter zwei Übeln meist das hübschere* zu setzen, als Rebecca auch schon wieder herbeigerauscht kommt. Rasch klicke ich den Facebook-Browser weg. Mein Geheimnis geht keinen Arbeitskollegen etwas an.

Ich schaue sie fragend an. »Ja?«

»Sorry für die Störung. Béla will wissen, ob du heute noch die Budgetfreigabe für die Werbekampagne schalten könntest. Die benötigen grünes Licht, sonst verzögert sich alles unnötig, meint er.«

»Mach ich.« Ich schürze die Lippen. »Richte ihm aus, dass ich es heute Nachmittag rübermaile. Vorher muss ich nur noch was klären.«

»Danke.« Sie zupft am Blazer ihres gelben Hosenanzugs und dreht sich um die eigene Achse.

In Kombination mit dem weißen Shirt und den passenden Sneakern gefällt er mir ausgezeichnet.

»Ehrlich, wie findest du ihn?«, fragt sie. »Ist er zu steif?«

Ich hebe den Daumen. »Er sieht total toll aus! Das wollte ich dir schon die ganze Zeit sagen. Überhaupt nicht steif, sondern todschick und trendy, besonders in deiner Kombi. Wo hast du den Anzug her?«

»Aus dem Alsterhaus. Ich konnte mich nicht zurückhalten, obwohl ich eigentlich was anderes kaufen wollte. Eine Jeans. Na ja, auch egal. Er hat *Mama* gerufen.«

»Was man braucht, das braucht man.«

»Eben.«

Wir grinsen uns zu. Das leise *Pling* des Laptops unterbricht die Plauderei und kündigt den Eingang einer neuen E-Mail an. Ich klicke auf Outlook, um meine Nachrichten zu checken. »Ich muss was tun. Wir sehen uns draußen.« Für einen Moment scheint mein Herz stehen zu bleiben.

»Bis gleich«, sagt Rebecca im Rausgehen.

Ich brumme nur geistesabwesend, weil ich kaum glauben kann, was ich auf dem Display sehe. Panisch studiere ich die Mail eines Absenders namens X, switche aufgeregt zwischen dem Text und zwei angehängten Fotos hin und her.

Hallo Nina!

In den letzten Jahren hast du dich mehrfach um die Belange fremder Frauen gekümmert. Nun sollte dich das Wohlergehen deiner eigenen Schwester interessieren. Du siehst, ich bin in ihrer Reichweite. Außerdem vertraut sie mir. Ich bewege mich nachts frei im Hotel, und tagsüber posiert sie für Fotos mit mir. Was meinst du, wie schnell ich ihr ein Messer in die Brust rammen kann, um ihren Herzschlag zu stoppen?

Du bist die Einzige, die das verhindern kann. Allerdings bleibt dir nicht viel Zeit. Ich erwarte dich innerhalb von achtundvierzig Stunden hier auf der Insel. Sonst bestrafe ich Jule für deine Feigheit.

Solltest du ihr eine Warnung schicken, werde ich ihr das anmerken. Dann ziehe ich die entsprechenden Konsequenzen, und Jule stirbt.

Nimm mich ernst. Das ist besser für uns alle.

X

Das kann nicht wahr sein! Auf einem Selfie sehe ich einen etwa vierzigjährigen blonden Mann mit meiner Schwester vor Haus Jule stehen. Auf dem anderen Bild hat er ihre Privattür fotografiert. Oh mein Gott, ich muss nachdenken und darf nicht in Panik geraten. Der Impuls, meiner Schwester heimlich eine Warnung zukommen zu lassen, ist kaum zu unterdrücken. Was, wenn ihr etwas zustößt und ich ihr nicht rechtzeitig helfen konnte? Nachdem ich den ersten Schockmoment überwunden habe, besinne ich mich meiner besonderen Fähigkeiten. Wer bin ich denn, dass ich mich von diesem Wichser einschüchtern lasse? Unüberlegte Reaktionen sind meistens kontraproduktiv. Du wirst es noch bereuen, mir ein Selfie geschickt zu haben, Mister X!

Ich kopiere das Foto und vergrößere sein Gesicht. Dann jage ich es im Internet durch die Bildersuche. Wäre doch gelacht, wenn ich ausgerechnet hier versage. Jule, ich halte dir den Typen vom Hals, das verspreche ich dir!

Die übliche Mittagspause am Hafenkai muss heute

ausfallen. Ich teile Rebecca mit, in einer dringenden Angelegenheit absolute Ruhe zu benötigen, und ernte einen flapsigen Kommentar, aber das ist zweitrangig. Der Job ist mir wichtig, trotzdem gibt es noch andere Prioritäten. Das Team macht keinen Hehl daraus, wenn es genervt ist. Obwohl ich der Boss bin, merkt man wenig davon. So ist das bei flachen Hierarchien, alles hat seine Vor- und Nachteile. Ich falle häufiger kurzfristig aus, und das stört die anderen. Sie sollen sich nicht anstellen, sondern flexibel handeln. Gut möglich, dass es gleich wieder mal so weit ist.

Dank meiner Recherchefähigkeiten finde ich einen Hinweis auf seine Identität. Sein Bild hat mir dafür ausgereicht, trotz der Winterkleidung, mit der er sein Aussehen teilweise verbergen wollte. Wäre besser für ihn gewesen, wenn er sein Haar komplett unter der Mütze versteckt hätte. Leander Brodersen. Er ist Polizist, sogar Kriminalhauptkommissar. Verdammte Scheiße, ich bin vermutlich aufgeflogen. Nur das kann es bedeuten, wenn jemand vom LKA mir eine bedrohliche Nachricht schreibt und mich dazu auffordert, sofort nach Baltrum zu kommen.

Ich schließe eine Schublade meines Schreibtisches auf und nehme ein spezielles, nicht in Deutschland registriertes Handy heraus. Mit unterdrückter Rufnummer wähle ich das Landeskriminalamt an.

»Meier, guten Tag. Stellen Sie mich bitte zu Herrn Leander Brodersen durch.«

»Ich verbinde Sie weiter, einen Moment.«

»Becker«, meldet sich nach einigen Minuten Warteschleifenmusik eine männliche Stimme.

»Hallo, Beate Meier hier, ich würde gern in einer Ermittlungsangelegenheit mit Herrn Brodersen sprechen.«

»Da sind Sie schon richtig bei mir gelandet«, erklärt Becker. »Um was geht's?«

Ich atme tief durch. »Ich muss mit ihm selbst reden, tut

mir leid. Haben Sie eine Handynummer, unter der ich ihn erreiche?«

»Wie schon gesagt: Sie sind hier an der passenden Stelle. Ich bin sein Partner. Wir leiten das gleiche Team. Anders kann ich Ihnen nicht weiterhelfen.«

»Auch nicht mit der Nummer? Es ist wirklich dringend!«

»Nein. In den nächsten Wochen ist Herr Brodersen nicht zu sprechen. Geben Sie mir bitte Ihren Namen. Ich notiere mir Ihre Kontaktdaten, dann meldet er sich bei Ihnen. Wird aber dauern ...« Ich beende kommentarlos das Gespräch, bevor Becker mich noch länger vertröstet.

Nachdenklich schaue ich aus dem Fenster und beobachte einen Schwarm vorbeiziehender Vögel. Ich kann mir keinen Reim darauf machen, warum der Kommissar mich nicht einfach verhaftet. Was soll der Quatsch mit der E-Mail von einem ominösen Herrn X? Es ist nicht seriös, einen Umweg über meine alte Heimat zu wählen und verrückte Drohungen auszusprechen. Im Falle eines Gerichtsprozesses würde ihm das zum Nachteil ausgelegt werden. Ich kapier's nicht, das ergibt absolut keinen Sinn. Etwas tröstlich ist immerhin, dass Jule aus dem Schneider ist. Dieser ungewöhnlich praktizierende Bulle wird ihr sicher nichts antun. Es hilft trotzdem alles nichts, ich muss sofort los und schauen, was das zu bedeuten hat. Irgendwie werde ich mit dem Möchtegern-Rambo schon fertig.

Damit es schnell geht, trommle ich das komplette Team per WhatsApp-Gruppenchat zusammen. Erfahrungsgemäß funktioniert der Nachrichtenverkehr nirgends zuverlässiger als auf dem Handy. Versende ich am Computer interne Mitteilungen, behauptet grundsätzlich irgendjemand, sie nicht gelesen zu haben. Tatsächlich versammeln sich wie gewünscht eine halbe Stunde später alle Mitarbeiter in der Lounge-Ecke des Flurs. Die zwölfköpfige Mannschaft ist jetzt schon sauer, obwohl ich noch gar nichts gesagt habe. Man ahnt die bevorstehende Mehrarbeit und wird mich mit Vorwürfen überhäufen. Um es zügig hinter mich zu bringen, fasse ich mich kurz.

»Ihr Lieben, tut mir echt leid, aber ich muss wegen eines familiären Notfalls weg. Jetzt gleich. Sorry, Leute.« Ich schaue nacheinander in ihre Gesichter. Von Empathie oder gar Mitleid keine Spur. Sie glauben mir nicht, weil ich die Familien-Karte erst vor wenigen Wochen gespielt habe. Damals war es gelogen, heute nicht. Das kann ich schlecht verraten. Stumm mustern sie ihre Schuhspitzen und warten auf weitere Ansagen. »Tja, also. Ich denke, ihr habt dafür Verständnis. Lässt sich nicht aufschieben, ich muss direkt los und bin für die nächsten Tage nicht in der Firma.«

»Alles Gute«, wagt Béla zu sagen und erntet einen giftigen Blick von Rebecca. »Wir kommen schon klar.«

Ich schnappe meine Tasche. »Danke. Der Laden läuft auch ohne mich. Auf euch ist Verlass, ich weiß. Bitte klärt gemeinsam, wer die anstehenden Termine mit den Investoren übernimmt. Mir fehlt die Zeit dafür. Tschüss!«

Schnell hole ich mir Mantel, Handtasche, Laptop und den Autoschlüssel vom Schreibtisch und eile zum Fahrstuhl. In der Tiefgarage angekommen, schmeiße ich die Sachen auf den Beifahrersitz meines Wagens und mache mich auf den Heimweg. Ich werde zu Hause eine kleine Tasche für Baltrum packen und habe während der Fahrt ein bisschen Zeit, um über das Reisegepäck nachzudenken. Zügig verlasse ich die Auffahrt und entscheide mich für meine Lieblingsroute durch die Speicherstadt. Nach wenigen Minuten entdecke ich im Rückspiegel einen dunkelblauen Mercedes. Anfangs denke ich mir nichts dabei, aber dann beschleicht mich ein Verdacht, der mir gar nicht gefällt. Der

Mercedes verfolgt mich, hält jedoch viel Abstand. Anscheinend hofft der Fahrer, dass ich ihn nicht bemerke. Dafür hätte er sich allerdings ein unauffälligeres Automodell aussuchen müssen. Oder liegen meine Nerven blank, und ich sehe schon Gespenster?

10

LEANDER

Ich sitze am Laptop und recherchiere im Internet. Wie wird Nina auf meine Drohung reagieren? Reizt sie die gesetzte Frist aus, oder wird sie früher auf die Insel kommen? Welchen Weg wählt sie? Denn es gibt auch die Möglichkeit, Baltrum mit dem Flugzeug zu erreichen. Theoretisch ginge das sogar mit einem Start vom Hamburger Flughafen Fuhlsbüttel – was viel Zeit sparen würde.

Oder nutzt sie eine andere Option? Jemand, der wie sie jahrelang hier auf der Insel gelebt hat und sich zu dem entwickelt hat, was sie geworden ist, kennt bestimmt Alternativen.

Eins ahne ich: Sie wird kaum friedlich bei mir anklopfen und sagen: »Da bin ich. Was willst du mit mir besprechen?« An ihrer Stelle würde ich versuchen, mich zu überrumpeln. Genau das sollte ich verhindern, auch wenn es nicht das Ende der Welt wäre, falls sie Erfolg hätte.

Ich stehe auf, recke mich und trete an den Safe. Darin liegt neben meiner Waffe ein Türsensor. Ich nehme ihn heraus und platziere ihn an einer Stelle, an der Jule ihn hoffentlich nicht entdeckt. Der Sensor reagiert auf Bewegungen und ist mit einem kleinen WLAN-Modul ausgestattet. Die neueste Technik, die nicht im Baumarkt erhältlich ist, weil sie viel teurer ist als normale Smart-Home-Geräte. Zudem lässt sie sich besser heimlich nutzen. Ich aktiviere sie mit ein paar Klicks übers Smartphone. Ab jetzt werde ich jedes Mal informiert, wenn der Sensor eine Bewegung registriert. Sollte Jule ihn beim Putzen meines Zimmers bemerken, werde ich ihn als Sicherheitsmaßnahme rechtfertigen, zum Schutz vor Dreyer. Den wahren Grund muss sie vorläufig nicht kennen. In spätestens zwei Tagen ist das Versteckspiel überflüssig, falls Nina so reagiert, wie ich es erwarte.

Kaum habe ich mich wieder an den Tisch gesetzt, klingelt mein Telefon und überträgt die Handynummer meines Partners. Was will Christian von mir? Ist Nina in eine der aufgestellten Fallen getreten?

»Hi«, begrüße ich ihn. »Alles gut bei dir?«

Im Hintergrund höre ich Straßenlärm. Christian sitzt also nicht in unserem Büro, sondern ist für das Telefonat auf die Straße gegangen. Ein deutliches Zeichen, dass er sich nicht nach meinen ersten Urlaubstagen erkundigen will. »Hey, Partner. Bist du in Ordnung und genießt deine Auszeit?«

»Es ist herrlich. Kaum Touristen auf der Insel, und ich bin viel zu Fuß oder mit dem Rad unterwegs. Warst du schon einmal auf Borkum?« Vor meiner Abreise habe ich behauptet, die nächsten Wochen auf der deutlich größeren Nordseeinsel Borkum zu verbringen.

»Nein«, sagt Christian. »Die Nordsee ist nicht so mein Ding. Das Wetter ist mir zu unsicher.«

»Dann solltest du nicht im Februar herkommen«, sage ich lachend. »Weswegen rufst du an?«

»Im Präsidium hat heute eine Frau mit unterdrückter

Rufnummer angerufen. Sie wollte dich unbedingt sprechen. Als ich erklärte, dass du weder zu erreichen bist noch ich dir eine Nachricht schicken könnte, hat sie einfach aufgelegt.«

»Das ist nicht sehr charmant. Hast du etwas über den Telefonanschluss herausgefunden, von dem der Anruf kam?« Beim LKA mit unterdrückter Nummer anzurufen ist sinnlos. Alle eingehenden Verbindungen werden identifiziert.

»Eine ausländische Prepaidnummer«, sagt Christian. »Polnische Vorwahl. Ist aussichtslos, etwas über den Inhaber herauszufinden.«

»Da hat jemand gewusst, was er tut.«

»Und wollte wissen, ob du bei der Arbeit bist.«

»Ich bin halt ein heißer Typ«, erkläre ich. »Danke, dass du mir Bescheid gibst.«

»Du klingst mir ein bisschen zu locker«, erwidert mein Partner. »Wer ist diese Frau?«

»Woher soll ich das wissen?«

»Leander, hör auf damit«, sagt Christian scharf. »Du hättest mich nicht gebeten, dir wegen seltsamer Anrufe Bescheid zu geben, wenn das alles so harmlos wäre. Verkauf mich nicht für dumm!«

Ich brumme nur etwas Unverständliches.

»Hat das mit deinem neuen Reichtum zu tun?«, will er wissen.

»Quatsch!«, entgegne ich.

»Bist du dir sicher?«

»Du hättest genau wie ich einsteigen können. Ich hab's dir damals angeboten. Dann wärst du jetzt wohlhabend und könntest auch mal vier Wochen am Stück freinehmen.«

»Uschi wäre begeistert gewesen, wenn ich dafür unser Erspartes riskiert hätte.«

»Das ist alles legal.«

»Wenn du das sagst.« Der Zweifel in seiner Stimme ist

nicht zu überhören. »Vermögen, die aus dem Nichts kommen, sind fast nie legal.«

»Außer bei Lottogewinnen oder dem richtigen Riecher.«

»Leander, wir haben erst kürzlich einen Todesfall zu beklagen gehabt. Es wäre schlimm für die Moral, wenn dir etwas zustößt. Weil du dich in undurchsichtige Sachen verstrickst.«

»Wird nicht passieren. Das verspreche ich.«

»Hoffentlich behältst du recht. Ich muss jetzt zurück an den Schreibtisch. Falls weitere Anrufe kommen, meld ich mich.«

»Danke, Christian. Du bist ein echter Freund!«

»Genieß deine Auszeit auf Borkum.«

»Mach ich, und bis bald.«

Ich beende das Telefonat mit schlechtem Gewissen. Ich schäme mich dafür, dass ich meinen Partner belüge. Aber er würde nie verstehen, was ich vorhabe. Ganz im Gegenteil. Wahrscheinlich würde er mich auffliegen lassen. Und dann wäre mir eine Gefängnisstrafe sicher. Trotzdem kann ich nicht anders. Ich habe in den vergangenen Jahren so oft erlebt, wie schlechte Menschen ohne Strafe davongekommen sind. Als ich bei dem inzwischen verstorbenen Kollegen am Krankenbett gesessen habe, ist etwas in mir zerbrochen. Bei meinem Dienstantritt war der Glaube, den Kampf gegen das Böse mit legalen Mitteln gewinnen zu können, noch die Antriebsfeder meines Handelns gewesen. Inzwischen funktioniert diese Feder nicht mehr.

Ich schaue aufs Wattenmeer. Der Anblick beruhigt meine Nerven. Das, was ich tun will, ist notwendig. Schon allein, um meinen toten Kollegen zu ehren.

Nach einer Weile blicke ich auf die Uhr. Die Fähre von Neßmersiel legt in einer halben Stunde an. Es wird Zeit, dass ich zum Hafen aufbreche und mir ein Bild davon verschaffe, wer heute alles eintrifft. Vermutlich wäre es für Nina nicht zu schaffen, schon mit diesem Schiff anzukommen, trotzdem bleibe ich vorsichtig.

Ich ziehe mich warm an und öffne die Zimmertür. Sogleich vibriert mein Handy – der Türsensor funktioniert zuverlässig. Zufrieden laufe ich nach unten und steuere den Eingang an, ohne mich bei Jule abzumelden.

Auf dem kurzen Weg mache ich mir über Ninas Fähigkeiten Gedanken. Sie hat verdammt schnell meine Identität herausgefunden. Ich hatte ein paar Brotkrumen im Internet verstreut, damit sie die Chance hat, mich zu finden. Im Gegensatz zu den meisten anderen Polizisten habe ich in den sozialen Medien Profile angelegt, die man zu mir zurückverfolgen kann. So wird sie mich gefunden haben. Ich wundere mich nur über ihre Schnelligkeit. Nina scheint ihr Metier zu beherrschen. So ist sie wahrscheinlich auch auf die Männer gestoßen, deren Weg sie gekreuzt hat.

Zehn Minuten, bevor die Fähre anlegt, erreiche ich den Hafen. Ich kann das Schiff schon sehen. Unauffällig halte ich mich im Hintergrund, bis die ersten Fahrgäste von Bord steigen. Frauen beherrschen die Kunst des Verkleidens deutlich besser als Männer, für sie ist es auch meistens leichter. Trotzdem bilde ich mir ein, Nina im Zweifelsfall zu erkennen. Manche Eigenheiten kann man selbst mit der besten Maskerade nicht verbergen. Eine junge Frau, die sich wie eine alte Dame kleidet und vielleicht sogar einen gebückten Gang annimmt, wird nie hundertprozentig überzeugend sein. Zumindest nicht, wenn man weiß, worauf man zu achten hat.

Als der letzte Gast an mir vorbeigegangen ist, wende ich mich ab. Für den heutigen Tag steht noch ein Punkt auf der Liste.

Ich laufe in aller Ruhe zum Flugplatz. Vielleicht hat schon irgendwer davon gehört, dass ein neugieriger Möchtegern-Autor auf der Insel ist. Auf dem Feld stehen zwei kleine Flugzeuge. In der Baracke, die wohl als Terminal fungiert, brennt Licht. Ich gehe ein paar Metallstufen hoch und betrete das Gebäude. Zunächst lande ich in einem Vorraum, der bei schlechtem Wetter vermutlich als Wartesaal dient. Davon zweigt ein weiterer Raum ab. Hinter einem Tresen sitzt ein Mann, der mich neugierig anschaut.

»Moin«, sagt er. »Kann ich helfen?«

»Moin«, erwidere ich. »Das hoffe ich. Ich bin Leander Wächter. Momentan Gast auf Ihrer schönen Insel, weil ich einen Roman schreibe.«

»Spannend. Worum geht's?«

»Einen Krimi. Ich überlege, den Flugplatz einzubauen. Können Sie mir ein paar Fragen beantworten?«

»Was wollen Sie wissen?«

Ich stelle ihm zuerst einige Fragen, deren Antworten ich schon kenne, weil ich das vor meinem Aufbruch zur Insel recherchiert habe. Zum Beispiel, wie lange der Flug dauert und wohin man sich bringen lassen kann, beziehungsweise von wo man abfliegen könnte. Der Mann beantwortet all meine Fragen.

»Das klingt interessant«, sage ich. »Also verstehe ich das richtig? Ich könnte Ihren Piloten buchen, der mich dann von Hamburg hierher auf die Insel bringt?«

»Korrekt. Die einfache Strecke von Hamburg kostet knapp unter tausend Euro. Aber natürlich ist es billiger, sich von Norddeich fliegen zu lassen. Da sind Sie schon mit einhundertzwanzig Euro dabei.«

»Wie flexibel könnte ich Sie aus Hamburg anfordern?«

»Hängt davon ab, wie ausgebucht unsere Maschinen sind.«

»Ganz konkret nachgefragt: Angenommen, Sie kriegen heute einen Anruf, ob Sie morgen einen Passagier abholen können. Würde das funktionieren?«

»Ja«, sagt der Mann.

Er wirkt nicht so, als wäre genau das erst kürzlich passiert.

»Je früher man anfragt, desto größer ist die Chance, dass wir zusagen können«, fügt er hinzu.

»Finde ich faszinierend. Haben Sie in letzter Zeit mal außergewöhnliche Anfragen gehabt?«

»Nein«, sagt er sofort. »Im Winter ist hier nicht so viel los.«

»Wissen Sie schon, ob morgen jemand startet oder landet? Ich würde das gerne mal beobachten.«

»Da müssen Sie sich bis zum Wochenende gedulden. Samstag stehen Ihre Chancen gut, Start und Landung verfolgen zu können. Vorausgesetzt, das Wetter spielt mit. Im Winter macht es uns manchmal einen Strich durch die Rechnung.«

»Vielen lieben Dank. Sie haben mir sehr geholfen.«

Auf dem Weg zurück ordne ich seine Antworten ein. Der Mann hat einen ehrlichen Eindruck gemacht. Nina scheint zumindest bislang keinen Flug gebucht zu haben – von welchem Abflugort auch immer. Aber das kann sich ändern, und vielleicht könnte sie als ehemalige Insulanerin sogar um Diskretion bitten. Zum Beispiel, indem sie behauptet, ihre Schwester überraschen zu wollen. Nina ist clever genug, um verstohlen die Insel zu erreichen. Was passiert, wenn es ihr gelingt, mich zu überrumpeln? Sie weiß um meinen Job und welchen Rattenschwanz es mit sich bringen würde, falls sie mir etwas antut. Das war einer der Gründe, wieso ich überhaupt die Brotkrumen gestreut habe, über die sie mich nun gefunden hat. Sie soll wissen, mit wem sie sich anlegt.

. . .

Zweihundert Meter, bevor ich am Haus Jule ankomme, prüfe ich den Status des Türsensors. Niemand hat seit meinem Aufbruch das Zimmer betreten. Kaum habe ich die Eingangstür geöffnet, kommt mir Jule entgegen.

»Wo waren Sie?«, will sie wissen.

»Ich hab ein bisschen recherchiert. Am Flugplatz.« Auf einer Insel wie dieser ist es nicht ausgeschlossen, dass sie von meinem Besuch erfährt.

»Mit wem haben Sie gesprochen?«

»Auf den Namen habe ich nicht geachtet. Das war der Mann, der im Tower saß. Falls das hier so heißt.«

»Ja. Das nennt sich Tower. War Ihr Gesprächspartner etwas fülliger?«

Ich nicke.

»Dann haben Sie mit Torben gesprochen. Unser Inselpilot ist ein schlanker Mann. Olaf. Aber Torben managt alles im Hintergrund. Haben Sie Lust auf Kuchen? Der Besitzer des Knusperhuuske hat mir ein paar Stücke vorbeigebracht, nachdem ich ihn darum gebeten habe. Kommen Sie mit.«

Jule wirkt nicht so, als hätte Nina sie vorgewarnt. Und ich kann jetzt nicht bei jeder Speise oder jedem Getränk Angst davor haben, dass sie mich im Auftrag ihrer Schwester vergiftet. Außerdem knurrt mein Magen.

»Wenn ich einen Kaffee dazu bekomme, wäre das perfekt.«

»Überhaupt kein Problem.«

»Sind noch andere Gäste da? Einer der Nachbarn?«

»Nein.«

Ich folge ihr. Auf dem Tresen in der Gaststätte stehen insgesamt vier unterschiedliche Sorten Kuchen, die alle fantastisch aussehen. Wie soll ich mich denn bei der Auswahl entscheiden?

11

NINA

Der Typ verfolgt mich, daran besteht kein Zweifel mehr. Obwohl ich mindestens sechsmal abgebogen bin und manchmal minutenlang glaube, den Mercedes abgeschüttelt zu haben, taucht er kurz darauf immer wieder hinter mir auf. Vielleicht steht der Verfolger in irgendeinem Zusammenhang zu der E-Mail-Drohung, auch wenn das seltsam wäre. Ermittelt die Polizei so auffällig? Kann ich mir nicht vorstellen. Trotzdem beunruhigt mich die Tatsache, einen Wildfremden dicht auf den Fersen zu haben. Vorsichtshalber werde ich meine Route ändern, denn wer weiß, was der im Schilde führt.

Statt also weiterhin wie ein hakenschlagender Hase den Heimweg anzupeilen, korrigiere ich mein Ziel. Es ist bestimmt klüger, in einem Hotel zu übernachten als allein meine Single-Wohnung zu betreten. Etwas Schutz durch Menschen kann nicht schaden. Zumindest will ich ein paar Stunden woanders einkehren und mir vor Ort weitere Gedanken machen. Im Auto werde ich langsam nervös, das ist nicht gut. Unkonzentriert trifft man mitunter fatale

Entscheidungen, und das ist das Letzte, was ich gebrauchen kann.

Erst mal steuere ich das Hotel Fontenay direkt an der Außenalster an. Bei der Gelegenheit ist das endlich ein triftiger Grund, dort einzuchecken. Im Spa des Hauses war ich zur Entspannung schon mehrfach mit einer Freundin. Besonders der Innen- und Außenpool sind klein, aber fein. Ein Ex-Freund hat mich vorletztes Jahr zur Tea Time in die Lounge eingeladen. Großartiges Erlebnis und gleichzeitig die einzig erwähnenswerte Erinnerung an meinen Ex. Jedenfalls habe ich schon viel Gutes von den Hotelzimmern gehört. Es ist an der Zeit, zwei Fliegen mit einer Klappe zu schlagen und mir ein eigenes Bild zu machen.

Es dauert nicht lange, bis ich die Tiefgarage der Anlage erreiche. Den Verfolger habe ich offenbar abgeschüttelt. Zumindest bleibt die Schranke hinter mir verschlossen, als ich meinen Wagen unten in der Garage zwischen zwei Luxuslimousinen abstelle und mich umsehe. Nein, hier ist niemand. Ich bin allein. Nun falle ich ohnehin nicht in die Kategorie der ängstlichen Frauen, aber in einer Tiefgarage gegen einen Widersacher anzutreten gehört trotzdem nicht zu meinen Träumen. Beruhigt öffne ich die Tür zum Fahrstuhl. Ich rausche im Aufzug ins Erdgeschoss, erreiche die Lobby und gehe zu einer blonden Rezeptionistin mit Perlenkette. Da ich nur meine Businesstasche dabeihabe, entfällt das sonst beim Einchecken übliche Hantieren mit Reisegepäck.

Der Eingangsbereich ist ungewöhnlich gestaltet. Hier gibt es keinen Tresen, sondern Tische. Die Mitarbeiterin sitzt an einem Schreibtisch, und die Gäste nehmen auf bequemen Sesseln gegenüber Platz. In der Mitte der Lobby dominiert ein riesiges Blumenarrangement die elegante Atmosphäre. Um mich herum herrscht dezentes Treiben.

»Guten Abend«, begrüßt mich die schicke Dame. »Hatten Sie eine angenehme Anreise?«

»Ja, danke, ich hatte es nicht weit. Ich wohne selbst in Hamburg, fast nebenan in Eppendorf.«

»Ah, das ist ja schön. Wollen Sie also Urlaub in Rotherbaum machen? Manchmal kennt man andere Städte besser als die eigene.«

»Leider nicht. Ich bin geschäftlich hier. Derzeit arbeite ich an einem wichtigen Projekt, und zu Hause ist die Ablenkung zu groß. Hier schaffe ich einfach mehr. Hoffe ich zumindest.«

Sie lächelt. »Das wird bestimmt funktionieren. Haben Sie schon bei uns reserviert?«

»Nein, ich würde gern direkt einbuchen und auch die Rechnung vorab bezahlen. Kann sein, dass ich heute mitten in der Nacht fertig werde und morgen frühzeitig aufbreche. Ein schönes Doppelzimmer, falls möglich mit Blick aufs Wasser. Geht das?«

»Selbstverständlich, das ist kein Problem.«

Nach dem Check-in gehe ich über den halbrund geschwungenen Flur zu meiner luxuriösen Notunterkunft in der vierten Etage und öffne die Tür. Schade, dass ich kaum etwas von der Ausstattung nutzen werde – die Einrichtung ist wunderschön. Am großen Fenster schiebe ich die weißen Vorhänge zur Seite. Unter mir ist ein runder Parkplatz, dahinter schließen Straße und Alsterufer an.

Ach, sieh mal einer an, der blaue Mercedes parkt auch dort. Hab ich ihn also nicht abgeschüttelt. Direkt vor der Tür zu parken ist alles andere als heimlich, eher schon plakativ. Soll ich womöglich mitbekommen, dass mir jemand hinterhergefahren ist? Oder handelt es sich bloß um einen simplen Zufall? Jedenfalls kann mir im Hotel nichts passieren. Gut, dass ich nicht nach Hause gefahren bin. Aber hier im Zimmer werde ich trotzdem nicht schlauer.

Ich sollte die Bar aufsuchen und einen Drink nehmen. Vielleicht zeigt da ja jemand außergewöhnliches Interesse an mir. Obwohl die meisten Leute annehmen, in Hotelbars besonders cool zu wirken, ist das Gegenteil der Fall. Nirgendwo stellt man sein Innerstes so deutlich auf dem Präsentierteller zur Schau wie in der vermeintlichen Anonymität einer Bar. Jeder beobachtet jeden, kein Blick bleibt verborgen. Kein Mensch sucht in einer Bar Abgeschiedenheit.

Mit dem Aufzug fahre ich in die sechste Etage. Am Eingang des kreisrunden Raums empfängt mich ein Mitarbeiter in weinrotem Anzug. Rechts hinter ihm betört die Silhouette Hamburgs am Saum der Außenalster. Im Sommer hat man von der Dachterrasse aus den besten Blick der Stadt bis rüber zum anderen Ufer. Der Kellner zeigt nach links. »Möchten Sie direkt an der Bar Platz nehmen, oder darf ich Sie zu einem unserer Tische begleiten?«

Ich schaue zur langen, mit bunten Flaschen verzierten Theke und schüttle den Kopf. »Ich hätte lieber was hier vorn am Gang, wo ich auch ein bisschen nach draußen gucken kann.«

»Natürlich, kommen Sie bitte mit.«

Wir steuern einen niedrigen, schwarzen Tisch an, um den vier bequem wirkende Sessel angeordnet sind. Ich entscheide mich für eine Sitzgelegenheit, von der aus ich nicht nur aus dem Fenster schaue, sondern zusätzlich mitbekomme, wer die Bar betritt. Ich bestelle einen Cappuccino und Knabberzeug. Keine fünf Minuten später taucht ein Mann mit Schiebermütze auf. Am liebsten würde ich laut auflachen. Es gibt wohl kaum etwas Verräterischeres, als sich in geheimer Mission eine Kopfbedeckung aufzusetzen. Wie lächerlich. Viel auffälliger als mit Hut oder Basecap geht es nicht – oder, wie in diesem Fall, mit grau-karierter Schiebermütze. Der etwa Dreißigjährige nimmt zwei Tische von mir entfernt Platz, zieht Lederjacke und Schal aus und legt sie zusammen mit der Mütze auf den Sessel neben sich. Er schaut sich suchend um. Hat er mich wirklich noch nicht gesehen, ist er unglaublich blöd, oder will er mich verarschen? Beunruhigt bin ich überhaupt nicht mehr. Es ist lustig, was er für ein Theater veranstaltet. Mit zusammengekniffenen Augen starre ich ihn an. Er weicht stur meinem Blick aus. Dann greift er nach der Speisekarte und studiert sie.

Obwohl ich ihn geradezu aufdringlich mustere, ignoriert er mich. Das ergibt keinen Sinn. Entweder ist er doch nicht der Mercedesfahrer, oder er ist es und hat gar nichts mit mir zu tun. Er wollte einfach nur – genau wie ich – ins Hotel Fontenay. Wenn ich ihn weiterhin so unverfroren angaffe, fühlt er sich belästigt. Mee too mal andersrum, das nennt man ausgleichende Gerechtigkeit.

Als ich den letzten Schluck meines Cappuccinos trinke, taucht eine rothaarige Schönheit mit hohen Stiefeln und Lederminirock auf. Eilig stolziert sie am Empfangsmitarbeiter vorbei und tänzelt dem Schiebermützen-Mann entgegen. Er steht auf, die beiden nehmen sich in den Arm und hauchen sich Küsschen links und rechts auf die Wangen. Aus diesem harmlosen Grund hat er mir also keine Aufmerksamkeit geschenkt – er ist wegen Rotlöckchen hier. Zumindest in diesem Punkt habe ich mich geirrt. Aber ich weiß noch immer nicht, ob mir jemand bis ins Hotel gefolgt ist.

Die Nussmischung habe ich aufgegessen. Nachdenklich kehre ich ins Zimmer zurück und stelle fest, dass der Mercedes weiterhin vor der Tür steht. Wo ich schon mal hier bin, sollte ich zumindest das Bett ausprobieren und den Fernseher einschalten. Etwas Ruhe in all dem Chaos. Ein bisschen chillen.

. . .

Irgendein Geräusch reißt mich aus dem Schlaf. Es ist stockdunkel. Ich muss für mindestens drei Stunden eingenickt sein. Ein Blick zur Uhr beweist, dass es bereits kurz vor Mitternacht ist. Ich schaue zur Tür und lausche, doch da ist nichts. Welche Optionen habe ich jetzt? Ich sehe zum beleuchteten Parkplatz hinunter; der Mercedes ist noch da. Ob dessen Besitzer mich verfolgt, werde ich auf diese Weise nicht herausfinden, und die Zeit verrinnt unaufhörlich. Hier weiter rumzuliegen, ist nicht zielführend. Eine Entscheidung ist fällig. Die sinnvollste Idee wird sein, mich klammheimlich zu verdrücken.

Ich setze mich auf die Bettkante, streiche mir die Haare aus dem Gesicht und schreibe Rebecca eine WhatsApp-Nachricht.

Hey, kannst du mir einen Riesengefallen tun und meinen Wagen aus der Tiefgarage des Fontenay holen? Vielleicht morgen früh direkt vor der Arbeit oder in der Mittagspause? Der Schlüssel ist wie immer in der zweiten Schublade in meinem Schreibtisch. Das Parkticket lege ich auf den Beifahrersitz. Frag nicht nach Details ... Ist später geworden. Muss überraschend weg und finde keine Zeit mehr, mich ums Auto zu kümmern. Tausend Dank und bis bald, melde mich, Nina.

Sie wird annehmen, ich hätte ein Date im Hotel getroffen und stehle mich Hals über Kopf aus der Zweisamkeit. Das soll sie ruhig glauben. Tatsächlich will ich mich so rausschleichen, dass mich niemand bemerkt.

Nachdem ich mich im Bad schnell frischgemacht habe, verlasse ich das Zimmer, nehme den Aufzug in die Tiefgarage und lege das Ticket ins Auto. Dass ich dabei von Videokameras des Hotels aufgezeichnet werde, kann ich nicht verhindern. Hauptsache, ich komme zügig raus. Den

Weg über die Rezeption erspare ich mir. Stattdessen husche ich durch die Fußgängertür der Garagenzufahrt nach draußen. Falls mein Beschatter im Hotel ist, bleibt mein Abgang für ihn unbemerkt.

Die frische Nachtluft ist angenehm, ich schaue nach rechts und links. Außer einem Hundebesitzer, der die letzte Gassirunde des Tages dreht, begegne ich niemandem auf dem Fußweg in Richtung Hauptstraße. Am Smartphone rufe ich die Taxi-App auf.

Einige hundert Meter von meiner Wohnung entfernt bitte ich den Taxifahrer, anzuhalten und mich rauszulassen. Ich drücke ihm zwanzig statt der tatsächlich angefallenen zwölf Euro in die Hand, weil er nicht über seinen Job geschimpft, sondern einfach die Klappe gehalten hat. Ordentliche Arbeit sollte belohnt werden.

»Danke, das ist ja nett!«, sagt er begeistert.

Vorsichtig nähere ich mich dem viergeschossigen Altbau, in dem ich wohne. Er steht mittig in einer dichtbebauten Straße, ein Haus reiht sich ans nächste, und jedes Dach beherbergt seine eigene kleine Gemeinschaft. In unserem Haus leben noch acht weitere Parteien. Meine Dreizimmerwohnung ist im zweiten Stock. Hinter den meisten Fenstern brennt kein Licht. Um diese Zeit schlafen meine Nachbarn, daran ist nichts ungewöhnlich.

Möglichst unauffällig spähe ich zu den parkenden Autos am Straßenrand. Es sind zu viele, um Einzelheiten zu erkennen, aber mir fällt nichts Suspektes auf. Zwei, drei Passanten ziehen vorbei. Niemand scheint mein Haus zu beobachten. Ich betrete den Flur und steige die Treppen hoch, kontrolliere vorsichtshalber, ob jemand den Fahrstuhl angefordert hat. Fehlanzeige. Auch hier ist alles still, bloß bei den Mietern über mir tönt es laut aus dem Fernseher. Meine

Wohnungstür weist keine Einbruchspuren auf. Als ich sie hinter mir schließe, fällt für einen Moment die Anspannung von mir ab. Ich schalte nur das kleine Nachtlicht im Schlafzimmer an und kommuniziere mit meinem Smartspeaker.

»Alexa, spiel Radio Hamburg.«

Begleitet von Adeles und Ed Sheerans aktuellen Hits, packe ich meinen Weekender. Die lederne Reisetasche reicht kaum aus, ein Koffer hingegen wäre zu sperrig. Jeans, Pullover, Unterwäsche, Sneaker ... Ich brauche unbedingt genügend wetterfeste Klamotten. Ob sie hübsch sind, ist egal. Mich sieht vorerst kaum jemand, schließlich setze ich weder mit der normalen Baltrum-Fähre über, noch fliege ich mit dem Flugzeug auf die Insel. Mit einem kräftigen Ruck verschließe ich den Reißverschluss, nachdem ich alles Nötige verstaut habe.

* * *

Der Wind weht eisig am Hamburger Hafen, als ich eine Dreiviertelstunde später das nächste Taxi verlasse. Gegen die aufsteigende Müdigkeit schiebe ich mir ein Stück Traubenzucker in den Mund und verschaffe mir einen ersten Eindruck von der nächtlichen Anlegestelle. Um diese Uhrzeit verirren sich Touristen nicht an den Kai. Dennoch herrscht geschäftiges Treiben der Hafenmitarbeiter und Besatzungsmitglieder.

Zwei Typen schauen kurz zu mir rüber. Mit einer Nutte bin ich in diesem Aufzug nicht zu verwechseln, so dick wie ich eingepackt bin in der warmen Steppjacke, den Stiefeln und der Mütze, die mein Haar verbirgt. Geht mir nicht auf die Nerven, sage ich telepathisch, und greife nach meinem Handy. Es funktioniert, sie lassen mich in Ruhe. Plötzlich tritt jemand dicht hinter mich und berührt mit dem Oberkörper meine Schultern. Ich zucke zusammen und mache zwei Schritte nach vorn.

»Hallo«, sagt ein Mann mit tiefer Stimme.

Ich blaffe ihn an. »Mein Gott, spinnst du? Ich hab mich voll erschrocken! Kannst du dich nicht ankündigen wie ein normaler Mensch, bevor du mich umrennst?«

»Mach dir nicht ins Hemd.« Jürgen tritt vor mich. Sein dunkler Vollbart verdeckt das halbe Gesicht, der Rest wird von strahlend blauen Augen dominiert. »Sonst bist du schließlich auch nicht so 'ne Pussy.«

Ertappt zucke ich die Achseln. »Kann sein. War ein anstrengender Tag.«

»Der ist noch lange nicht zu Ende.«

»Jaja. Hast du die Sachen besorgt?«

Er nickt und dreht sich zum Hafenbecken. »Jo. Die liegen auf dem Boot.«

»Gut. Dann lass uns mal los. Ich hab nicht ewig Zeit.«

»Nina, Nina, Nina.« Er schüttelt den Kopf. Ich glaube, ich habe Jürgen noch nie lachen gesehen. Er ist immer ernst und wirkt wie einem alten Seemannsfilm entsprungen. »Mit dir erlebt man die wildesten Sachen.«

12

LEANDER

Am nächsten Vormittag lungere ich wieder am Hafen herum, um mir die Menschen anzusehen, die von der Fähre steigen. Leider erschwert mir das Wetter die Aufgabe. Es regnet, sodass ich eine Kapuze trage, die mein Sichtfeld einschränkt. Außerdem spannen einige Passagiere ihre Regenschirme auf. Dadurch ist es fast unmöglich, ihre Gesichter zu erkennen.

Ich befürchte, Nina könnte sich unter sie schmuggeln, und ich würde sie nicht einmal bemerken. Frustriert trete ich von einem Fuß auf den anderen, da mir zu allem Überfluss kalt wird. Als ich mich umdrehe, bleibt mein Herz fast stehen. Keine fünfzehn Schritte von mir entfernt steuert Dreyer die Fähre an. Er zieht einen Handgepäckkoffer hinter sich her. Ich blicke zu Boden und wende mich ab. Hoffentlich hat er mich nicht bemerkt. Bei schlechtem Wetter am Hafen herumzustehen, wirkt auffällig – auch wenn man sich als neugieriger Autor ausgibt, der recherchiert. Falls er gesehen hat, wie ich die ankommenden Passagiere mustere, könnte ihn das misstrauisch stimmen. Was hat das mit einer Romanrecherche zu tun?

Langsam entferne ich mich vom Hafen. Wenn Dreyer jetzt aufs Schiff steigt, gibt mir das eine unerwartete Gelegenheit. Wie lange wird er auf dem Festland bleiben? Ist das nur ein Tagesausflug, oder deutet sein Koffer auf eine mehrtägige Abwesenheit hin?

Innerlich bin ich zerrissen. Im ureigensten Interesse sollte ich Ninas Ankunft mitbekommen, denn sie wird meine Drohung nicht ohne Gegenreaktion hinnehmen. Ich bin mir nicht sicher, wie viel Schutz mir meine Dienstmarke bietet. Nina ist impulsiv, das hat sie oft genug bewiesen. Dreyers Haus, das derzeit unbeaufsichtigt ist, übt eine große Anziehungskraft auf mich aus.

Worauf soll ich meinen Fokus richten?

Unterkühlt betrete ich das Hotel und höre Jule in der Gaststätte herumwerkeln. Ich gehe zu ihr, und sie lächelt mich herzlich an.

»Waren Sie wieder zu Recherchezwecken unterwegs?«, fragt sie.

Ich nicke. »Können Sie mir eine heiße Schokolade machen? Ich ziehe mich um und komme dann zu Ihnen.«

»Gerne. Ist in ein paar Minuten fertig.«

In ihrem Verhalten mir gegenüber erkenne ich keine Veränderung. Offenbar nimmt Nina diesen Teil meiner Drohung ernst und hat Jule nicht vorgewarnt. Oder traut sie ihrer Schwester bloß nicht zu, sich nicht zu verraten?

Ich gehe in mein bereits gemachtes Zimmer und entledige mich im Bad der durchnässten Kleidung. Kurz föhne ich meine Haare, dann schlüpfe ich in trockene und warme Sachen.

Als ich in der Gaststätte ankomme, trägt Jule den dampfenden Becher zu meinem Tisch.

»Lassen Sie es sich schmecken.«

Ich puste ein bisschen, ehe ich an der Tasse nippe. Wieder schmeckt das Getränk köstlich.

»Ich war gerade am Hafen.«

»Aus Recherchegründen?«

»Irgendwie schon. Dreyer ist an mir vorbeigegangen. Er hatte einen Handgepäckkoffer dabei. Wissen Sie, ob das bloß ein Tagesausflug ist? Hat er vielleicht etwas erwähnt?«

Jule schaut auf ihre Armbanduhr. »Erzählt hat er nichts. Aber er fährt jedes Jahr um diese Zeit für ein paar Tage aufs Festland. Nie kürzer als drei Übernachtungen, falls ich das richtig in Erinnerung habe.«

»Wirklich?«

»Wieso wundert Sie das?«

Ich wäge meine Worte sehr sorgfältig ab. »Es passt nicht zu unseren Erkenntnissen über Dreyer. Ende Februar hat er noch nie zugeschlagen. Kein einziges Mal. Wissen Sie, weswegen er übersetzt? Ist das beruflich bedingt?«

»Nein«, antwortet Jule. »Er behauptet zwar manchmal, im Februar zu einer Messe zu fahren, die ihn privat interessiert. Aber wer ihn ein bisschen besser kennt, weiß, dass das nicht stimmt.«

»Das heißt?«

»Tamme war nicht sein ganzes Leben Single. Er hatte eine Verlobte. Das ist jetzt bestimmt fünfzehn Jahre her. Eher länger. Siebzehn oder achtzehn Jahre, ich erinnere mich nicht mehr genau. Sie kam vom Festland. Die beiden kannten sich noch keine drei Monate, als sie sich hier auf der Insel verlobt haben. Und dann schlug das Schicksal hart zu. Luisa starb bei einem Autounfall.«

»Oh nein!«

Jule nickt betrübt. »Tamme war am Boden zerstört. Luisa ist bei Blitzeis von der Straße abgekommen und gegen einen Baum geknallt. Sie war wohl sofort tot. Das war Ende Februar. Luisas Eltern bestanden darauf, dass ihre Tochter in ihrer Nähe beerdigt wurde. Deswegen liegt sie nicht auf unserem Friedhof. Obwohl er behauptet, zu einer Messe unterwegs zu sein, wissen wir es alle besser. Er besucht an ihrem Todestag ihr Grab, weidet sich für ein paar Tage an den Erinnerungen und kehrt dann zurück.«

»Wie konnte mir das bloß entgehen?«, frage ich leise.

»Sie wussten nichts von der Verlobung?«

»Nein. Weder von der Verlobung noch von seinen regelmäßigen Abwesenheiten. Das hätte ...« Ich stocke kurz. »... mir auffallen müssen.« Ich fahre mir durchs wieder trockene Haar. »Sehen die Mordopfer Luisa ähnlich?«

Jule schüttelt den Kopf. »Ganz im Gegenteil. Das ist zwar schon ewig her, aber ich kann mich noch genau an Luisa erinnern. Sie war hochgewachsen. Etwa einen Meter achtzig groß, blond, vollbusig. Die Männer haben Tamme damals anerkennend auf die Schulter geklopft und ihm zu seinem Prachtweib gratuliert. Das war ihr Ausdruck, nicht meiner. Prachtweib. Sagt man das heute überhaupt noch? Ist vermutlich nicht mehr politisch korrekt.«

Ich verstehe die Welt nicht mehr. Wie kann das alles sein?

»Das passt nicht zu Ihrem Erkenntnisstand«, stellt Jule fest.

Um Zeit zu gewinnen, trinke ich einen Schluck der abgekühlten Schokolade. »Nicht so richtig«, gebe ich zu.

»Könnte Tamme unschuldig sein?« In ihrer Stimme schwingt Hoffnung mit.

»Was seine Schuld anbelangt, habe ich keinen Zweifel. Ich frage mich bloß, wie die Verlobung und der tragische Tod ins Bild passen. Wenn das etwas in ihm zerbrochen hat, wieso konzentriert er seine Wut auf einen ganz anderen Frauentyp? Das ist mir ein Rätsel. Der Fall wird immer undurchsichtiger.« Ich seufze.

»Und jetzt?«

Ich antworte nicht sofort, sondern versuche, die neuen Informationen zu verarbeiten. Hätte ich bloß Nina noch nicht kontaktiert. Das alles beginnt, mir über den Kopf zu wachsen.

»Wer kümmert sich um Dreyers Haus, wenn er nicht da ist?«

»Niemand«, sagt Jule sofort.

»Sicher? Macht nicht irgendwer bei ihm sauber, kauft für ihn ein oder gießt seine Blumen?«

»Davon wüsste ich. Ich glaube, ich kenne den Job jedes Insulaners. Haushälterin ist niemand bei Dreyer. Selbst aushilfsweise nicht.«

»Passt jemand auf sein Haus auf?«

»Sie verstehen noch immer nicht, wie das Leben hier funktioniert. Niemand bricht auf dieser Insel irgendwo ein. Was soll das bringen, wenn man mit seinem Diebesgut nicht verschwinden kann?«

»Also ist sein Haus unbewacht?«

»Mir gefällt Ihr Unterton nicht.« Jule klingt besorgt. »Kommen Sie nicht auf dumme Gedanken!«

»Wenn er nicht da ist und niemand aufpasst, ist das eine einmalige Chance. Ich könnte mich bei ihm umsehen und vielleicht den entscheidenden Hinweis finden, mit dem ich ihn überführen kann.«

»Das ist illegal! Könnten Sie gefundene Beweise überhaupt gegen ihn verwenden?«

Ihre Erschütterung amüsiert mich. Wenn sie wüsste, wozu ich bereit bin.

»Falls ich Andenken in seinem Haus finde, kann ich das nicht verwenden. Aber ich wüsste, wonach ich suchen müsste, sobald ich einen offiziellen Durchsuchungsbeschluss hätte.«

»Klingt nach Mauschelei. Sie sollten einer der Guten sein!«

»Bin ich auch! Aber manche Monster lassen sich nicht bekämpfen, indem man sich streng ans Gesetz hält.«

Jule weicht meinem Blick aus. »Das ist nicht korrekt. Und gefährlich.«

»Vor allem dürfte es Ihnen nicht gefallen, wenn ich Sie darum bitte, mich bei dem Einbruch zu begleiten.«

»Was? Niemals! Sind Sie wahnsinnig? Wie können Sie nur glauben …«

»Jule!«, unterbreche ich sie. »Ich brauche Sie als Rückendeckung. Vier Augen sehen mehr als zwei. Sie müssen darauf achten, dass ich mich nicht versehentlich verrate, weil ich etwas umstoße oder falsch auf seinen Platz zurückstelle.«

»Ich kann das nicht!«

»Sie *müssen*. Soll ich Ihnen beschreiben, was er den Frauen antut?«

»Das haben Sie schon.«

»Nicht in allen Einzelheiten. Dreyer ist ein Monster. Das müssen Sie mir glauben!« Es sprudelt aus mir heraus. Viel detaillierter als beim letzten Mal berichte ich von den Verletzungen, die er den Opfern zufügt.

Tränen treten ihr in die Augen. Als sie es nicht mehr aushält, presst sie sich die Hände auf die Ohren. »Hören Sie auf!«

Ich atme schwer durch, nachdem ich mich in Rage geredet habe. Noch kann ich ihr nicht jede Einzelheit meines Plans verraten, aber ein Einbruch wäre von den Vergehen, die ich akzeptabel fände, harmlos.

Jule springt von ihrem Platz auf und wendet sich ab. Sie läuft in die Küche. Ich bleibe sitzen und gebe ihr die Zeit, meine Informationen zu verdauen.

Nach einer Weile kommt sie zurück. Sie ist völlig bleich. »Das ist schrecklich«, sagt sie.

»Ich weiß. Es tut mir leid, dass Sie nun ein Teil davon sind. Mir wäre lieber, das wäre nicht nötig.«

»Riskieren Sie nicht Ihren Job, wenn Sie bei ihm einbrechen? Ihre Pensionsansprüche und die anderen Vorteile, die Sie als Beamter haben?«

Ich lache kurz auf. »Das hat für mich keine Bedeutung.«

»Wieso nicht?«

Ich schüttle den Kopf. »Unwichtig. Als ich die Fähre nach Baltrum bestieg, wusste ich, welches Risiko ich eingehe. Eins war mir von Anfang an klar: Einen Menschen wie Dreyer bringe ich nicht zur Strecke, ohne selbst Grenzen zu überschreiten. Trotzdem bin ich hier. Ich habe meine Prioritäten gesetzt. Der Preis, den ich zu bezahlen bereit bin, um ihn zu kriegen, ist sehr hoch. Glauben Sie mir das!«

»Oh Gott!«, stöhnt Jule. »Oh Gott! Das ist Wahnsinn!«

Du hast keine Ahnung!, denke ich, lasse mir aber nichts anmerken.

»Wie wollen Sie vorgehen?«, fragt Jule.

»Sie schließen die Gaststätte um elf, richtig?«

Sie nickt. »Ist das ein Problem?«

»Überhaupt nicht. Je normaler wir uns verhalten, desto besser. Spätestens um Viertel nach elf sollte niemand mehr hier sein. Das heißt, wir gehen um Viertel vor zwölf rüber. Ich habe Dietriche dabei und kann damit umgehen. Egal, welches Schloss er benutzt, ich bekomme es höchstwahrscheinlich spurlos geöffnet und später wieder verschlossen. Vorausgesetzt, er nutzt kein Hochsicherheitsschloss.«

»Warum sollte er? Wir Insulaner schließen oft gar nicht ab.«

»Das wäre noch besser, kann ich mir bei ihm aber nicht vorstellen. Wir werden sehen. Wenn wir in seinem Haus sind, schauen wir uns um, nutzen dafür aber nur Taschenlampen. Haben Sie welche?«

»Das gehört zur Grundausstattung, falls ein Sturm die Stromzufuhr unterbricht.«

»Länger als eine halbe Stunde sollten wir nicht bei ihm sein. Das wird erst mal nur eine flüchtige Musterung.«

»Ich glaube, mir wird schlecht.« Jule presst sich eine Hand auf den Bauch.

»Machen Sie sich nicht zu viel Sorgen. Wir kriegen das hin.« Ich lächle ihr beruhigend zu.

»Entschuldigen Sie mich.« Offenbar haben meine Worte sie nicht überzeugt. Sie und ihre Schwester scheinen aus unterschiedlichem Holz geschnitzt zu sein.

Jule verlässt den Raum. Ich höre eine Tür im Haus zufallen, wahrscheinlich zieht sie sich in ihre privaten Räume zurück, um sich alles durch den Kopf gehen zu lassen.

Mich hingegen plagt ein anderes Problem. Ninas Frist läuft morgen Vormittag ab. Sie wird sie vermutlich nicht bis zum bitteren Ende ausreizen. An ihrer Stelle würde ich versuchen, in dieser Nacht das Blatt zu wenden und mich in die Defensive zu drängen. Ich muss also fast davon ausgehen, dass mir die Situation gegen Mitternacht über den Kopf wächst. Bei Dreyer einzubrechen, ohne Spuren zu hinterlassen, ist eine riesige Herausforderung. Vor allem mit einer nervösen Gehilfin an meiner Seite. Dabei gleichzeitig im Hinterkopf zu behalten, dass mir von Nina Gefahr droht, erschwert das Ganze. Nachdenklich gehe ich in mein Zimmer und überlege, wie ich mich vor einem Angriff aus dem Hinterhalt schützen kann. Warum ist Dreyer ausgerechnet heute aufgebrochen? Wieso wusste ich nichts von dem Todestag seiner Verlobten? Ich ärgere mich über diese Wissenslücke. Da hat jemand nicht gut genug in Dreyers Leben recherchiert.

13

NINA

In den Dünen halte ich mich am liebsten auf, mehr Natur geht nicht. Das ging mir als Kind schon so, und daran hat sich nichts geändert. Ich liebe die vom Wind geformten Hügel, den pudrigen Sand und die piksenden Grashalme. Man ist umgeben vom Wasser, das auf Baltrum immer ganz nah ist. Die Insel ist dermaßen klein, dass das Meer von überall aus zu spüren ist. Und dennoch habe ich in den unberührten Dünen das Gefühl, die Weite der Landschaft für mich allein zu haben.

Früher haben meine Schwester und ich regelmäßig Proviant auf die Gepäckträger unserer Fahrräder geklemmt, um zum Picknicken ans Ende der Insel zu gurken. Es war nicht erlaubt, aber Insulanerkinder legen die Gebote ihrer Eltern großzügig aus. Man wird nur selten erwischt, und passieren kann sowieso nichts. Oft kamen Jule und ich gar nicht am hintersten Zipfel an, weil uns vorher in den Dünen frei laufende Hasen ablenkten oder wir schon unterwegs die Capri-Sonne und Kinderschokolade verdrückt hatten. Die Kindheit auf einer autofreien Insel steckt voller Abenteuer. Wir nutzten jede Ecke zum Spielen und waren frei.

Obwohl ich damals im Westdorf gelebt habe und mich dort immer noch heimisch fühle, finde ich das Ostdorf beeindruckender. Wir zogen auf die winzige Insel, als wir im Kindergartenalter waren, und ich verließ sie bereits als Grundschulkind wieder. Aber nirgends auf der Welt stellt sich das heimische Empfinden ein wie hier.

Der Wind peitscht mir ins Gesicht, als ich ein letztes Mal von der Aussichtsdüne in Richtung Langeoog schaue. Die Distanz zwischen dem Ostende Baltrums und der nächsten Insel wirkt wie ein Katzensprung, doch die Nordsee ist tückisch. In der Vergangenheit sind hier viele Menschen umgekommen, weil sie die Strömungen unterschätzten.

Den Horizont kann ich von hier oben heute nicht erkennen, weil es am späten Nachmittag schon dämmert und dunkle Wolken den nächsten Regenguss ankündigen. Ich weiß auch so, wie es aussieht, muss nur die Augen schließen und den Geruch von Gras, Sand und Gischt einatmen, um genau zu wissen, wo ich bin. Selbst die Jahreszeiten riechen unterschiedlich.

Den Reißverschluss meiner Outdoorjacke bis zu den Lippen hochgezogen und die Mütze tief im Gesicht, stapfe ich den schmalen, roten Weg entlang. Ich entspreche dem Bild einer allein reisenden Urlauberin auf Selbstfindungstrip, denn kein Einheimischer würde in diesem Schneckentempo durch die Gegend spazieren. Ohne die dicken Klamotten käme man mir schon eher auf die Schliche, aber eine sofortige Enttarnung muss ich in diesem Aufzug nicht befürchten.

Mir begegnet keine Menschenseele, als ich am Kiefernwäldchen vorbeigehe und einen Blick in den Rosengarten werfe. Die Blumen haben mich nie sonderlich interessiert, der Brunnen mit dem Froschkönig und der flötende Hirtenjunge dafür umso mehr. »Eine Oase der Ruhe«, haben die

Hotelgäste die Stelle oft genannt, und wir haben über die doofen Erwachsenen gekichert.

Früher sah ich in diesem Ort den perfekten Fleck zum Versteckenspielen, heute sehe ich winterkahle Pflanzen. Das, was mir als Mädchen einen wohligen Gruselschauer über den Rücken jagte, ist einem erwachsenen Eindruck gewichen. Alles ist etwas kleiner und einfacher als an den Orten, an denen ich sonst verkehre. Schöner ist es trotzdem.

Zwischen zwei Gebäuden gelange ich über den Naturpfad zurück auf den breit gepflasterten Weg, links und rechts von Häusern gesäumt. Zwei Männer in olivfarbenen Parkas laden Getränkekisten und eingeschweißte Lebensmittel in eine Wippe, das übliche Transportmittel für Koffer und andere Habseligkeiten, eine Art Handwagen. Sie nuscheln »Moin«, und ich erwidere den Gruß. Ich glaube, einen der beiden kenne ich, aber er hat mich nicht einmal richtig angeguckt, zumal es immer dunkler und ungemütlicher wird. Jeder sieht zu, dass er bei der Kälte schnell ins Warme kommt.

Ich folge dem Weg in Richtung Haus Jule und passiere die rot geklinkerten Unterkünfte auf beiden Straßenseiten. Fast jeden Einheimischen kenne ich mit Namen, hinter vielen Türen wohnen einstige Klassenkameradinnen, die inzwischen den Betrieb der Eltern übernommen haben. Dass auch meine Schwester diese Option gewählt hat, beweist, wie unterschiedlich wir trotz allem sind. So gern ich für ein paar Tage hier bin, aber dauerhaft auf sechseinhalb Quadratkilometern zu leben ist für mich ausgeschlossen. Da komme ich nach unserer Mutter, die einen Inselkoller erlitt und dringend wegmusste. Nur selten halten Zugezogene es für immer aus; das sind wahre Helden der Anpassung und Inselliebe.

In manchen privaten Wohnstuben brennt Licht. Die meisten Gästezimmer hingegen wirken unbewohnt und düster. Weiße Gardinen versperren die Sicht ins Innere. Außer in Jules Pension. Sie hat vor Jahren einen Teil der Vorhänge entsorgt und stattdessen die Fensterbänke mit großen, maritimen Objekten in Naturtönen dekoriert, zusätzlich hängen an den Scheiben Windspiele. Mich würde das Gebimmel und Geklimper bei geöffnetem Fenster wahnsinnig machen, zumal selten Windstille herrscht, aber die Urlauber scheint es nicht zu stören. Jule ist bei so was die Ruhe in Person. Ich gelte zwar als die Coolere von uns zweien, in Sachen Lebensführung wissen wir beide es jedoch besser. Da bin ich die Unentspannte.

Schon aus der Ferne sehe ich das angeschaltete Licht in einem der Fremdenzimmer. Dort in Zimmer 12 muss er sein. Der geheime Adressat der E-Mail. Direkt über unserem ehemaligen Kinderzimmer. Schluss mit den Sentimentalitäten, ich muss mich konzentrieren. In einiger Entfernung bleibe ich stehen, postiere mich am schmalen Pfad nahe der katholischen Kirche und beobachte das Haus meiner Schwester. Hin und wieder vergewissere ich mich, dass niemand von mir Notiz nimmt. Zumindest hier draußen hat es nicht den Anschein. Was sich hinter den Gardinen abspielt, vermag ich nicht zu sagen. Hauptsache, der Mistkerl entdeckt mich nicht.

Ich fische ein kompaktes Fernglas mit Nachtsichtfunktion aus der Jackentasche und halte es bereit.

Etwa eine Viertelstunde stehe ich untätig herum, dann tritt der Mann endlich ans Fenster. Wie schön, dich kennenzulernen, du Arschloch. Mit bloßem Auge sehe ich nur seine Umrisse, doch mit dem Fernglas funktioniert es etwas besser. Er scheint von großer Statur zu sein und telefoniert. Fürs Erste reicht das. Na warte, Freundchen, ich komme später wieder, dann ist die Nacht meine Verbündete.

* * *

Die Temperatur bewegt sich um den Gefrierpunkt, und der Wind bläst kräftig. Mir ist trotz Thermounterwäsche, Rolli und Wetterjacke kalt. Ich beschleunige meinen Schritt und grabe die Hände tief in die Taschen. Stockfinster ist es dank des Sternenhimmels selbst kurz vor Mitternacht nicht. Das liegt an der geringen Lichtverschmutzung. Die meisten Insulaner kuscheln sich vermutlich schon in ihre Betten, als ich mich erneut dem Haus Jule nähere. Dort sind die Lichter ausgeschaltet, auch im belegten Gästezimmer.

Niemand soll mich hören und sehen. Der Haupteingang scheidet aus. Ich pirsche leise ums Gebäude herum, betätige die Handytaschenlampe und stecke meinen Schlüssel in die Tür zur Waschküche. Er passt Gott sei Dank noch. Obwohl in diesem Raum seit Langem nicht mehr gewaschen wird, hat er seine alte Bezeichnung behalten. Ein weißes Emaille-Waschbecken mit blauem Rand und ein dazugehöriger Kessel erinnern an vergangene Zeiten, als hier noch geschlachtet, eingekocht und von Hand gewaschen wurde.

Jetzt ist es der Raum, durch den ich mir heimlich Zugang verschaffe. Ich schleiche durch die angrenzende Küche und den Flur. Es ist mucksmäuschenstill im Haus, draußen heult der Wind. Der dunkelrote Teppich verschluckt meine Schritte. Vorbei an der Gaststätte, drei weiteren Türen, bis zum letzten Zimmer, an dessen Tür ein Messingschild angebracht ist. *Privat.* Ich klopfe leise an und flüstere.

»Jule! Ich bin's!« Keine Reaktion. »Mach bitte auf, Jule.« Immer noch nichts. »Ich komm jetzt rein. Nicht erschrecken!«

Ein zweites Mal benutze ich den Generalschlüssel und betrete das Refugium meiner Schwester. Es besteht aus zwei aneinandergrenzenden Zimmern und einem Bad. Ich kenne alles wie meine Westentasche, weil hier früher unsere Kinderzimmer lagen. Schnell durchquere ich den ersten Raum, den sie als Wohnzimmer nutzt und der picobello aussieht. Ich wundere mich immer wieder darüber, wie ordentlich wir beide sind. Von unseren Eltern haben wir das jedenfalls nicht. Die Schlafzimmertür ist nur angelehnt, das ist kein gutes Zeichen. Normalerweise schließt sie jede Tür, sonst wird sie nervös.

»Jule?«

Vorsichtig setze ich einen Fuß vor den anderen, bis ich vor ihrem Bett stehe. Hoffentlich bekommt sie nicht den Schreck ihres Lebens, wenn sie aufwacht und plötzlich jemand vor ihr steht. Doch sie ist gar nicht da. Die Bettdecke ist zurückgeschlagen, das Kissen liegt mitten auf der Matratze und nicht am Kopfende, wo es hingehört. So ist meine Schwester nicht, sie legt immer alles an seinen Platz, es sei denn, es brennt oder ... Scheiße! Sie muss das Bett Hals über Kopf verlassen haben! Habe ich zu lange gewartet? Ich muss schnell nach oben und alles auf eine Karte setzen, auch wenn das extrem riskant ist.

Die Treppe ohne verräterisches Knarren zu betreten ist unmöglich. Das haben wir schon als Kinder nicht geschafft. Ich versuche es trotzdem und nehme jede einzelne Stufe möglichst leise, doch es gelingt mir nicht. Der Gast wird mich hören, sofern er nicht tief und fest schläft. Und davon ist absolut nicht auszugehen. Ich habe keine Zeit zu verlieren, halte vor Zimmer 12 den Atem an und lausche angestrengt an der Tür. Nichts. Ich räuspere mich geräuschvoll. Wieder keine Reaktion. Ich spanne alle Muskeln an und trete ein, bereit für einen Angriff. Sollte er eine Waffe bei sich tragen, sieht es schlecht aus für mich. Ansonsten bin ich im Nahkampf hoffentlich stärker als er.

Er ist nicht da. Das Zimmer ist leer. Puh, das ist gut für mich, aber nicht für Jule. Verdammt, wo stecken die beiden?

Mit Hilfe meiner Handytaschenlampe verschaffe ich mir einen groben Eindruck. Einige seiner Sachen liegen verstreut herum. Das Bettzeug ist ordentlich gefaltet und in dieser Nacht noch nicht benutzt worden. Am Türrahmen entdecke ich einen kleinen, weißen Sensor. Ich inspiziere das Gerät – es ist ein Modell, das sich über Smartphones bedienen lässt. Vermutlich hat er gerade via Handy ein Signal erhalten, dass jemand sein Zimmer betreten hat. Jetzt arbeitet die Zeit doppelt gegen mich, weil er wahrscheinlich Jule in seine Gewalt gebracht hat und mich jeden Moment überrumpeln kann. Hastig gehe ich zum Safe, der mit einer mir unbekannten Zahlenkombination verschlossen ist. Ob er etwas darin deponiert hat, weiß ich nicht. Verdammt, ich muss zurück in Jules Zimmer. Vielleicht liegt dort der Generalschlüssel für die Safes aller Gästezimmer. Ich habe keine Ahnung, wo sie ihn versteckt hat, werde es aber zumindest versuchen.

Leise zu sein kann ich mir zeitlich nicht mehr leisten. Auf der Treppe nehme ich immer zwei Stufen gleichzeitig und renne zurück in Jules Räume. Sie hat vor einigen Jahren den altmodischen Schminktisch unserer Oma geerbt, für den ich mich bis vor wenigen Minuten nicht interessiert habe. Unter der breiten Schublade, die ich mit viel Geruckel aufziehe, ist eine geheime Schiebeplatte aus Holz. Meine Schwester hatte mir seinerzeit davon erzählt, und ich hatte sie wegen dieses Kleinmädchentraums ausgelacht. Mit solchem Quatsch habe ich nichts am Hut, wozu gibt es Bankschließfächer? Ich schiebe die Lade beiseite und finde neben Jules Tagebüchern, Liebesbriefen und altem Schmuck den Safeschlüssel.

Ich horche ins Treppenhaus, bevor ich erneut hochrenne. Er scheint noch nicht zurück zu sein.

Meine Nerven sind zum Zerreißen gespannt, als ich in Zimmer 12 den Schlüssel in den Safe stecke. Er passt! Die

Tür springt auf und offenbart zwei prall mit Unterlagen gefüllte Schnellhefter. Ich nehme beide an mich und verriegele den Tresor wieder. Allerdings mit meiner eigenen Kombination. Mit etwas Glück bemerkt der Mann nicht sofort, dass ich seine Unterlagen geklaut habe. Dann laufe ich mit dem Packen in der Hand nach draußen. Ich brauche dringend frische Luft, weil ich zu hyperventilieren drohe. Nichts ist im Kampf um Leben und Tod wichtiger, als einen kühlen Kopf zu bewahren. Nachdem ich Jules kleinen Schuppen im Garten erreicht habe, setze ich mich dort auf einen Hocker, aktiviere die Taschenlampe und schlage den ersten Schnellhefter auf.

Er hat eine Akte über mich angelegt. Über mich und meine Rache an verschiedenen Männern. Auf jeder der etwa fünfzig Seiten hat er in der Fußzeile jeweils den Namen der Kerle vermerkt. Oben im Betreff stehen die Daten, an denen ich zugeschlagen habe. Für ihn bin ich der Täter, nicht die Männer, das geht klar daraus hervor. *Geschädigter*, nennt er diese Schweine. *Geschädigter John Sievers*. Ich könnte kotzen. Der Typ, dem meine Schwester ausgeliefert ist, handelt im Auftrag dieser Widerlinge. Wer hier wohl die Geschädigten sind, dass ich nicht lache!

Ich wühle durch ein Dutzend Fotos von mir, die er an diversen Orten aufgenommen hat. Sie sind zum Teil aus dem Auto heraus auf öffentlichen Plätzen gemacht worden. Manchmal muss er sich heimlich in Gebäuden an mich herangeschlichen haben. Ich hatte absolut keine Ahnung davon. Dumm und ungeschickt ist er definitiv nicht. Ich aber auch nicht.

14

LEANDER

Der letzte Gast hat sich schon um halb elf verabschiedet. Trotzdem bleiben Jule und ich bei unserem Vorhaben, erst kurz vor Mitternacht bei Dreyer einzubrechen. Wenige Minuten vor dem Tageswechsel huschen wir in dunkler Kleidung zu seinem Haus. Auf der Straße ist niemand zu sehen und außer den Windböen nichts zu hören.

»Sollen wir das wirklich tun?«, fragt Jule. »Noch können wir zurück. Dann wäre nichts passiert.«

Ohne ihr zu antworten, rüttle ich an der Tür. Vielleicht gehört Dreyer zu den vertrauensseligen Insulanern, die ihre Haustür gar nicht abschließen. Leider macht es mir der mutmaßliche Serienmörder nicht so einfach. Also stecke ich mir die kleine Taschenlampe in den Mund und führe den Dietrich zum Schloss. Zum Glück benutzt Dreyer kein Sicherheitsschloss, das mir unlösbare Probleme bereitet. Der Dietrich gleitet wie in ein Stück geschmolzene Butter hinein, und ich beginne, ihn mit Fingerspitzengefühl zu drehen.

»Das ist Wahnsinn«, stöhnt Jule. »Wir stehen hier auf

dem Präsentierteller. Die Nachbarn könnten uns beobachten und Tamme warnen.«

Nicht nur wegen der Lampe in meinem Mund antworte ich nicht. Hochkonzentriert versuche ich, mir Zutritt zu verschaffen. Ob Dreyer genauso paranoid ist wie ich und Türsensoren benutzt? Dann wird er gleich sein blaues Wunder erleben.

Dreyer hat einmal abgeschlossen. Das merke ich mir, denn sobald wir das Haus verlassen, muss ich den Ursprungszustand wieder herstellen. Die Tür springt auf. Ich nehme die Taschenlampe aus dem Mund und schalte sie aus.

»Wir sind drin«, sage ich.

»Wenn uns jemand sieht«, jammert Jule. »Tamme bringt uns um.«

»Damit könnten Sie recht haben.«

Ich betrete das Haus, Jule folgt mir. In der Diele schließe ich die Tür. In diesem Moment vibriert mein Handy. Mir schwant Böses.

»Und jetzt?«, fragt Jule.

»Kleinen Augenblick.« Ich ziehe das Handy aus der Hosentasche. Die erhaltene Meldung ist eindeutig. Der Türsensor hat eine Bewegung registriert. Hat Nina uns beobachtet und unsere Abwesenheit ausgenutzt? Oder ist das Timing bloß Zufall?

»Alles in Ordnung?«, fragt Jule.

»Nein«, sage ich.

»Wieso nicht?«

»Mir wird erst jetzt bewusst, was ich getan habe. Das ist Einbruch.« Eine bessere Erklärung fällt mir spontan nicht ein.

Jule lacht hysterisch. »Ist das Ihr Ernst? Das sage ich schon die ganze Zeit. Haben Sie schlechte Nachrichten erhalten?«

Sehr schlechte, denke ich, kann es aber nicht laut aussprechen. »Hm.«

»Sie haben aufs Handy geschaut. Was ist los?«

»Nichts!«

»Kommt Tamme zurück?«

»Quatsch!«

»Was war es dann?«

»Nichts Wichtiges. Glauben Sie mir.«

»Alles klar.« Ihr Tonfall lässt keine Zweifel aufkommen. Sie glaubt mir nicht.

In meinem Kopf spiele ich verschiedene Handlungsoptionen durch. Nina wartet in der Pension oder vielleicht sogar in meinem Zimmer auf mich. Sie wird versuchen, mich in einen Hinterhalt zu locken. Jule ist meine Trumpfkarte. Wenn ich sie vernünftig ausspiele, könnte ich den Jackpot einsammeln. Oder alles verlieren.

»Was machen wir jetzt?«, fragt Jule.

»Eingebrochen sind wir schon, also können wir uns auch umsehen«, antworte ich. »Bleiben Sie hinter mir und achten darauf, dass ich nicht versehentlich etwas verrücke oder umstoße.«

»Zweite Tür links, da ist das Wohnzimmer«, sagte Jule.

»Kennen Sie sich hier aus?«

»Nicht richtig, aber natürlich war ich schon ein paar Mal zu Gast.«

So natürlich finde ich das aufgrund seiner Geschichte nicht. Ein Mann wie Dreyer dürfte grundsätzlich misstrauisch sein. Ich lasse mir nichts anmerken. Wir betreten das Wohnzimmer, und ich schwenke den Schein der Lampe über die Möbel. Der Raum ist unglaublich vollgestellt.

»So viele Schränke und Schubladen. Wo sollen wir bloß anfangen?«

Wieder vibriert mein Handy. Ich ahne, was das zu bedeuten hat, kann aber dem Impuls nicht widerstehen nachzuschauen. Der Sensor hat eine weitere Bewegung registriert. Wahrscheinlich hat Nina diesmal die Tür geschlossen. Aber hat sie auch mein Zimmer verlassen, oder wartet sie irgendwo versteckt auf mich?

»Was ist los?«, will Jule wissen. »Geben Sie mir Ihr Telefon!«

»Kommt nicht infrage. Scheiße! Warum haben Sie mir nicht gesagt, wie das bei Dreyer aussieht? Wo sollen wir anfangen, Beweise zu finden?«

»Und jetzt?«

»Gehen wir wieder.«

»Alles klar«, sagt sie nun schon zum zweiten Mal und klingt zickiger denn je.

»Das passt Ihnen also nicht«, fahre ich sie an. »Erst muss ich Sie überreden, Schmiere zu stehen, und wenn ich Ihnen am Ende recht gebe, ist es auch nicht okay.«

»Ich werde nur ungern angelogen.«

Wir schauen uns wütend an.

»Herrje«, sage ich. »Die Nachrichten waren von meinem Partner. Ich hab ihm geschrieben, dass Dreyer die Insel verlassen hat, was wir ausnutzen wollen. Er hat das wohl erst gerade eben gelesen und mir Konsequenzen angedroht, falls ich die Ermittlungen versaue. Hat mich zweimal gewarnt, dass ich mich strafbar mache.«

»Ach, wirklich?«, fragt sie sarkastisch.

Ich verdrehe die Augen. »Ist ja noch nichts passiert. Und ja, sorry. Ich hätte Sie nicht hineinziehen dürfen. Tut mir leid. Dreyers spontane Reise habe ich als Chance angesehen und nicht richtig nachgedacht. War wohl eine Fehleinschätzung. Konnte ja nicht ahnen, wie es bei ihm aussieht.« Erneut schwenke ich den Schein der Taschenlampe über die unterschiedlichsten Möbel. Geschmack hat Dreyer nicht.

Meine Entschuldigung scheint sie zu besänftigen.

»Alles gut«, sagt sie. Ihr Lächeln wirkt echt. »Jeder kann sich irren. Gehen wir wieder raus?«

Ich seufze. »Wo ist sein Schlafzimmer?«

»Die Treppe hoch.«

Wir verlassen das Wohnzimmer, und ich leuchte über die Stufen hinweg, auf denen ebenfalls lauter Kram steht. Dreyer hält nichts von Ordnung. Die Gefahr, dass er dieses Chaos nutzt, um heimlich Stolperfallen aufzubauen, ist mir zu groß.

»Ein totaler Reinfall«, jammere ich. »Das können wir vergessen.«

»Sie finden eine andere Lösung.«

Ich nicke. »Gehen wir. Ich muss in Ruhe nachdenken.«

Wir verlassen das Haus. Damit Jule nicht einfach abhaut, bitte ich sie, aufs Schloss zu leuchten. Rasch gelingt es mir, es wieder zu versperren. Falls Dreyer keine Sicherheitsmaßnahmen getroffen hat, dürfte er von unserer Aktion nichts mitbekommen.

»Trinken wir noch ein Bier?«, frage ich. »Das würde mir helfen, den Puls zu beruhigen. Meinetwegen können Sie morgen früh eine Stunde später Frühstück servieren.«

»Gute Idee. Also das mit dem Bier«, sagt sie.

Wir gehen zur Pension. Vor unserem Aufbruch hat Jule alle Lichter ausgeschaltet, und nach wie vor ist es überall dunkel. Wo hält sich Nina versteckt?

Wenige Meter vom Hauseingang entfernt lasse ich mich ein kleines Stück zurückfallen. Jule schiebt den Schlüssel ins Schloss und dreht ihn einmal herum. Sie stößt die Tür auf. Unauffällig ziehe ich meine Pistole aus der Jackentasche. Dann trete ich dicht hinter Jule und lege meinen Arm um ihren Hals.

Sie schreit erschrocken auf. Ich dirigiere sie in den Flur und werfe die Tür zu. Den Pistolenlauf drücke ich ihr an die Rippen.

»Komm raus, sonst ergeht es Jule schlecht!«, schreie ich.

»Was soll das?«, keucht sie.

Jule versucht, sich der Umarmung zu entwinden. Ich presse sie an mich.

»Wehr dich nicht«, flüstere ich ihr ins Ohr. »Sonst tut es nur weh. Ich schieße, wenn du dumm bist.«

»Lass ...«

»Jemand ist in mein Zimmer eingebrochen. Darüber hat mich das Handy informiert.«

»Warum ...«

Ich drücke noch ein bisschen fester zu und ersticke ihre Frage. Bestimmt will sie wissen, wieso ich mit ihr so umspringe, wenn jemand in unserer Abwesenheit einbricht.

»Ich weiß genau, wer der Einbrecher ist. Beschwer dich bei ihr.«

»Bei wem?«, keucht Jule.

»Komm raus! Das ist deine letzte Chance«, rufe ich.

Wo hat sie sich versteckt? Es ist schwer, Jule in Schach zu halten und gleichzeitig in alle Richtungen zu sehen, um einen Überraschungsangriff aus dem Hinterhalt auszuschließen.

»Du nimmst jetzt deine Taschenlampe in die linke Hand und leuchtest vor dir alles aus, bis wir sie gefunden haben.«

»Wen?«

»Stell keine Fragen!«

Umständlich zieht sie die Taschenlampe aus der Jacke.

»Komm nicht auf dumme Gedanken. Wenn du nach mir schlägst, ist das dein letzter Fehler.«

Sie grunzt und schaltet die Lampe ein.

Wo soll ich nach Nina suchen? Wenn wir Jules Privaträume abgehen, könnte ihre Schwester unbemerkt die Treppe herunterkommen und hinterrücks zuschlagen. Es sei denn, eine der knarrenden Stufen würde sie verraten.

»Du gibst keinen Ton von dir. Los! Zu deinen Räumen!«

Ich stoße sie an, woraufhin sie sich in Bewegung setzt.

»Vor dir alles schön ausleuchten. Immer von links nach rechts.«

Nur langsam kommen wir voran. Ich erhasche zum ersten Mal einen Blick in die Räume, die sie benutzt. Im Gegensatz zu Dreyer hat sie eine geschmackvolle Einrichtung. Von Nina fehlt jede Spur. Da Jule in einem modernen Boxspringbett schläft, kann sich ihre Schwester nicht darunter verstecken.

»Okay«, sage ich leise. »Jetzt wieder zurück durch die Gaststätte und die Treppe hoch in die Gästezimmer.«

Hätten mir die knarrenden Stufen vorhin noch zum Vorteil gereicht, wendet sich nun das Blatt. Durch den Schein der Taschenlampe und die Geräusche im Hotelflur weiß Nina sicher genau, wo wir uns gerade aufhalten. Ich kann nichts dagegen tun. Eine innere Stimme rät mir sogar zu einem deeskalierenden Vorgehen. Wäre es nicht besser, Jule als Zeichen meines guten Willens loszulassen und sie über die Anwesenheit ihrer Schwester zu informieren?

Ich verwerfe den Gedanken. Jule würde sich kompromisslos hinter Nina stellen – und bei zwei gegen einen hätte ich noch weniger Chancen.

Langsam gehen wir die Stufen hoch.

»Leuchte den Gang aus«, flüstere ich ihr ins Ohr. »Danach prüfen wir jeden Raum.«

Nina wartet nicht im schmalen Flur auf uns. Wir steuern Zimmernummer 10 an. Jule öffnet die Tür, wir betreten den Raum, und ich überzeuge mich davon, dass er leer ist.

»Wen suchst du?«, fragt sie kaum vernehmlich. Auch sie ist dazu übergegangen, mich zu duzen. Trotz meiner Anspannung fällt mir dieses unwichtige Detail auf.

»Das wirst du gleich mit eigenen Augen sehen.«

Bringt es mir irgendwas, den Namen Nina zu erwähnen? Vermutlich nicht. Eher müsste ich befürchten, dass sie sich trauen würde, zu rebellieren.

Wir verlassen das Zimmer, und Jule öffnet kurz darauf die Tür zur Nummer 11. Ich dirigiere sie hinein. Im Gegensatz zum vorherigen Gästeraum ist das Bad verschlossen.

»Warum ist die Badezimmertür zu?«, frage ich.

»Das war ich«, keucht Jule.

»Wir werfen einen Blick rein.«

Langsam nähern wir uns der Tür. Jule drückt die Klinke hinunter und stößt die Tür auf.

Plötzlich geht das Licht an. Ich blinzle gegen die abrupte Helligkeit an und erkenne eine nackte Frau. Meine Überraschung ist so groß, dass ich den Griff um Jules Hals lockere. Die erkennt ihre Chance und entwindet sich mir. Erst jetzt bemerke ich die Waffe in Ninas Hand.

»Nein!«, schreie ich.

Nina feuert, ehe ich meine Pistole auf sie richten kann. Ich spüre ein scharfes Brennen am Hals. Der schmerzhafte Stromschlag, der meinen Körper durchzuckt, ist das Letzte, was ich wahrnehme, bevor ich das Bewusstsein verliere.

15

NINA

Der Eindringling ächzt überrumpelt, als ich mit meiner Elektroschockpistole auf ihn feuere. Viel entgegenzusetzen hat er nicht, denn er bricht augenblicklich zusammen und verliert das Bewusstsein. Auch Jule stößt einen Schreckensschrei aus.

»Hallo, Schwesterherz!« Um ihm seine Waffe abzunehmen, beuge ich mich vor und nehme sie an mich.

»Oh Gott, Nina, was soll das? Ich dachte, mein Herz bleibt gleich stehen.«

»Sorry, ging nicht anders. Hier, nimm mal die Pistole.«

Ich mustere das Häufchen Elend am Boden. »Du musst ihn damit in Schach halten, falls er früher als erwartet zu sich kommt.«

»Okay.« Sie schnauft vor Aufregung, wird es aber schon schaffen. Wir sind schließlich aus demselben Holz geschnitzt. Ernst schauen wir uns an, doch auf einmal grinst sie schief. »Warum bist du eigentlich nackt?«

Ich muss auch lächeln, weil ich diesen Umstand fast vergessen habe. »Das Leben hat mich gelehrt, dass einen

Mann nichts so sehr aus dem Konzept bringt wie eine attraktive, nackte Frau.«

»Damit hast du offensichtlich recht.«

»Schön auf ihn aufpassen. Ich bin gleich wieder da.«

Konzentriert richtet sie die Waffe auf ihn. Ich gehe ins Badezimmer, ziehe mir schnell die achtlos hingeworfenen Klamotten wieder an und kehre zu meiner Schwester zurück. Vor ihren schreckgeweiteten Augen entnehme ich dem Weekender Handschellen. Sie will etwas einwenden und tritt einen Schritt vor. »Aber ...«

Unwirsch unterbreche ich sie und versperre ihr mit dem Arm den Weg. »Jetzt keine unnötigen Debatten, dafür haben wir keine Zeit. Tu einfach, was ich dir sage. Wir müssen ihn aufs Bett hieven. Ich erkläre dir später alles.«

»Zu Befehl, große Schwester.«

Sie packt ihn an den Füßen, ich unter den Achseln.

»Du musst etwas höher anfassen. Pack ihn an den Fesseln, das funktioniert besser.«

Mit vereinten Kräften verfrachten wir ihn auf die Matratze. »Mit welchem Namen hat sich dir dieser Mistkerl eigentlich vorgestellt?« Ich ziehe seinen Oberkörper nach oben und fessele ihn mit den Handschellen ans Bettgestell. Sobald er aufwacht, wird er seine eigene Blödheit verfluchen.

Jule streicht sich eine Haarsträhne aus dem vor Hektik rot angelaufenem Gesicht. »Als Leander Brodersen. Zuerst hat er gelogen und nannte den Nachnamen Wächter. Wenig später hat er das korrigiert.«

»Immerhin etwas, das stimmt. Er heißt wirklich so.«

»Nina, ich verstehe ja, dass es nicht der beste Zeitpunkt für ein ausführliches Gespräch ist. Aber bitte sag mir wenigstens, was dein spektakuläres Auftauchen bedeutet. Wieso hast du dich nicht vorher angekündigt? Mir kannst du vertrauen!«

Ich begutachte unseren Gefangenen. Er wird noch etwas schlafen. Jule hingegen gibt sowieso keine Ruhe. »Also gut.« Ich nehme mein Smartphone und rufe das E-Mail-Programm auf. »Diese Nachricht hat er mir gestern geschickt.«

Jule nimmt mein Handy und liest murmelnd, abwechselnd laut und leise.

Hallo Nina!

In den letzten Jahren hast du dich mehrfach um die Belange fremder Frauen gekümmert. Nun sollte dich das Wohlergehen deiner eigenen Schwester interessieren. Du siehst, ich bin in ihrer Reichweite. Außerdem vertraut sie mir. Ich bewege mich nachts im Hotel frei herum, und tagsüber posiert sie für Fotos mit mir. Was meinst du, wie schnell ich ihr ein Messer in die Brust rammen kann, um ihren Herzschlag zu stoppen?

Du bist die Einzige, die das verhindern kann. Allerdings bleibt dir nicht viel Zeit. Ich erwarte dich innerhalb von achtundvierzig Stunden hier auf der Insel. Sonst bestrafe ich Jule für deine Feigheit.

Solltest du ihr eine Warnung schicken, werde ich ihr das anmerken. Dann ziehe ich die entsprechenden Konsequenzen, und Jule stirbt.

Nimm mich ernst. Das ist besser für uns alle.

X

»Was? Das versteh ich nicht! Wieso X? Das kann doch auch von jedem anderen kommen.«

»Schau dir die angehängten Fotos an.«

Sie klickt auf die beiden Bilder von sich und Leander Brodersen und kann es nicht fassen. Ich befürchte, sie begreift nicht, was für ein Monster sie unter ihrem Dach beherbergt. Sie war schon immer die Naivere von uns. Andere würden behaupten, ich sei zynisch, aber ich traue den meisten Leuten nicht über den Weg. Aus gutem Grund, wie sich mal wieder beweist.

»Alles okay bei dir?«

»Keine Sorge, aber ich hätte Leander bis vor wenigen

Minuten so eine Drohung überhaupt nicht zugetraut. *Sonst bestrafe ich Jule für deine Feigheit* … Dass er so was schreiben kann, will nicht in meinen Schädel rein. Es passt kein bisschen zu seiner Art.«

»Offenbar doch. Tröste dich, in Sachen Menschenkenntnis kann jeder danebenliegen. Das passiert selbst den erfahrensten Profilern. Dein Gast ist ein echter Drecksack. Denk nur daran, wie er dich vorhin behandelt hat.«

Sogar im Lichte der jüngsten Geschehnisse schüttelt sie vehement den Kopf. Ich muss mich beherrschen, sie nicht anzuschnauzen, was ihr trotziges Verhalten soll. So doof kann niemand sein; nicht mal meine Schwester, die sich selbst als Achtjährige noch weigerte, die Existenz des Weihnachtsmanns in Frage zu stellen. Obwohl ich ihr drei Jahre zuvor verraten hatte, wer wirklich die Geschenke brachte, beharrte sie auf ihrer eigenen Wahrheit.

Sie hebt die Augenbrauen – eine der vielen Eigenarten, die wir teilen und die unsere Gegenüber regelmäßig in Erstaunen versetzen. Zwillinge sind für Außenstehende mysteriöser als für sich selbst. Ich imitiere ihre Geste. »Was?«, hake ich nach.

»Warum will er, dass du herkommst?«

Gott sei Dank, sie hat ihren Verstand nicht verloren. Ihre Frage ist schlüssig und naheliegend. »Er weiß Bescheid über mich. Darum hat er mich herzitiert. Sogar eine ganze Akte hat er über mich angelegt. Ich zeig sie dir.« Ich ziehe den Packen aus der Reisetasche und reiche ihn ihr.

»Hä? Worüber weiß er Bescheid?« Sie öffnet die ersten Seiten und blättert seine geheimen Beobachtungen über mich durch. »Nina, was hast du getan? Wer sind all diese Typen? Geschädigte? Wieso Geschädigte? Ich versteh nur Bahnhof.«

»Leander Brodersen hat mich ausspioniert. Er arbeitet offiziell fürs LKA, bedient sich allerdings unlauterer Methoden. Ich habe mich an den Männern, die du in den Unterlagen siehst, gerächt.«

Jule lacht auf. »Ach so, jetzt erkenne ich die Ironie. Du als Rächerin – was für ein Blödsinn. Also wirst du zu Unrecht verdächtigt für etwas, das du gar nicht getan hast.« Sie entdeckt ein Foto von mir, auf dem ich in voller Tarnmontur – Basecap, Handschuhe, Stiefel, dunkle Sonnenbrille – aus einem Auto steige. Fassungslos zeigt sie darauf: »Oder ich erkenne die Ironie doch nicht. Anscheinend weiß ich rein gar nichts über meine Zwillingsschwester. Wieso trägst du ein Outfit wie Lara Croft?«

»Ach, das musste so sein. Sah geil aus, oder? War in St. Pauli, mitten im Milieu. Besondere Umstände erfordern besondere Maßnahmen. Die Angelegenheit ist übrigens glimpflich ausgegangen.«

Meine Schwester verstummt und sichtet konzentriert meine Einsätze.

Langsam wird mir etwas mulmig zumute. »Du fragst dich jetzt bestimmt, ob ich noch ganz richtig ticke, oder?«

Sie schaut rasch auf. »Allerdings.«

»Es ist so ... Die Taten, die Leander Brodersen mir unterstellt, habe ich tatsächlich begangen. Ich konnte dir das nicht erzählen, niemand weiß davon. Na ja, fast niemand. Seit einigen Jahren mache ich Jagd auf Männer, die Frauen mit K.-o.-Tropfen außer Gefecht setzen, um sich an ihnen zu vergehen. Ich sorge dafür, dass sie ihre gerechte Strafe erhalten. Der Staat agiert zu lasch oder überhaupt nicht. Einer muss sich drum kümmern.«

»Du bist verrückt. Vollkommen durchgeknallt. Anders kann ich es mir nicht erklären. Du bekennst dich also wirklich schuldig?«

»Was heißt das schon?« Wütend schaue ich auf unseren Gefangenen. »Ich knöpfe mir die Schuldigen vor. Und überhaupt – die Welt ist nicht immer nur schwarz oder weiß.

Bekennst du dich schuldig, diesen feinen Herrn hier zusammen mit mir gefesselt zu haben? Oder war nicht *er* derjenige, der sich selbst in diese Lage manövriert hat? Genauso verhält es sich auch mit den Arschlöchern, denen ich das Handwerk lege. Vergewaltigte Frauen sind die Geschädigten, nicht deren Peiniger!«

»Du drehst es dir so hin, wie es dir am besten passt. Wir haben keine Lynchjustiz, sondern leben in einem Rechtsstaat. Wieso mischst du dich ein?«

»Findest du allen Ernstes, dass es bei uns gerecht zugeht? Ich meine, immerhin hältst du Leander Brodersen für einen ... was genau?«

»Für einen Polizisten. Er arbeitet für die Guten.« Ihr Gesichtsausdruck verrät, dass sie sich selbst nicht glaubt. »Zugegeben, seine Methoden sind tatsächlich fragwürdig.«

»Ich will mich echt nicht mit dir streiten, Jule. Es ist nur normal, dass du in diesem Chaos geschockt und irrational reagierst. Jedenfalls vermute ich, dass Leander von einem meiner Opfer engagiert worden ist. Hamburg konnte ich nur mit einem Trick verlassen, sonst hätte das hier alles niemals funktioniert. Der Typ ist gefährlich.«

»Riskiert er damit nicht seinen Job? Ein Beamter darf das doch gar nicht.«

»Tss, sicher darf er das nicht. Aber was meinst du, wie viele korrupte Bullen es gibt? Gesetze zu brechen steht bei ihnen auf der Tagesordnung.«

»In einem Krimi vielleicht.«

»Nein, auch in der Realität.« Ich gehe einen Schritt auf sie zu. »Dafür, dass du nur vier Minuten jünger bist als ich, bist du ganz schön naiv.«

»Da hab ich wohl in Mamas Bauch etwas mehr Zuversicht abbekommen.«

»Gut möglich. Ich hingegen war sofort nach der Geburt erleuchtet.« Mir fällt die Armbanduhr unseres schlafenden

Helden auf, und ich schiebe den Ärmel höher. »Schau, diese Uhr kostet mindestens zwanzigtausend Euro. Das ist ein begehrtes Stück von Omega, eine limitierte Ausgabe. Kein Polizist kann sich so was von seinem popeligen Gehalt leisten.«

»Vielleicht hat er reiche Eltern.«

»Genau. Und die haben ihm auch seine Klamotten gekauft. Seine Kleidung ist perfekt geschnitten. Keine Stangenware. Nee, ich bin mir fast sicher, er hat sich kaufen lassen – und zwar nicht von seinen Eltern, sondern von Auftraggebern. Die wollen mich aus dem Weg räumen, um weiterhin ungestört junge Frauen missbrauchen zu können.«

»Du bist trotzdem auf dem Holzweg. Ich sehe ja ein, dass ich mich in einigen Punkten geirrt habe, aber er ist wegen etwas anderem hier.«

»Aha, wieso denn? Welchen Bären hat er dir aufgebunden?«

»Er will einen Serienmörder schnappen.«

»Einen Serienmörder? Auf Baltrum? Das ist vollkommen absurd. Wer soll das sein?«

»Tamme. Ich wollte es auch erst nicht glauben, aber dann hat Leander mir seine Unterlagen gezeigt. Tamme hat mehrere Frauen auf dem Gewissen.«

Ich kann meine Verwunderung nicht verbergen und schüttele lachend den Kopf. »Wir reden von Tamme Dreyer, richtig?«

Jule gestikuliert wild mit den Händen. »Ja, natürlich! Mann, Nina, soll ich jetzt erzählen oder nicht?«

»Doch, bitte. Ich möchte mehr Einzelheiten wissen.«

»Tamme steht offensichtlich auf Frauen um die dreißig.«

»Großartig, da passen wir perfekt in sein Beuteschema. Ein Wunder, dass du noch lebst.«

Wütend blitzt sie mich an. »Vor den Morden hat er die Frauen fürchterlich zugerichtet. Er hat sie stundenlang gequält, in alle möglichen Körperöffnungen Gegenstände gesteckt und sie vergewaltigt. Dann hat er sie brutal getötet.«

»Und jetzt macht er das nicht mehr? Oder warum redest du in der Vergangenheitsform?«

»Weiß ich nicht! So wie ich es verstanden habe, wird er weiter killen. Er ist ein Serienmörder, die hören schließlich nie auf, wenn sie nicht gestoppt werden. Aber er ist schwer zu überführen, weil er Kondome benutzt und die Leichen wäscht, bevor er abhaut.«

»Sehr praktisch.«

»Meistens treibt er im Süden und Osten Deutschlands sein Unheil, aber neulich hat er jemanden aus Hamburg umgebracht. In diesem Fall ermittelt Leander. Er hat die Spur bis zu Tamme verfolgt.«

»Okay, das reicht mir vorerst. Wie ich sehe, ist unserem Freund hier jedes Mittel recht. Das ist so typisch. Diese Kerle gehen buchstäblich über Leichen, um an ihr Ziel zu gelangen.«

Jules Miene verändert sich ein wenig. Vielleicht schenkt sie meinen Worten endlich mehr Glauben als denen des widerlichen Bullen.

Zweifelnd legt sie die Stirn in Falten. »Du meinst, er hat sich das ausgedacht? Ehrlich gesagt habe ich mich sogar von ihm dazu überreden lassen, bei Tamme einzubrechen.«

Ich pfeife anerkennend. »Meine Schwester! Siehste, so edel und gut bist du eben auch nicht.«

»Der Zweck heiligt die Mittel.«

»Meine Worte. Nur war es in diesem Fall der falsche Zweck. Ich habe es einfach schon so unglaublich oft erlebt, dass diese Typen lügen wie gedruckt. Man braucht ein bisschen Zeit, um dahinterzukommen, dass ihr komplettes Leben aus Unwahrheiten besteht.«

Plötzlich bewegt der Polizist seine Füße und stöhnt. Er schlägt die Augen auf und presst mühsam hervor: »Ich habe Jule über Tamme Dreyer nicht belogen.«

Ich beuge mich lächelnd über ihn. »Soso, sehr interessant.«

»Alle Vorwürfe, die ich ihm mache, sind stark begründet. Das ist die Wahrheit! Ich kann es beweisen, wenn ihr mich losmacht.«

»Spar dir die Mühe. Ich glaub dir garantiert kein Wort, egal, was du mir für Dokumente unter die Nase hältst. Die sind alle gefälscht.«

»Das sagt die Richtige.«

»Pass auf, mein Lieber. Du nennst mir jetzt deinen Auftraggeber. Je eher du wie ein Vögelchen singst, desto weniger schmerzhaft wird es für dich werden.« Hinter meinem Rücken höre ich Jule entsetzt Luft holen, doch ich lasse mich von niemandem beirren. Er soll gefälligst quatschen. »Wird's bald!« Ich drücke ihm grob die Hand auf die Schulter.

»Ich habe keinen Auftraggeber! Ich mache das ganz allein und habe dich bewusst hergerufen. Ich brauche deine Hilfe!«

Ich verpasse ihm eine Ohrfeige und schreie ihn an: »Hör sofort mit den Lügen auf!«

16

LEANDER

Mein Kopf ruckt zur Seite. Der Schlag tut verdammt weh. Nina geht direkt in die Vollen und kennt kein Erbarmen. Aber ich habe mit nichts anderem gerechnet, deswegen habe ich auch versucht, Jule als Schutzschild einzusetzen.

Hat mir bloß nichts genützt, vielmehr hab ich beide Schwestern gegen mich aufgebracht.

»Ich brauche deine Hilfe«, wiederhole ich mit zusammengebissenen Zähnen.

Heftige Ohrfeigen prasseln auf mich ein. Ich habe keine Chance, mich zu widersetzen oder die Schläge irgendwie abzumildern. Vier, fünf, sechs. Endlich lässt Nina schwer atmend von mir ab. Mein Schädel dröhnt, und ich schmecke Blut an der Lippe.

»Ich brauche deine Hilfe«, wiederhole ich stöhnend.

»Du bist wahnsinnig!«, sagt sie. »Willst du so jämmerlich sterben?«

Nina boxt mir in den Bauch. Mir bleibt die Luft weg. Der Schmerz ist kaum auszuhalten.

»Nina!«, flüstert Jule. »Nicht so doll. Du gehst zu weit. Was ist, wenn du dich irrst?«

»Halt dich da raus«, warnt Nina ihre Schwester. »Denk an die Mail, die ich dir gezeigt habe.«

Ich ahne, wovon sie spricht. »Ich musste dich herlocken. Das erschien mir der einzige Weg zu sein. Tut mir leid, Jule. Ich hätte dir nie etwas angetan.«

»Sei still!«, schreit Nina. »Wenn du nicht die Wahrheit gestehst, ist das hier erst der Anfang.«

Ihre Hand legt sich auf meinen Unterleib und umklammert meine Hoden. Unbarmherzig drückt sie zu. Ich brülle wie am Spieß. Es dauert Sekunden, die sich wie Stunden anfühlen, ehe sie loslässt.

»Nina!«, wispert Jule. »Das geht zu weit.«

Ich ringe nach Luft. Keine Ahnung, wie lange ich das hier durchstehe, bis ich das Bewusstsein verliere. Sie muss mir einfach glauben.

Sie beugt sich ganz dicht zu mir. Wahrscheinlich hätte ich die Chance, ihr einen Kopfstoß zu versetzen. Aber was würde mir das bringen? Mit ans Bett gefesselten Händen bin ich kampfunfähig, und ihre Bestrafung wäre furchtbar.

»Wer hat dich engagiert?«, fragt sie leise.

»Niemand.«

Wieder schlägt sie zu, allerdings nicht mit voller Wucht. Ist das ein gutes Zeichen oder die Ruhe vor dem letzten Sturm?

»Wer hat dich engagiert?«

»Niemand. Aber ich brauche deine Hilfe. Ich will noch viel gefährlichere Menschen aus dem Weg räumen, als du sie dir bislang vorgenommen hast.« Ich rechne mit den nächsten Schlägen.

Stattdessen seufzt sie lediglich. »Dir ist einfach nicht zu helfen. Ich hab dich gewarnt. Jule, pass auf ihn auf. Ich bin gleich zurück.«

»Wohin gehst du?«, fragt Jule.

»Nur kurz in deine Küche. Ich bin mir sicher, dass er reden wird, wenn ich ihn wie ein kleines Suppenhühnchen behandle.«

Jule schaut sie entsetzt an. »Nina!«

Ihre Schwester verlässt den Raum. Die unheilvolle Ankündigung liegt in der Luft. Ich kann mir ausmalen, weswegen sie die Küche aufsucht. Wenn ich das hier heil überstehen will, muss ich Jule auf meine Seite ziehen. Und dafür bleibt mir nicht viel Zeit, denn ewig wird Nina nicht verschwunden sein.

»Jule, hör mir zu. Es tut mir leid, dass mir nur ein Weg eingefallen ist, deine Schwester auf die Insel zu locken. Du musst mir bitte glauben. Alles, was ich dir gesagt habe, ist wahr. Tamme Dreyer ist ein Serienmörder. Ich will ihn unschädlich machen. Allein schaffe ich das nicht, und die Beweislage ist zu dünn. Er würde niemals verurteilt werden. Deswegen brauche ich deine Schwester.«

»Wie soll dir ausgerechnet Nina helfen?«

»Sie ist skrupellos. Das ist gut für mein Vorhaben.«

Jule stöhnt. Sie schaut mich kurz an. Dann wendet sie ihren Blick ab. »Was soll ich bloß tun?«, jammert sie.

»Mir helfen. Nina bringt mich um. Nur du kannst das verhindern. Wenn du sie nicht aufhältst, klebt mein Blut auch an deinen Fingern.«

»Sie ... du hast mich bedroht.«

»Ich weiß, das tut mir leid. Ich war vorhin in Panik, nachdem ich gesehen habe, dass jemand in mein Zimmer eingedrungen ist. Da hab ich kopflos reagiert. Bitte! Nimm mir die Handschellen ab.«

»Das kann ich nicht«, sagt Jule. »Ich hab keinen Schlüssel.«

»Der muss irgendwo sein.«

»In meiner Hosentasche«, erklingt Ninas Stimme. Sie

betritt den Raum. »Und meine Schwester wird dir nicht helfen.« Sie hält eine Hand hinter dem Rücken versteckt.

»Was hast du da?«, fragt Jule.

Nina lächelt sadistisch. »Ein Werkzeug, mit dem ich unseren Freund zum Reden bringe. Hundertprozentig. Du wirst schon sehen. Das funktioniert garantiert und lässt seine Lügen wie ein Kartenhaus im Wind einstürzen.«

Noch zeigt sie uns nicht, was sie mitgebracht hat. Sie bleibt an der Tür stehen und genießt ihre Machtposition.

»Ich will Männer wie Tamme Dreyer zur Rechenschaft ziehen«, erkläre ich. »Aber nicht mit normalen Mitteln. Polizei und Justiz versagen viel zu oft. Das muss ein Ende haben.«

»Das, was wirklich ein Ende haben wird, sind deine dreckigen Lügen«, entgegnet Nina. »Ich hab keine Lust mehr, verarscht zu werden.«

Nun zeigt sie uns, was sie aus der Küche geholt hat. Eine Geflügelschere.

»Nina!«, kreischt Jule entsetzt. »Das kannst du nicht tun!«

»Er hat seine Chance gehabt. Wenn er lieber lügt, statt die Wahrheit zu sagen, ist das nicht meine Schuld.«

»Nina! Bitte!«, fleht Jule.

»Geh ins Bad, und hol ein Handtuch. Hier wird gleich ziemlich viel Blut spritzen.«

»Das mach ich nicht. Ich bin nicht deine Komplizin, wenn du einen Mann verstümmelst. Er ist Polizist. Das dürfen wir nicht!«

Nina seufzt. »Ist ja nicht meine Bettwäsche, die sein Blut versaut.«

»Jule!«, brülle ich. »Du musst sie aufhalten. Bitte! Lass das nicht zu.«

Als Nina aufs Bett zutritt, verstellt Jule ihr den Weg.

»Mach das nicht!« Das Zittern in ihrer Stimme ist nicht zu überhören.

»Schwesterherz, überschätz dich nicht. Du kannst mich nicht aufhalten.«

Die Zwillinge starren sich an. Jule senkt zuerst den Blick.

»Bitte«, sagt sie leise.

»Geh raus, wenn du das nicht erträgst.«

Sie schiebt ihre Schwester beiseite, die sich nicht dagegen wehrt. Meine Chancen schwinden immer mehr. Nina setzt sich auf die Bettkante und schaut mich mit kalten Augen an.

»Letzte Chance.«

»Das kannst du nicht machen. Ich bin Polizeibeamter. Wenn du mich verstümmelst, hat das Konsequenzen. Das zieht Untersuchungen nach sich. Dann kannst du mich gleich töten.«

»Bring mich nicht auf Ideen. An deiner Stelle würde ich nicht zappeln.«

Sie greift nach meiner gefesselten Hand und spreizt meinen kleinen Finger ab. Ich unterdrücke den Impuls, mich zu wehren. Sie zwängt den Finger zwischen die Blätter der Geflügelschere.

»Allerletzte Chance. Wer hat dich beauftragt?«

»Ich habe bei meinen Recherchen fünf Männer ausfindig gemacht, deren Wege du gekreuzt hast.« Meine Stimme überschlägt sich fast vor Angst, dass sie mir den Finger abschneidet. »Das waren alles Mistkerle, die verdient haben, was ihnen widerfahren ist. Aber ich will weitergehen als du. Mich um die richtig gefährlichen Menschen kümmern. So wie Tamme Dreyer.«

»Ich glaube die Lügen über Tamme nicht!«

»Das sind keine Lügen! Wolfgang Kröger hat das herausgefunden.«

»Wer ist das?«

Jede Sekunde, in der sie mir zuhört, erhöht meine Chance, dass sie mir Glauben schenkt. »Ein Freund von mir«, führe ich aus. »Hauptkommissar im LKA.«

»Dein Partner?«

»Nein. Nicht der, mit dem du telefoniert hast.«

Sie hebt überrascht die Augenbrauen.

»Christian hat mich über deinen Anruf mit der ausländischen Prepaidnummer informiert«, gebe ich zu. »Ich hab ihn gebeten, mich über seltsame Anrufe zu informieren. Wolfgang ist tot. Bauchspeicheldrüsenkrebs. Er musste nicht lange leiden. Wenigstens etwas. Wolfgang hat mich ein paar Tage vor seinem Tod zu sich gerufen. Mir die Akte gezeigt. Und mir alles erzählt.«

»Welche Akte?«, fragt Nina. »Meine?«

»Nein. Dreyers Akte. Er hat mich angefleht, den Mistkerl aus dem Verkehr zu ziehen. Entweder auf dem Dienstweg oder auf andere Weise.« Ich suche Jules Blick. »Die Akte, die ich dir gezeigt habe, hat ursprünglich Wolfgang angelegt. Er hat bloß nie genügend Beweise gefunden, die für eine Verhaftung gereicht hätten.«

»Weil Tamme kein Serienmörder ist«, sagt Nina.

»Ist er doch!«, widerspreche ich. »Ich hab's in meiner Freizeit geprüft. Alles passt zusammen.«

»Warum besorgst du dann keinen Haftbefehl?«, fragt Nina. »Wenn es so eindeutig ist.«

»Dafür reicht die Beweislage nicht. Und wenn Dreyer erfährt, dass wir ihm auf der Spur sind, könnte er Beweise vernichten.«

»Schwachsinn!«, sagt Nina. »Wieso sollte dir ein sterbender Kollege diese Aufgabe aufhalsen? Bestimmt habt ihr Dienstwege, die im Falle langer Krankheiten oder Todesfälle eingehalten werden müssen.«

»Stimmt. Wolfgang war ein halbes Jahr krankgeschrieben. Er hat seinen Partner mindestens zweimal die Woche angerufen und sich nach Fortschritten erkundigt. Die ausgebliebenen sind.«

»Das alles ergibt keinen Sinn«, sagt Nina. »Warum hat er sich an dich gewandt?«

Es ist an der Zeit, meine Karten offen auf den Tisch zu legen. »Weil er von meinen finanziellen Möglichkeiten wusste.«

Sie schaut mich irritiert an. »Sprich Klartext!«

»Ich besitze einen hohen sechsstelligen Betrag, den ich auf mehrere Konten verteilt habe.«

Sie lächelt. »Weil du dich bestechen lässt. Jetzt hast du dich verraten. Mieser Bulle!«

»Nein! Hör mir zu!«, widerspreche ich vehement. »Bitcoins!«

»Bitcoins?«

»Ich hab früh erkannt, wie viel Potenzial in Bitcoin-Spekulation steckt. Ich bin seit Jahren Single, hab eine Dreizimmerwohnung, keine teuren Hobbys. Irgendwann hatte ich fünfzigtausend Euro gespart und alles auf eine Karte gesetzt. Alles in Bitcoin umgewandelt. Zwei Kollegen wissen davon. *Wussten* davon. Wolfgang und mein Partner Christian. Ich wollte sie überzeugen, mit mir zu spekulieren, aber sie haben sich nicht getraut. Die Kurse haben sich vervielfacht. Mittlerweile besitze ich fast eine Million. Aber ich brauche die Kohle nicht, um mir teure Autos oder Uhren zu kaufen. Ich muss keinen Luxusurlaub machen. Mir gefällt es in Pensionen wie dieser hier. Also kann ich das Geld sinnvoll einsetzen.«

»Eine Million, um Tamme Dreyer aus dem Weg zu räumen. Dafür könntest du einen Auftragskiller anheuern. Dann wäre das Problem schnell gelöst.«

»Eine Million, um Mistkerle wie Dreyer zu beseitigen. Er ist nicht der einzige auf dieser Welt. Aber ich schaff das nicht ohne Hilfe. Das Geld ist nur das Fundament. Allein bin ich machtlos. Ich brauche jemanden wie dich.«

Mit unveränderter Miene schaut sie mich an. Ich erwidere den Blick und spüre, dass mir eine Schweißperle die Schläfe entlangläuft. Entweder glaubt sie mir, oder ich werde gleich einen Finger verlieren.

»Für mich klingt das glaubwürdig«, sagt Jule leise. »Leg die Schere weg.«

Nina lächelt. »Meine Schwester mag dich. Leider hatte sie noch nie eine gute Menschenkenntnis. Sonst hätte sie dich sofort durchschaut.« Ihr Lächeln wird breiter.

»Bitte«, flüstere ich.

Der Druck an meinem Finger lässt nach. Nina streicht mir die Schweißperle von der Schläfe. Bei der unerwarteten Berührung zucke ich zusammen.

»Kannst du das alles beweisen?«, fragt sie mich.

»Dafür brauche ich meinen Laptop und eine freie Hand. Ich kann auf meine Bankkonten zugreifen.«

»Wenn du gelogen hast, verlierst du gleich mehr als nur deinen kleinen Finger«, warnt Nina mich. »Jule, hol seinen Laptop. Der liegt im Safe. Nutz deinen Generalschlüssel. Sein eingestellter Code funktioniert nicht mehr. Ich hab den Code vergessen, den ich eingetippt habe.«

17

LEANDER

Jule verlässt den Raum. Nina wartet, bis ihre Schwester gegangen ist, dann streichelt sie mir sanft die Wange. Wieder zucke ich zusammen. Sie grinst triumphierend über meine überängstliche Reaktion.

»Ich glaub dir noch immer nicht«, warnt sie mich. Sie beugt sich dicht an mein Ohr. »Du verlierst nicht deinen kleinen Finger, wenn du mich angelogen hast. Ich sperre Jule aus, zieh dir die Hose runter und schneide dir deinen Schwanz in Stücke. Mal gucken, wie lange es dauert, bis du ohnmächtig wirst. Und danach stopfe ich dir dein bestes Stück in den Mund, bis du daran erstickst.« Ihre liebevolle Stimme steht im bitteren Kontrast zu ihrer Drohung. »Du wirst also entweder ersticken oder verbluten. Wir versenken dich anschließend einfach im Meer. Dann haben die Fische etwas davon.«

»Mein Partner weiß, wo ich bin. Wenn ich nach dem Urlaub nicht auftauche, werden mich meine Kollegen suchen.«

»Dass sie dich suchen, davon bin ich überzeugt. Aber

ich habe den Eindruck, du hast sie nicht über deinen Aufenthaltsort informiert. Sagt mir mein Bauchgefühl. Das Risiko gehe ich ein. Auch wenn ich weiß, was man mit moderner Technik alles herausfinden kann. Handybewegungsprofile und solche Sachen. Darüber denke ich nach, sobald du auf dem Meeresgrund liegst.«

»Ich hab nicht gelogen.«

»Dann kann dir nichts passieren, und du musst dir keine Gedanken um dein Prachtstück machen.« Sie nimmt ihre Hand von meiner Wange und streichelt mir über den Schritt. »Ich hab vorhin gespürt, wie gut du ausgestattet bist. Wäre wirklich schade, wenn ich ihn dir verkürzen müsste.« Nina zwinkert mir zu. »Manchmal kommt es eben doch auf die Länge an.«

Jedes ihrer Worte soll mich provozieren. Jule kehrt zurück, bevor ich etwas erwidern kann.

»Was tust du da?«, fragt sie.

»Ich hab unserem Gast nur ein Kompliment gemacht.« Nina dreht sich zu ihrer Schwester um.

Jule stellt den Laptop aufs Bett. »Und jetzt?«

Aus ihrer Hosentasche zieht Nina einen Schlüssel, mit dem sie eine der beiden Handschellen löst. Dann klappt sie den Computer auf, ehe sie mir hilft, etwas aufrechter zu sitzen.

Ich gebe mein Kennwort ein und starte kurz darauf den Browser.

»Mach keine Dummheiten!«, warnt Nina mich.

»Ich habe das Geld auf sieben Banken verteilt«, erkläre ich. »Soll ich mich in alle Konten einloggen?«

»Eins nach dem anderen.«

Ich rufe mein erstes Bankkonto auf und wähle mich ein. »Vor ein paar Monaten habe ich einen großen Teil meines Bitcoin-Vermögens aufgelöst, um jederzeit flüssig zu sein.«

Ich schiebe ihr den Laptop zu. »Einhundertsiebentausend Euro im Plus. Schau auf die Überweisung Anfang Januar.«

Nina starrt stumm aufs Display. Sie gibt mir den Computer zurück, und ich logge mich in das nächste Konto ein.

»Einhundertdreitausend Euro. Ende Dezember habe ich den Verkaufserlös eines Teils meiner Bitcoins erhalten.«

Auch diese Information überprüft sie ohne erkennbare Regung. Sie nimmt mir den Laptop weg, bevor ich mein drittes Konto aufrufen kann.

»Wie bist du auf mich aufmerksam geworden?«

»Durch Zufall. Ich war wegen eines anderen Falls in dem Polizeikommissariat, in dem John Sievers zur gleichen Zeit Anzeige gegen Unbekannt erstattet hat.«

»Er war bei euch Bullen?« Sie wirkt überrascht.

»Oh ja. Aber wahrscheinlich hat er es bereut. Sein arrogantes Auftreten kam bei der Polizistin, die seinen Fall bearbeitet hat, nicht gut an. Obwohl er wegen seines Rollstuhls ganz sicher bei ihr zunächst einen Mitleidsbonus hatte. Die Kollegin hat in den Akten vermerkt, dass seine Geschichte hinten und vorne nicht stimmt.«

»Wundert mich nicht. Bestimmt hat er Details wie die K.-o.-Tropfen nicht erwähnt.«

»Natürlich nicht. Er ist ziemlich wütend davongezogen. Ich hab mit der Kollegin gesprochen und so das Aktenzeichen herausgefunden, unter dem sie seine Anzeige aufgenommen hat. Drei Tage später habe ich in Harvestehude bei ihm geklingelt. Was für ein Angeber. Obwohl er im Rollstuhl sitzt, hat er nichts von seiner arroganten Attitüde verloren.«

»Wird er jemals wieder laufen können?«, fragt Nina.

»Nein.«

Jule stöhnt erschüttert auf. »Was hast du bloß getan?«

Nina dreht sich zu ihrer Schwester um. »Der Scheißkerl wollte mich vergewaltigen. Ich wäre nicht sein erstes Opfer gewesen. Hätte er nicht mit mir gekämpft, wäre ihm der Rollstuhl erspart geblieben.«

Fassungslos schaut Jule ihre Schwester an. »Wie kalt bist du? Was ist nur aus dir geworden?«

»Willkommen in meiner Welt«, erwidert Nina und wendet sich wieder mir zu. »Wie ist es weitergegangen?«

»Ich habe behauptet, im Auftrag des LKA die Ermittlungen übernommen zu haben. Er war überrascht und erfreut. Erzählte mir die Geschichte, wie ihn ein kleines Flittchen versucht habe, mit K.-o.-Tropfen zu betäuben, um ihn auszurauben.«

»Dieser Mistkerl. Das behauptet er nur, weil ich das Glas eingesteckt habe, in das er die Tropfen geschüttet hat. Als Druckmittel gegen ihn.«

»Ich hab schnell eins und eins zusammengezählt, aber zunächst so getan, als würde ich ihm glauben. Dann hab ich recherchiert und bin im Bundesgebiet auf vier ähnliche Fälle gestoßen. Gegen zwei dieser Männer lagen Anzeigen wegen Vergewaltigung unter Drogeneinfluss vor. Alle beschrieben eine Frau, die dir sehr ähnlich sieht. Es hat mich Wochen gekostet, deine Identität herauszufinden. Als mir dann klar wurde, dass du und Jule Zwillinge seid, hielt ich das für einen Wink des Schicksals.«

»Du bist also nur zufällig auf mich gestoßen?«, vergewissert sich Jule.

»Nicht zufällig. Wolfgang hat deinen Namen in den Akten erwähnt, weil Dreyer so oft bei dir zu Gast ist. Aber als ich Sievers aufsuchte, hatte ich keine Ahnung, dass deine Zwillingsschwester seine Peinigerin ist.«

»Peinigerin?« Nina stößt einen verächtlichen Ton aus.

»Nenn es, wie du willst.«

»Ich hab für Gerechtigkeit gesorgt.«

»Genau deswegen bin ich jetzt hier. Sievers rief mich mehrfach an. Anfangs hab ich ihn vertröstet und behauptet, noch keine Spuren gefunden zu haben. Mit jedem Telefonat wurde er ekliger. Irgendwann fuhr ich abends wieder zu ihm. Er glaubte, ich hätte endlich etwas vorzuweisen. Stattdessen sagte ich ihm, ich hätte herausgefunden, wie der Abend wirklich gelaufen sei. Ich warnte ihn, weiter die Polizei einzuschalten, weil sonst ans Licht käme, dass er ein Vergewaltiger sei. Er schrie und tobte vor Wut, aber ich denke ...«

»Scheiße!«, unterbricht Nina mich. »Also verdank ich dir den Ärger!«

»Welchen Ärger?«

»Mich hat vor ein paar Tagen jemand verfolgt. Kurz bevor ich hergekommen bin. Ich habe geglaubt, du hättest das in Auftrag gegeben.«

»Hab ich nicht.«

»Jetzt ergibt das Sinn. Sievers schaltet erst die Bullen ein. Die helfen ihm nicht weiter, sondern bedrohen ihn. Das kann er nicht auf sich sitzen lassen und unternimmt eigene Schritte.« Wütend schaut sie mich an. »Vielen Dank für nichts.«

Ihre Vorwürfe prallen an mir ab. »Hast du geglaubt, deine Racheaktionen hätten niemals Konsequenzen? So naiv bist du nicht. Also spiel hier nicht die Unschuldige!«

»Weiter im Text!«, fordert sie mich auf. »Wieso bist du auf Baltrum gelandet?«

»Du und Jule. Zwillingsschwestern. Jule eine Nachbarin von Dreyer. Du eine skrupellose Frau, die nicht davor zurückschreckt, Rache zu üben. Ich schob in meinem Kopf alle Infos wie Puzzlestücke hin und her, bis alles zusammenpasste. Du kannst mir helfen. Ich brauche dich. Mach deine

Hände nicht an Vergewaltigern schmutzig. Es gibt viel schlimmere Gestalten, die wir nicht zu fassen bekommen.«

»Bist du jemals vergewaltigt worden?«, fragt Nina.

Ich schüttle irritiert den Kopf.

Sie wird laut. »Wie kannst du dann behaupten, dass es schlimmere Gestalten als Sievers gibt?«

»Hat man dich vergewaltigt?«, frage ich.

»Halt deine Fresse!«, zischt sie.

»Oh nein! Nina!«, stöhnt Jule. »Das wusste ich nicht.«

»Seid ruhig! Wir reden hier nicht über mich. Was hast du mit Tamme vor?«

»Ihn töten«, erwidere ich kalt.

Nina lächelt, während mich Jule entsetzt ansieht.

»Seid ihr beide wahnsinnig?«, fragt sie. »Ich denke, du bist Polizist. Wie kannst du dann von Mord sprechen? Willst du wie Tamme sein? Falls es überhaupt stimmt, was du über ihn behauptest.«

»Du hast ja keine Ahnung«, antworte ich leise.

»Wovon?«, will Jule wissen.

»Es kommt viel zu oft vor, dass wir sie nicht bekommen«, erkläre ich kaum hörbar.

»Wen?«, hakt Jule nach.

»Mörder. Kinderschänder. Vergewaltiger. Ich bin so müde davon. Manchmal stellst du sie vor Gericht, und sie werden aus Mangel an Beweisen freigesprochen. Oder kriegen viel zu geringe Strafen.«

»Das willst du ändern?«, fragt Nina.

»Genau das habe ich vor. Mit oder ohne eure Hilfe.«

»Und dann?«, hakt sie nach.

»Was meinst du?«

»Nehmen wir an, Tamme ist verschwunden und taucht nie wieder auf, weil jemand seine Leiche im Meer versenkt hat. Was kommt danach?«

»Wahrscheinlich dauert es nicht lange, bis ich den nächsten geeigneten Kandidaten gefunden habe. Um den wir uns kümmern können.«

»Einfach so? Das ist lächerlich. Ich habe sehr konkret nach Opfern Ausschau gehalten. Im ganzen Bundesgebiet. Sievers war offenbar ein Fehler.«

»Nicht dein einziger.«

»Das sollte dir eine Warnung sein«, stellt Nina fest. »Du scheinst das ziemlich amateurhaft anzugehen. Wäre wohl besser, du würdest dein Vermögen nehmen und einen Auftragskiller engagieren, der sich um Dreyer kümmert. Dann bist du fein raus und hast nicht dein Versprechen gegenüber deinem toten Freund gebrochen.«

»Das ist zu wenig. Ich will mehr!«

»Aber du hast keine Ahnung, wie du das anstellen sollst.«

Ich öffne den Mund, um ihr zu widersprechen und schließe ihn wieder. Nina lächelt triumphierend.

»Siehst du«, sagt sie.

»Kannst du mich endlich losbinden? Ein Schritt nach dem anderen. Erst Dreyer und danach ... keine Ahnung. Aber wir drei wären ein gutes Team. Die Pension wäre unser Rückzugsort, mit meinem Geld kommen wir lange aus und ...«

»Ihr seid wahnsinnig!«, unterbricht uns Jule. »Ich will damit nichts zu tun haben. Tamme umbringen? Andere Menschen töten? Da mache ich nicht mit! Egal, was sie angestellt haben. Ich gehe nicht in den Knast. Und außerdem ...« Jule wendet sich ihrer Zwillingsschwester zu und fährt mit weicher Stimme fort. »Nina. Du hast mir nie ...«

»Hör auf, mich so wehleidig anzusehen«, erwidert Nina. »Dein Mitleid ist das Letzte, was ich brauche.«

»Du kannst mit mir über alles reden.«

»Ach, Jule. Wir wissen beide, warum du damals mit Papa auf der Insel geblieben bist. Das richtige Leben auf dem Festland würde dich überfordern. Ja, hier ist das Klima rau. Das Wetter unvorhersehbar. Aber der Rest ist durchschaubar. Tagein, tagaus. Hier passiert nichts, was dich überraschen könnte. Auf Baltrum gibt es keine Verbrechen. Du musst dich nicht beweisen. Dich gegen Widersacher wehren. Also komm mir nicht mit deiner Mitleidsnummer. Die brauch ich nicht. Ich hab meinen eigenen Weg gefunden, das zu verarbeiten. Deswegen rede ich nicht darüber. Niemals!« Sie greift in ihre Hosentasche und wirft den Handschellenschlüssel aufs Bett. »Du kannst dich selbst befreien«, sagt sie zu mir.

»Hilfst du mir? Mit Dreyer? Vielleicht können wir danach dein Problem mit Sievers angehen. Falls er derjenige ist, der dich beschatten lässt, ist er gefährlich. Wie genau ist dir die Beschattung aufgefallen, und wie hast du dich ihr entzogen?«

»Du hast niemandem von mir erzählt?«, vergewissert sich Nina.

»Nein. Mein Partner Christian glaubt, ich würde auf Borkum Urlaub machen. Niemand weiß von meiner Anwesenheit hier.«

»Er könnte dein Handy orten lassen«, sagt Nina.

»Könnte er«, bestätige ich. »Aber dafür hat er keinen Grund. Er glaubt, ich mache einen ausgedehnten Urlaub, den ich mir dank meiner Bitcoin-Spekulationen problemlos leisten könnte. Also. Was hat es mit diesem Verfolger auf sich?«

»Ich muss nachdenken«, weicht Nina aus. »Außerdem hab ich Hunger. Ich mach mir jetzt Brote. Schwesterherz, begleitest du mich?«

Ich vernehme ein Summen. Nina runzelt die Stirn. Sie greift in ihre Hosentasche und zieht ihr Handy heraus.

»Was will die denn um diese Uhrzeit von mir?«, murmelt sie.

»Wer ruft dich an?«, erkundige ich mich.

Ohne mir eine Antwort zu geben, verlässt Nina das Zimmer.

18

NINA

Auf meinem Handydisplay sehe ich Paulines Namen. Sie ist freie Mitarbeiterin in unserem Team und arbeitet unregelmäßig auf Zuruf. Sie macht wenige Stunden im Monat bei uns; meistens komme ich gut ohne sie klar. Ihre Anstellung war ein Freundschaftsdienst für meine Assistentin Rebecca, weil die beiden miteinander liiert sind und Pauline dringend einen Job brauchte. Sie hat ein Händchen für knackige Werbesprüche, ist froh über jeden Auftrag und keine Nervensäge. Darum wundere ich mich umso mehr über einen Anruf von ihr zu so später Stunde. Zu Rebecca habe ich ständig Kontakt, zu Pauline fast nie.

Ich wische das grüne Hörersymbol beiseite und beobachte Leander aus dem Augenwinkel, der sich umständlich von den Handschellen befreit. Auch wenn ich ihm inzwischen glaube, halte ich ihn für einen Lappen. Typisch Mann eben. Große Klappe, nichts dahinter.

»Hey, was gibt's, Pauline?«

Statt einer Antwort vernehme ich ein Schluchzen. »Nina, ich ... Oh Gott, es ist so schrecklich!«

»Ist was passiert?«

»Ich hatte mir extra zurechtgelegt, was ich sagen will, aber jetzt ist alles weg.« Sie heult los.

Langsam gehen mir all die Weicheier in meinem Umfeld auf die Nerven. Trotzdem spiele ich die Großmütige. »Schätzchen, beruhige dich und sei so gut, mir zu verraten, was dich bedrückt. Um ehrlich zu sein, passt es bei mir gerade nicht wirklich. Wir haben alle unsere Probleme. Aber wenn es bei dir dringend ist, werden wir bestimmt eine Lösung finden. Es gibt immer eine Lösung.«

»Nein, das glaube ich nicht«, schnieft sie. »Dafür nicht.«

Das hab ich nun von meiner Gutmütigkeit. Selbst schuld. Man sollte Berufs- und Privatleben nicht vermischen. Ich werde ihre Aufträge unauffällig ausdünnen und so den Job peu à peu auslaufen lassen.

»Durchatmen, Pauline. Ganz langsam. Ein und aus, wieder ein und wieder aus. Fokussier dich auf den ersten Satz, den du sagen möchtest, und dann hau ihn ungefiltert raus.«

»Rebecca ist tot!«

Mir verschlägt es die Sprache. Das kann nicht sein. »Was? Rebecca? Kann nicht sein! Ich hatte ihr doch noch geschrieben. Bist du dir sicher? Handelt es sich vielleicht um eine Verwechslung?«

»Nein, sie ist definitiv tot. Vor ein paar Stunden hat die Polizei ihre Leiche gefunden.«

»Die Polizei?«

»Ja. Sie ist wohl überfallen worden. Nina, ich kann nicht mehr, ich bin völlig am Ende! Ich weiß zwar nur sehr wenig und durfte noch nicht zu ihr ... zu ihrer ...« Sie weint.

»Schon gut. Sorry, dass ich dich vorhin so angepflaumt habe. Ich hatte ja keine Ahnung. Es tut mir so leid.«

»Kein Problem. Wer rechnet auch mit so was?«

Mir wird übel. Eine Fingeramputation mit der Geflügelschere durchzuführen, ließe mich kalt. Die wäre eben nötig gewesen. Aber meine gute Freundin und Assistentin zu verlieren, weil ich sie ins Parkhaus des Fontenay Hotels geschickt habe, hat eine ganz andere Dimension. Ich zweifle keine Sekunde daran, dass es sich nicht um einen Zufall handelt. Rebecca ist das unschuldige Bauernopfer. Trotzdem keimt in mir der winzige Hoffnungsschimmer, dass die Sache eine unglückliche Fügung des Schicksals gewesen sein könnte. *Bitte, lieber Gott, lass es so gewesen sein*, schicke ich ein Stoßgebet zum Himmel, dabei bin ich gar nicht gläubig.

Meine Zunge will mir kaum gehorchen. »Wie ... wie ist es denn ... wo überhaupt?«

»Direkt an der Alster. Harvestehude, glaube ich. Sie haben mir fast nichts verraten, außerdem war ich so schockiert, dass ich die Hälfte vergessen hab.«

»Das ist entsetzlich, Pauline. Ist jemand bei dir? Du solltest jetzt nicht allein sein.«

»Meine Mutter kommt gleich, und unser Nachbar ist sofort zu mir rübergekommen. Er ist immer mit Rebecca zum Laufen verabredet.« Erneut schluchzt sie herzerweichend auf.

»Ich muss das erst mal sacken lassen. Es ist unglaublich.«

»Ja, wir hören uns, Nina. Wegen der Arbeit ... Muss ich da irgendwas veranlassen? Ich kenne mich damit überhaupt nicht aus.«

»Nein, nein, jedenfalls nicht jetzt. Ich kümmere mich drum. Tschüss.«

Sie verabschiedet sich ebenfalls von mir. Tränen laufen mir über die Wangen.

Jule fragt mich besorgt: »Was ist um Himmels willen passiert? Du bist kreidebleich.«

»Das war die Lebensgefährtin meiner Assistentin. Rebecca ist vor ein paar Stunden tot aufgefunden worden, die Polizei vermutet einen Überfall, der schrecklich schiefgegangen ist.«

»Du vermutest das nicht?«, will Leander wissen. Er scheint mir meine Gedanken anzusehen.

»Das kann alles nicht wahr sein. Ich hatte sie gebeten, meinen Wagen aus der Tiefgarage eines Hotels zu holen. Und jetzt ist sie dort in der Nähe ums Leben gekommen. Ich vermute, ihr Tod hängt unmittelbar mit mir zusammen. Ein herkömmlicher Überfall ist das bestimmt nicht gewesen, sondern ein gezielter Angriff auf eine vollkommen unschuldige Person.«

Jule nimmt mich in den Arm, weil ein Heulkrampf mich durchschüttelt. Hätte ich nur nachgedacht und Rebecca gewarnt, auf sich aufzupassen. Sie war völlig ahnungslos! Leander räuspert sich und gibt mir etwas Zeit, mich zu sammeln. Dutzende Bilder jagen mir durch den Kopf. Ich sehe Rebecca in ihrem neuen gelben Hosenanzug vor mir. Wir beide mittags an der Elbe. Lästernd über die Nerds. Verdammt, wie soll ich bloß ohne sie weitermachen? Rebecca war immer meine bessere Hälfte!

»Wenn du so weit bist, erzähl bitte im Detail, was im Hotel geschehen ist.«

»Okay, gib mir einen Moment.« Ich gehe ins Bad, schließe die Tür und sammle mich. Nachdem ich mir die Nase geputzt habe, kehre ich zu den beiden zurück. Jule sitzt auf der Bettkante, Leander steht am Fenster, und ich stelle mich auf die gegenüberliegende Seite neben die Tür. »Kurz, nachdem ich deine E-Mail erhielt, in der du Jule bedroht hast, bin ich von meinem Büro aus aufgebrochen. Vorher hatte ich noch das Team zusammengetrommelt und erklärt, ich sei einige Tage weg. Die waren deswegen alle ein bisschen sauer auf mich. Nichts Neues. Ich wollte mit dem

Wagen direkt nach Hause fahren, um Klamotten für die Insel zusammenzupacken. Dabei fiel mir ein Verfolger auf. Ein blauer Mercedes klebte mir am Heck, sodass ich kurzerhand die Route änderte und beschloss, im Hotel Fontenay zu übernachten. Fühlte sich sicherer an.«

»Nobel geht die Welt zugrunde«, raunt Jule.

Fast bin ich froh über ihre unpassende Bemerkung. Immerhin hat sie ihren Humor nicht verloren, den wir früher teilten, aber von dem in der vergangenen Stunde nicht mehr viel übrig gewesen zu sein schien. Mir ist trotzdem nicht nach einem Schlagabtausch zumute.

»War eine spontane Idee. Ich wollte da schon immer mal einchecken. Jedenfalls entdeckte ich wenig später von meinem Zimmerfenster aus den Mercedes auf dem Hotelparkplatz. Ich versuchte, den Fahrer ausfindig zu machen, vertrieb mir deshalb sogar in der Bar die Zeit, aber der Plan ging nicht auf. Ich hatte bis dato keine Ahnung, um wen es sich gehandelt hat.«

Leander runzelt die Stirn. »Du hast also geglaubt, beide Ereignisse stünden in Zusammenhang. Meine Mail und der unbekannte Mercedesfahrer?«

»Ja, absolut. Davon war ich überzeugt. Nachts schickte ich dann Rebecca eine Nachricht per WhatsApp und bat sie, mein Auto aus der Garage zu holen. Ich schrieb ihr, mir sei was dazwischengekommen, ich müsse schnell weg. Ob sie das am nächsten Tag – also gestern – erledigen könne, mein Schlüssel läge im Schreibtisch, das Parkticket auf dem Beifahrersitz.« Ich senke den Blick.

»Verdammt!« Jule schlägt die Hände vor den Mund. »Jetzt kapier ich es. Das muss wirklich furchtbar für dich sein.«

»Ich hätte sie warnen müssen. Es ist meine Schuld. Sie hat bestimmt gedacht, ich wäre überstürzt vor einem dämlichen Lover geflüchtet oder so was in der Art. Rebecca wusste nichts von einem Verfolger oder möglichen anderen Gefahren. Wenn ich ihr zumindest gesagt hätte, dass sie sich vorsehen muss. Das werde ich mir nie verzeihen.«

Leander will auf mich zugehen, mir womöglich tröstend die Hand auf die Schulter legen, und ich weiche abrupt zurück. Nein, danke.

»Dich fertigzumachen bringt überhaupt nichts. Bist du dir sicher, dass die Anruferin vorhin die Wahrheit gesagt hat?« Sein schulmeisterlicher Tonfall macht mich aggressiv, aber ich beherrsche mich.

»Ja, das war nicht gespielt. Ihre Trauer klang absolut echt. Du siehst ja, wie zerschlagen ich bin. Ich glaube ihr.«

»Dann lass uns nachdenken, wie wir weiter vorgehen. Hat diese Pauline etwas von deinem Wagen gesagt? Wo der zur Zeit ist?«

Ich schüttle den Kopf. Daran habe ich überhaupt nicht gedacht. Mein Verstand kehrt langsam zurück. Rebecca ist tot, aber wir leben – und das sollte so bleiben.

»Hattest du persönliche Gegenstände im Auto, anhand derer man deinen jetzigen Aufenthaltsort ermitteln könnte? Den Fährplan vom Festland auf die Insel zum Beispiel?«

»Hm, nein. Keinerlei Unterlagen. Ich benutze regelmäßig eine bestimmte Telefonnummer, die nur wenige Menschen kennen. Eine Person, die diese Nummer hat, ist Rebecca ...« ... gewesen, füge ich in Gedanken hinzu. »Ob man daraus auf mich schließen könnte?«

»Mit den richtigen Methoden bist du damit auf Baltrum zu lokalisieren«, schlussfolgert Leander.

Jule spaziert inzwischen im Zimmer auf und ab, die Hände hinterm Rücken verschränkt wie Sherlock Holmes höchstpersönlich. »Ist das so einfach möglich? Irgendwie schwer vorstellbar. Du hast Rebecca eine WhatsApp geschickt, und das ermöglicht eine Ortung auf Baltrum? Klingt etwas weit hergeholt.«

»Mit dem entsprechenden Equipment, den technischen Mitteln und passenden Kontakten ist es kein größeres Problem. Man kann mittlerweile fast alles rausbekommen. Big brother is watching you.«

Ich halte mein Smartphone hoch. »Soll ich mein Handy ausschalten? Ist vielleicht besser.«

Er überlegt kurz. »Nein. Würden die Verfolger über solche Möglichkeiten verfügen, hätten sie die Lokalisierung schon vorgenommen. Rebeccas Ermordung ist ja einige Stunden her. Wenn du jetzt plötzlich das Telefon ausschaltest, wären sie gewarnt. Das würde uns den einzigen Vorteil nehmen, den wir derzeit haben.«

»Bist du mit der Fähre oder dem Flugzeug gekommen?«, fragt Jule. »Das ist für Verfolger sehr leicht rauszufinden. Müsstest du eigentlich selbst wissen. Hast du vermutlich vergessen.«

Es macht mich wütend, wenn man mich für blöd hält, aber ich unterdrücke ein Augenrollen. »Natürlich hab ich das nicht vergessen. Jürgen hat mich nachts mit seinem Boot rübergebracht. Heimlich, versteht sich. Mit wertvollen Beziehungen ist es im Prinzip kein Problem, die paar Meter von Neßmersiel nach Baltrum unterhalb des Radars zu schaffen.«

Jule gähnt. »Es ist mitten in der Nacht, und ich bin hundemüde. Ihr nicht? Die Typen, die dir an den Kragen wollen, dürften schlafen. So wie die allermeisten Menschen auch. Es sei denn, die Verfolger würden auf die Insel kommen, sofort zuschlagen und dann wieder verschwinden.«

Ratlos zuckt Leander mit den Achseln. »Ich kann dir nicht folgen. Was soll uns diese Vermutung bringen?«

Ich bekräftige seine Frage mit einem Nicken. Was meint Jule?

»Ich kenne so gut wie jeden Insulaner, dessen Unterkünfte auch im Winter für Gäste geöffnet haben. Ich könnte also bei ihnen unter dem Deckmantel der Verschwiegenheit anrufen und mich erkundigen. Natürlich erst morgen früh.«

»Dein Vorschlag ist nicht uninteressant.« Leander hält sich die Hand vor den Mund, um ebenfalls ein Gähnen zu verbergen. »Nina, ich brauche bitte weitere Informationen über John Sievers. Vielleicht verraten die Polizeidatenbanken mehr über ihn. Ich hab damals nicht sehr tief gegraben.«

»Ist mir eine Ehre. Diesen Wichser hab ich gefressen. Ich stelle alles zusammen, was ich habe.«

»Das ist hoffentlich so einiges. Er ist auf Rache aus, weil du ihn in den Rollstuhl gebracht hast.«

Jule seufzt. »Ich glaub das alles nicht.«

»Er hatte es verdient, Schwesterherz.«

Leander räuspert sich. »Vertagen wir uns auf morgen. Um diese Uhrzeit können wir nichts mehr ausrichten. Wir sollten uns jetzt darauf konzentrieren, die Nacht ohne Angriffe von außen zu überstehen.«

»Ich bekomme bestimmt kein Auge zu, obwohl ich vor Müdigkeit fast umfalle«, sagt Jule.

»Keine Sorge, ich leg mich zu dir, so wie früher.« Ich blicke zu Leander. »Und was machen wir mit dir?«

»Jedenfalls nicht wieder anketten, das wäre nett. Mir fällt schon was ein, wie wir uns verteidigen können.«

»Besser, ich helfe dir dabei. Nicht, dass du dich wieder von jemandem umpusten lässt.«

»Touché.« Er geht zur Badezimmertür. »Entschuldigt mich bitte eben. Das kann keine Sekunde länger warten.«

»Bevor du pinkelst«, sage ich, »verrat mir noch, wie du mit Tamme umspringen willst.«

»Die Verfolger besitzen eine größere Dringlichkeit. Um Tamme Dreyer können wir uns später kümmern. Momentan ist er vermutlich sowieso auf dem Festland, um sein nächstes Opfer auszuspionieren. In dieser Sache haben wir also zwangsläufig noch etwas Zeit.«

19

LEANDER

Am nächsten Morgen gedulde ich mich bis neun Uhr, ehe ich meinen Partner anrufe. Christian sitzt zwar meist schon um acht im Büro, trotzdem soll er nicht anhand der frühen Uhrzeit auf die Dringlichkeit meiner Anfrage rückschließen können.

Zuerst probiere ich es auf der Festnetzleitung.

»Becker«, meldet er sich ziemlich förmlich. Entweder hat er keinen Blick aufs Display geworfen, oder er ist gerade nicht allein.

»Ich bin's«, melde ich mich.

»Leander! Was für eine Überraschung. Wie geht's dir? Genießt du deine Auszeit, während ich unseren Job erledige?«

Er wäre nicht so zum Plaudern aufgelegt, wenn sich jemand in seiner Nähe aufhalten würde.

»Es ist ganz wundervoll. Hab mich selten so frei gefühlt.«

Christian schmunzelt. »Ich hab mal die Wetteraussicht studiert. Euch erwarten ein paar stürmische Tage.«

»Echt? Das ist an mir vorbeigegangen. Umso besser. Ich liebe Sturm.«

»Verrückt. Was verschafft mir die Ehre deines Anrufs? Hast du Sehnsucht und willst wissen, ob du früher zurückkommen darfst?«

»Fast richtig. Ich ruf dienstlich an.«

»Was ist los?« Sein Tonfall wird schlagartig ernst.

»Ich hab gestern eine junge Frau in einer Kneipe kennengelernt. Wir sind zufällig ins Gespräch gekommen. Irgendwann hab ich ihr meinen Beruf verraten. Da hat sie mir eine üble Geschichte aufgetischt. Sie ist derzeit hier auf Borkum zur Kur. Den wahren Grund für ihre Angstzustände hat sie ihren Ärzten allerdings verschwiegen. Sie ist vergewaltigt worden, leider hat sie unmittelbar nach der Tat keine Anzeige erstattet. Nach unserem Gespräch überlegt sie, ob sich das noch ändern lässt. Ich hab ihr gesagt, wie die Erfolgsaussichten nach so langer Zeit seien, und wollte wissen, ob sie denn den Namen ihres Vergewaltigers kennen würde. Den wusste sie zu meiner Überraschung. Er heißt John Sievers und wohnt irgendwo in Harvestehude. Ehrlich gesagt hab ich ihr von einer Anzeige abgeraten und ihr angeboten, mich umzuhören, ob es gegen ihn schon ähnliche Vorwürfe gegeben hat. Falls ja, würde das ihre Erfolgsaussichten erhöhen. Könntest du den Namen ins System eingeben und mich zurückrufen? Ich hab mich heute Abend mit ihr verabredet und ihr Informationen versprochen. Schaffst du das?«

»War das klug von dir? Klingt so, als sei die Frau traumatisiert.«

»Ist sie«, bestätige ich. »Nur deshalb hab ich ihr das zugesagt. Kriegst du das zeitlich hin, oder ist dein Tag vollgepackt?«

»Klar schaff ich das. Ich kümmere mich darum. Du hörst von mir.«

Wir beenden das Telefonat. Hoffentlich war das kein Fehler. Wenn Nina und ich Schritte gegen Sievers unternehmen, laufe ich Gefahr, dass sich Christian an meine Nachfrage erinnert. Bei meinem ersten Kontakt zu Sievers habe ich vermieden, mit meiner Dienstkennung nach seinem Namen zu suchen. An mich könnte sich höchstens die Polizistin aus dem Revier erinnern, die ich wegen Sievers angesprochen habe. Meine Recherche nach dem Aktenzeichen, unter dem sie Sievers' Anzeige aufgenommen hat, ist nicht mit meiner beruflichen Identität verknüpft. Außerdem hatte ich mir Mühe gegeben, möglichst wenig digitale Spuren zu hinterlassen. Es ist besser, wenn Christian diese Anfragen durchführt. Vor allem, falls dem unglückseligen John Sievers in den nächsten Wochen etwas zustoßen sollte. Im Zweifelsfall würde Christian zu mir halten.

Die Wartezeit bis zu seinem Rückruf überbrücke ich, indem ich mir die Wettervorhersagen anschaue. Tatsächlich geben verschiedene Wetterkanäle Vorwarnungen heraus. Die ostfriesischen Inseln könnten von einer heftigen Sturmflut getroffen werden. Auf einem Kanal finde ich die Warnung, dass es vor allem Wangerooge, Spiekeroog und Langeoog treffen wird. Baltrum liegt wohl genau am Rand der Zugrichtung. Doch die Meteorologen weisen ebenfalls darauf hin, dass die endgültige Zugbahn des Sturms noch nicht exakt zu berechnen ist. Zumal sich zwei Sturmfelder nähern. Mich beunruhigt das nicht. Vermutlich wird es nicht so schlimm werden. Als gebürtiger Hamburger bin ich Sturmfluten gewohnt. So viel wilder wird sich ein Orkan auf einer Insel kaum auswirken.

Ungefähr zwei Stunden nach unserem Telefonat klingelt mein Handy und überträgt Christians Mobilfunknummer.

»Hast du was rausgefunden?«, will ich wissen.

»Hast du mir einen Bären aufgebunden?«, entgegnet er. Sein Tonfall lässt Rückschlüsse zu. Christian ist angespannt, weil er vermutet, dass ich ihm nicht die Wahrheit gesagt habe.

»Wie kommst du darauf?«, frage ich scheinheilig. »Klingt ja fast so, als sei dieser Sievers ein richtig übler Typ.«

Christian antwortet nicht sofort. Sekundenlang schweigen wir uns an. Dann seufzt er.

»Spiel keine Spielchen mit mir, Leander.«

»Versprochen.« Mir fällt es nicht leicht, meinen Partner anzulügen. Zum Glück sieht er mein Gesicht nicht. Er wüsste sofort, was los ist.

»Sievers ist mehrfach auf dem Polizeiradar aufgetaucht wegen Zwangsprostitution und Mädchenhandel. Nach außen mimt er den erfolgreichen Geschäftsmann. Aber er hat seine Finger ganz tief in der dunklen Seite des Kiezes. Verbindungen zu den Angels konnten ihm die Kollegen des Fachbereichs Organisierte Kriminalität nie nachweisen, halten sie jedoch für ziemlich wahrscheinlich. Wenn die Geschichte stimmt, die dir deine flüchtige Bekanntschaft aufgetischt hat, hat sie richtig Glück gehabt.«

»Glück? Bei einer Vergewaltigung? Erklär's mir.«

»In den Akten habe ich den Namen dreier Frauen gefunden, die seinen Weg gekreuzt haben und spurlos verschwunden sind. Außerdem eine Anzeige wegen Vergewaltigung, die im Sande verlaufen ist.«

»Ernsthaft?«

Christian brummt zustimmend.

»Aber man konnte ihm nie etwas nachweisen?«, vergewissere ich mich.

»Leider nicht. Und da ist noch was. Er benutzt gerne zwei Namen. John Sievers. Und John Theodor Sievers. In unserer Datenbank findet man ihn mit vollständigem

Vornamen und einem Verweis auf die Kurzform. Tja, aber dann wird es obskur. John Sievers sitzt seit einigen Monaten im Rollstuhl. Er hat sogar Anzeige gegen Unbekannt erstattet. Dass der Bereich OK nicht davon erfahren hat, liegt vor allem an der Beamtin, die seine Anzeige aufgenommen hat. Sie hat nämlich nur seinen ersten Vornamen eingetragen. In Hamburg leben zwei Männer mit diesem Namen. Hätte sie in das Anzeigeformular auch ›Theodor‹ vermerkt, wären in der Fachabteilung die Alarmglocken losgegangen.«

Ich kann mein Glück kaum fassen und würde der Beamtin am liebsten anonym einen Blumenstrauß schicken.

»Verrückt!«, sage ich. »Was war der Grund für die Anzeige?« Ich muss mich unwissend stellen.

»Angeblich wurde er von einer Bar-Eroberung in seiner Wohnung ausgeraubt und im Zweikampf schwer verletzt, nachdem sie ihm K.-o.-Tropfen eingeflößt hat.«

»Wirklich? Einem Mann wie ihm passiert so ein Fehler? Für mich klingt das bei seiner Vorgeschichte eher so, als würde er zu solchen Mitteln greifen.«

»Die Beamtin hat ihre Zweifel an seiner Geschichte vermerkt. Und es wird noch verrückter. Ein paar Wochen, nachdem er im Präsidium aufgetaucht ist, hat er die Anzeige wieder zurückgezogen.«

»Und jetzt? Was soll ich der Frau raten?«

»Erzähl ihr, dass Sievers seit Monaten im Rollstuhl sitzt. Spricht ja einiges dafür, dass das eine Racheaktion im Milieu war. Wahrscheinlich hat er sich mit den falschen Leuten angelegt. Ich schätze, seine Geschichte mit der Bar-Eroberung, die ihn angegriffen hat, stimmt vorne und hinten nicht. Vielleicht ist ihr das ein Trost. Er vergewaltigt ganz sicher keine Frauen mehr. Aber kannst du deiner Bekanntschaft zu einer Anzeige gegen Sievers raten? Nicht ohne konkrete Beweise. Das sollte sie nach so langer Zeit besser sein lassen.«

»Danke für deine Einschätzung. Ich richte es ihr aus. Hab mir übrigens gerade mal die Wettervorhersage angesehen. Ich schätze, Borkum wird gar nicht stark getroffen«, wechsle ich dann das Thema.

»Umso besser. Genieß es weiterhin!«

Ich sammle meine Gedanken, bevor ich zu Jule und Nina gehe. Wenn Sievers tatsächlich Kontakte zu den Hells Angels pflegt, hat sich Nina mit einem noch gefährlicheren Gegner angelegt, als sie geahnt hat. Die Sache mit ihrer Assistentin Rebecca stinkt wie ein alter Fisch. An einen Zufall glaube ich auch nicht mehr. Nina hätte sich nicht mit ihm anlegen dürfen oder ihn töten müssen. Ihn querschnittsgelähmt zurückzulassen war die schlechteste Entscheidung.

Ich ziehe meine eigenen Rückschlüsse wegen Tamme Dreyer. Seit ich heimlich gegen ihn ermittle, habe ich mich auf ein Spiel eingelassen, das vermutlich tödlich enden wird. Zu meiner Überraschung verspüre ich keine Skrupel. Er hat seinen Opfern vor ihrem Tod unsagbar schreckliche Qualen zugefügt. Aber werde ich am Ende meine Bedenken wirklich beiseitewischen können? Oder bin ich zu sehr Polizist, um den letzten Schritt zu gehen?

Um mich nicht mit dieser Frage zu beschäftigen, suche ich nach Nina und Jule. Die Frauen sitzen in der Küche, in die niemand von außen einen Blick hineinwerfen kann. Ninas Anwesenheit auf Baltrum muss vorläufig geheim bleiben.

»Ich hab rumtelefoniert«, sagt Jule. »Sieht nicht so aus, als seien in den letzten beiden Tagen neue Übernachtungsgäste auf Baltrum angekommen. Außerdem zieht ein mächtiger Sturm auf. Ich schätze, heute Abend kommt die Fährverbindung zum Erliegen.«

»Also sind wir in dieser Hinsicht zunächst einmal auf der sicheren Seite«, folgere ich.

»Was heißt das? *In dieser Hinsicht?*«, hakt Nina nach.

»Du hast dir die Finger an Sievers verbrannt.« Ich berichte, was ich von Christian erfahren habe.

»Scheiße!«, flucht Nina. »Hätte ich den Hurensohn doch nur gleich erledigt.«

»Wäre besser gewesen«, bestätige ich. In ihren Augen erkenne ich tiefe Trauer um ihre Assistentin. Die Last, wahrscheinlich für ihren Tod verantwortlich zu sein, nagt an ihr. Deshalb verzichte ich darauf, Salz in die Wunde zu streuen.

»Was machen wir jetzt?«, erkundigt sich Jule.

»Wir sollten den Vorteil nutzen, zu dritt zu sein. Nina könnte sich für dich ausgeben und durch die Straßen der Insel schlendern. Ich würde sie heimlich beschatten, um nach Verfolgern Ausschau zu halten. Du, Jule, könntest in der Zwischenzeit hier warten und sehen, ob jemand versucht, unsere vermeintliche Abwesenheit auszunutzen.«

Die Zwillinge schauen sich an und lächeln. »Fast wie früher«, sagen sie wie aus einem Mund.

»Die Ablenkung kommt mir gelegen«, murmelt Nina. »Ich hab nichts dagegen. Gib uns eine Viertelstunde. Dauert wahrscheinlich ein bisschen, bis ich in Jules Kleiderschrank Klamotten gefunden habe, in denen ich mich wohlfühle.«

Fünfzehn Minuten später gehe ich von meinem Zimmer in die Gaststätte, in der Jule hinter der Theke steht und ein Glas putzt. Ich trage bereits dicke Winterkleidung, um draußen nicht zu erfrieren.

»Wo ist Nina?«, frage ich.

»Ich steh vor dir«, sagt die Frau am Tresen. Sie lächelt siegesgewiss.

Ich mustere sie genauer und schüttle den Kopf. »Lass diese Spielchen, Jule. Wo ist Nina?«

»Hier«, wiederholt sie.

»Sehr witzig«, brumme ich.

In diesem Moment tritt ihre Zwillingsschwester aus der Küche. »Sie ist Nina. Ich bin Jule.«

Mit offenem Mund starre ich die Frauen an. Sie tragen Kleidung, die Jule in den letzten Tagen getragen hat. Ich kann keinen Unterschied erkennen.

»Wer ist wer?«, will ich wissen.

Die Frau hinter der Theke verdreht die Augen. »Wie oft soll ich es dir noch sagen? Ich bin Nina.«

»Beweist es mir!«

»Herzlich willkommen auf der schönsten Nordseeinsel Deutschlands. Kleine Insel, große Liebe. Sie werden hoffentlich erfahren, warum das unser Leitspruch ist«, wiederholt die Frau an der Küchentür die Worte, mit denen ich im Haus Jule bei meiner Ankunft begrüßt worden bin.

Das ist zwar kein vor Gericht verwertbarer Beweis, trotzdem grinse ich zufrieden. »Wahnsinn! Ich bin euch total auf den Leim gegangen. Und wenn mir das so geht ...«

»... wird es Verfolgern hoffentlich nicht anders ergehen«, sagt Nina. Sie sieht mich an. »Gehen wir?«

»Bin bereit.«

20

NINA

Ich stehe im feuchten Gras und streichle einem Rappen den Kopf. Früher hatte ich immer die Taschen voller Leckerlis, die ich großzügig über den Zaun am Heller verteilte. In Jules Kleidungstaschen hingegen greife ich ins Leere. Es ist witzig, mal wieder als meine Schwester unterwegs zu sein. Auch wenn wir oft unterschiedlich ticken, empfinden wir vieles gleich. Ich weiß, wie sehr sie diesen Platz liebt.

Die Salzwiesen sind ein Ort der Besinnlichkeit. Weiter den langgezogenen Weg entlang ist das Vogelschutzgebiet, aber Vögel liegen mir nicht so am Herzen wie Pferde. Im Winter sind nur wenige von ihnen auf der Insel, die meisten ihrer Artgenossen verbringen die kalte Jahreszeit auf dem Festland. Hier ist die Weidefläche zu klein, was angesichts der riesigen Koppel kaum vorstellbar ist. Gibt es einen besseren Ort zum Grasen, Galoppieren und Rumwälzen als nah am Wattenmeer, frei von Autolärm und Hektik?

Ich blicke kurz über die Schulter. Leander ist nirgends zu sehen. Gut so.

»Nächstes Mal bringe ich dir was mit, versprochen,

mein Hübscher«, raune ich dem Wallach zu. »Halt die Ohren steif, ich besuche jetzt meinen Vater.«

Ich klopfe ihm auf den Hals und stapfe zurück auf die rotgepflasterte Straße. Niemals würde ich den gegenüberliegenden Inselfriedhof betreten, ohne vorher bei den Pferden gewesen zu sein. Die beruhigende Einstimmung gehört für mich dazu. Heute kann ich Entschleunigung besonders gebrauchen, denn John Sievers geistert mir permanent durch den Kopf. Dieser Drecksack ist nach wie vor eine Bedrohung.

Ein Radfahrer fährt vorbei und grüßt mit Kopfnicken und knappem »Moin«. Er hält mich eindeutig für Jule, ich grüße ebenso zurück. Ich trete vor das zweiflügelige, schmiedeeiserne Friedhofstor und öffne es. Das Tor ist mit einem Schiff, der Inselglocke und einem Schriftzug verziert. *Christ Kyrie, komm zu uns auf die See.* Auf Plattdeutsch findet sich der Spruch auf einer Stele am anderen Ende des Friedhofs ebenfalls wieder. *Christ Kyrie, kumm du bi uns up See.* Das hätte meiner Großmutter gefallen, sie liebte so was. Zum Gedenken an Seebestattete sind Namenstafeln auf der Stele angebracht. In den Gräbern liegen ausschließlich verstorbene Insulaner, die bei einer Erdbestattung ihre letzte Ruhe finden. Vielleicht ist es kindisch, aber es erfüllt mich mit Stolz, meinen Vater an diesem besonderen Ort zu wissen. Was später mit meinen Gebeinen passiert, ist mir egal. Weg ist weg.

Ich gehe durch die Reihen der liebevoll gepflegten Gräber und erkenne fast alle Namen. Ziemlich weit hinten, kurz vor den Kriegsgräberstätten, sehe ich Papas Grabstein, den Jule und ich gemeinsam ausgesucht haben. Schlichter, grauer Granit mit schwarzer Inschrift. Er mochte kein unnötiges Gedöns. Ich knie mich hin und zupfe welke Blätter vom Efeu. Leander ist immer noch nicht aufgetaucht, vermutlich drückt er sich irgendwo vorm Tor herum. Also erlaube ich mir einen leisen Anflug von Sentimentalität. Merkt ja keiner. Jule führt hier bestimmt ständig Zwiegespräche, da ist es sogar sinnvoll, mich wie sie zu verhalten.

»Hallo, Papa.« Jetzt bloß nicht heulen. Der Schlafmangel macht sich bemerkbar, und es ist verdammt kalt. Schniefend wische ich mir mit dem Ärmel die Nase trocken. Die Luft ist rein, niemand hört mein schmalziges Gesabbel.

»Frisch heute, was? Du frierst hoffentlich nicht dort unten.« Geschäftig schiebe ich die Erde mit der Hand hin und her. Ob andere Leute an den Gräbern ihrer Lieben auch so einen Quatsch veranstalten? »Siehst du, Papa, jetzt hast du es kuscheliger. Ich muss wieder los. Mach's gut. Hab dich lieb.« Ich haue ab, bevor ich die Kontrolle verliere. Nicht, dass der Rollentausch noch meine Persönlichkeit verändert.

Mir steht der Sinn nach meinem Lieblingsmüsli oder etwas Schokolade. Am besten, ich schau im Supermarkt nach beidem. Außerdem ist es ein geeignetes Ziel auf unserer Exkursion. Wobei ich von Leanders Anwesenheit nach wie vor nichts mitbekomme. Würde ich es nicht wissen, würde ich mich völlig unbeobachtet fühlen. Das hätte ich ihm nicht zugetraut und macht eine Zusammenarbeit zumindest vorstellbar. Der im Rollstuhl sitzende John Sievers stellt ein großes Problem dar. Früher oder später muss ich mich um ihn kümmern. Höchstwahrscheinlich wird er dran glauben müssen. Ob ich dabei auf Leanders Hilfe zählen kann? Durch die Nachfrage bei seinem Partner vom LKA hat er sich in eine Lage gebracht, die gefährlich für ihn werden könnte, falls John Sievers etwas passiert. Darüber werde ich mir später Gedanken machen, jetzt heißt es vorerst, die Zwillingsmaskerade aufrechtzuerhalten.

Auf dem Weg zum Inselmarkt, der zwischen dem Hallenbad und Rathaus liegt, entdecke ich niemanden, der gesondertes Interesse an mir zeigt. Weiße Wolken ziehen über die Insel, es ist windig, aber immer mal wieder blitzt die Sonne durch. Ein typischer Wintertag an der Nordsee. Jeder Insulaner, der mir begegnet und mich grüßt, hält mich für Jule. Auf Höhe des zu dieser Jahreszeit geschlossenen Cafés Capp&Ccino kommt mir mein ehemaliger Mathelehrer auf einem E-Bike entgegen. Ausgerechnet! Ex-Lehrer verursachen bei mir automatisch ein mulmiges Gefühl in der Magengegend. Früher fuhr er ein normales Herrenrad, doch auch auf Baltrum ist die Zeit nicht stehen geblieben.

Ich hatte Herrn de Jong, den wir alle *der Gong* nannten, in Mathe, Religion und Werken, aber Mathe war mit Abstand am Schlimmsten. Jule hat das Fach und den Gong genauso gefürchtet wie ich, allerdings ist er für sie mittlerweile bestimmt nur ein Insulaner unter vielen, denen sie regelmäßig begegnet. Wie gerne würde ich ihm unter die Nase reiben, dass ich es auch ohne Kopfrechnen weit gebracht habe. Sehr weit sogar.

»Guten Morgen, Jule!«, begrüßt er mich fröhlich, bremst vorbildlich mit der Handbremse und steigt ab. »Wohin des Weges?«

»Guten Morgen! Ich will nur ein bisschen einkaufen.«

»Sich die Beine zu vertreten ist eine prima Idee bei dem traumhaften Wetter. Das hält gesund und munter.«

»Ja, herrlich. Man geht viel zu selten zu Fuß, dabei ist das auch mal schön.«

»Auf jeden Fall.« Er schaut mit skeptischem Gesichtsausdruck zum Himmel. »Bislang sieht's prima aus. Aber die Wettervorhersage für heute Nacht und die nächsten Tage macht mir Sorgen. Da zieht ein mächtiges Sturmtief heran.«

»Sagen sie auf allen Kanälen voraus. Ich weiß gar nicht, warum ich stundenlang gefegt hab. Weht sowieso alles wieder voll.«

»So wird's sein. Gegen die Natur sind wir machtlos. Man kann bloß hoffen, dass es unsere kleine Insel nicht mit voller Wucht trifft.«

»In der Tat.« Ich strahle ihn so übertrieben an, wie man nur einen Lehrer anstrahlen kann, den man eigentlich hasst. »Dann will ich mal weiter. Tschüss!« Vorsichtshalber lasse ich seinen Nachnamen weg, damit ich nicht aus Versehen den Spitznamen verwende.

Im Inselmarkt ist nicht viel los. Zwei oder drei Mitarbeiter, höchstens fünf Kunden. Die Insulaner grüßen mich beiläufig. Im Müsliregal ist meine bevorzugte Mischung nicht vorhanden, sodass ich durch die Sorten stöbere und mich letztendlich für Haferflocken mit Nüssen entscheide. Beim Naschzeug greife ich wie immer zu dunkler Schokolade. Helle schmeckt zwar besser, aber bei ihr kann ich mich nicht zügeln. Zartbitter hat den Vorteil, dass ich es bei einigen Stücken belasse und nicht gleich die ganze Tafel vertilge. Im Vorbeigehen schnappe ich eine Tüte Weingummi und lege die Produkte aufs Kassenband. An der Kasse sitzt ein Zugezogener, den ich nur vage kenne. Er ist Gott sei Dank nicht sehr gesprächig. Ich gebe ihm einen Zehner, warte aufs Rückgeld und bemerke einen Mann um die fünfzig in der Getränkeabteilung. Er passt nicht hierher, irgendwas an ihm stört mich. Bemerkt hat er mich nicht, glaube ich. Zumindest hat er mich nicht wie die anderen begrüßt. Vermutlich ein Tourist, der die Abgeschiedenheit schätzt. Während der Kassierer mir das Kleingeld aushändigt, spähe ich zwei- oder dreimal zu dem Typen. Als ich die Münzen ins Portemonnaie stecke, schaut er auf einmal hoch und erwidert meinen Blick. Er guckt seltsam. Erkennt er mich, oder was bedeutet sein merkwürdiger Gesichtsausdruck?

Beunruhigt verlasse ich den Inselmarkt und wende mich nach links in Richtung Schwimmbad. Ich entdecke nicht weit entfernt Leander, der vor der Turnhalle Aushänge in einem Glaskasten studiert. Am sinnvollsten wird es sein, ihm von dem Mann zu berichten. Als ich losgehe, stiefelt schon jemand anders zielstrebig auf mich zu. Er kennt mich. Scheiße – ich kann ihn nicht sofort zuordnen.

»Na, alles fit?«, sagt er und bleibt stehen.

Jetzt bloß keinen Fehler machen. »Alles bestens.«

»Oha, ganz schön zugeknöpft heute. Hast wohl schlecht geschlafen mit dem Spinner unter einem Dach.«

Der Mann schaut mir neugierig in die Augen. Ich weiß nicht, ob ich mich distanziert oder vertraut geben soll und wähle die diplomatische Mitte. »Ist halt ein typisches Frauenproblem, schlecht zu schlafen, haha. Aber es gibt Schlimmeres. Hab nur ein bisschen Kopfschmerzen, muss am Wetter liegen.«

Aus dem Augenwinkel sehe ich Leander herbeieilen. Der Mann brummt: »Der Schriftsteller hat mir gerade noch zum großen Glück gefehlt.«

»Wenn man vom Teufel spricht«, mischt Leander sich übertrieben locker ein und stellt sich zwischen uns. »Was für ein Zufall, dass wir uns alle hier treffen. Der Nachbar und wir zwei.«

Endlich klingelt es. Tamme Dreyer steht vor mir. Er hat sich ziemlich verändert in den letzten Jahren und mindestens zehn Kilo zugenommen. Auch seine Haare trägt er anders. Er muss also zurückgekehrt sein. Hoffentlich ist er in der Zwischenzeit auf dem Festland bei der Suche nach einem neuen Opfer nicht fündig geworden.

»Wirklich eine schöne Überraschung«, echoe ich.

»Teils, teils.« Tamme gibt sich keine Mühe, zu verbergen, was er von Leander hält, und rollt mit den Augen. »Ich muss jetzt nach Hause. Ist eine Menge Kram liegen geblieben, den ich wegarbeiten will.«

»Wir wollen auch gerade ...«, sagt Leander. Offensichtlich will er mir in der peinlichen Situation beistehen, damit ich kein dummes Zeug rede.

Aber das schaffe ich auch ohne ihn und unterbreche sein Geplapper. »Ich hab mal bei den Getränken geschaut. Deine favorisierte Limonade ist nicht vorhanden. Ich war mir nicht sicher, was du stattdessen haben willst. Sieh dich am besten selbst um. Tamme und ich gehen vor. Bis später! Soll ich schon einen Tee aufsetzen?«

»Muss nicht sein. Kann etwas dauern bei mir, ich wollte noch ein paar Fotos machen.«

Während er den Inselmarkt anpeilt, laufen Tamme und ich in die entgegengesetzte Richtung. Ein älteres Insulanerpaar begafft uns neugierig. Die blöden Spießer fragen sich vermutlich, ob zwischen uns was läuft. Wenn die wüssten, dass Jules Nachbar ein Mordverdächtiger ist, würden sie erst recht blöd gucken.

»Ist irgendwas Bahnbrechendes während meiner kurzen Abwesenheit passiert?«, fragt er, als wir im Stechschritt nach Hause gehen.

»Nee. Wo bist du denn in den letzten Tagen gewesen?« Irritiert schaut er mich von der Seite an. Gerade noch rechtzeitig fällt mir ein, was Leander und Jule erzählt haben, und ich füge hastig hinzu: »Auf der Messe, richtig?«

»Ja, genau.«

Puh. Glück gehabt! »Und wie war's? Sehr stressig?«

»Das war eher öde. Langweiliger Verlauf. Aber darüber beklage ich mich nicht. Besser so als anders. Außerdem bin ich froh, rechtzeitig zurück zu sein. Das angekündigte Sturmtief fegt vielleicht ein paar Dachziegel runter – da bin ich lieber hier. Könnte ungemütlich werden.«

»Etwas Vorsicht kann nicht schaden. Ich werde auch alles reinholen, was nicht niet- und nagelfest ist.«

Wir erreichen Tamme Dreyers Haus. Ich bin im Begriff,

mich von ihm zu verabschieden, als er bereits das nächste Wiedersehen ankündigt.

»Ich komm gleich noch auf ein Bier rum.«

»Gerne, bis dann.«

Heilfroh schließe ich die Haustür hinter mir zu.

»Jule, ich bin wieder da. Bist du oben? Ich bin gerade allein, Leander habe ich in den Supermarkt geschickt.«

Meine Schwester tritt aus der Küche auf den Flur. »Hey, ich bin hier.«

Nach einem kurzen Augenblick nehmen wir uns in den Arm. Nachdem wir einen Moment schweigend so dagestanden haben, lösen wir uns voneinander und atmen tief durch.

»Ich muss aus deinen Klamotten raus«, sage ich. »Als Lara Croft ist es definitiv leichter.«

»Tja, deine kleine Schwester ist eben einzigartig.«

»Rate mal, mit wem ich vorhin den Weg vom Inselmarkt zurückgegangen bin.«

»Mit Leander?«

»Falsch. Mit Tamme Dreyer. Der ist schon wieder auf der Insel und kommt gleich auf ein Bier rüber. Ich hab ihn anfangs gar nicht erkannt. Wie viel hat er zugenommen? Mindestens zehn Kilo, und die Haare trägt er anders als früher.«

Jule nickt. »Ach, du Schande. Hat er was gemerkt?«

»Ich glaube nicht, aber es war manchmal ziemlich knapp.«

»Und wo steckt Leander?«

»Den hab ich in die Getränkeabteilung geschickt. Ich hoffe, er hat meinen Hinweis verstanden. Da war ein Typ, der mich unangenehm gemustert hat.«

»Oje, aber vielleicht nur falscher Alarm?«

»Kann sein. Meine Nerven sind ein bisschen angespannt.«

»Und meine erst! Okay, schlüpfen wir wieder in unsere gewohnten Rollen. So wie ich Tamme kenne, ist der gleich schon hier. Ich muss mich innerlich auf ihn vorbereiten.«

21

LEANDER

Verwirrt grüble ich über Ninas Worte, während ich auf den Supermarkt zugehe.

»Ich hab mal bei den Getränken geschaut. Deine favorisierte Limonade ist nicht vorhanden. Ich war mir nicht sicher, was du stattdessen haben willst. Sieh dich am besten selbst um.«

Was bedeutet das? War ihr in Dreyers Gegenwart nichts Besseres eingefallen, oder steckt mehr dahinter? Nina wirkt auf mich schlagfertig. Ich schätze, ihre Botschaft hat einen tieferen Sinn.

Ich betrete den Supermarkt und schnappe mir einen Einkaufskorb. Langsam schaue ich mich um. Wenn mir Leute ins Gesicht sehen, lächle ich ihnen zu. Doch Touristen gegenüber geben die Insulaner nicht so viel auf Freundlichkeiten. Weniger als eine Handvoll nicken mir zu oder lächeln zurück.

Im Getränkebereich steht ein einzelner Mann an den Bierkästen und scheint unschlüssig, welche Sorte er kaufen soll. Er ist ungefähr vierzig Jahre alt und schlank. Da er eine dicke Thermojacke trägt, erkenne ich nicht, ob darunter vielleicht eine Waffe im Holster steckt. Ich stelle mich neben ihn, er wirft mir einen Blick zu und richtet seine Aufmerksamkeit wieder aufs Bier. Ich hab ihn in den letzten Tagen nicht auf der Insel gesehen, aber was heißt das schon?

Ich wende mich den Limonaden zu. Nach kurzem Überlegen greife ich zu drei Dosen Red Bull. Ist zwar nichts Besonderes, allerdings hat Jule dieses koffeinhaltige Getränk in ihrer Kneipe nicht im Sortiment. Außerdem passt es gut zu meiner Tarnung. Der Autor, der bis spät in die Nacht an seinem Manuskript sitzt, benötigt gelegentlich einen Extraschuss Koffein.

Mit dem Einkauf gehe ich an die Kasse. Der Kassierer brummt ein kaum verständliches »Moin« und rechnet ab. Ich gebe ihm einen Zehn-Euro-Schein, stecke das Wechselgeld ein, stopfe mir die Dosen in die Jackentaschen und verlasse grußlos den Laden. Langsam scheint die Mentalität der Insulaner auf mich abzufärben.

Gemächlich trete ich den Rückweg an. Von dem angekündigten Sturm ist kaum etwas zu spüren. Wenn überhaupt, hat der Wind in den letzten Minuten minimal aufgefrischt. An einer unauffälligen Stelle bleibe ich stehen und lege den Kopf in den Nacken. Als würde ich die Sonne auf meinem Gesicht genießen. Dann drehe ich mich um und blicke den Weg zurück, den ich gekommen bin. Niemand scheint mich zu verfolgen, schon gar nicht der Thermojackenmann. Damit hatte ich auch nicht gerechnet. Wenn überhaupt, hätten Verbündete von John Sievers sich eher hinter Nina geklemmt. In dieser Hinsicht kam Dreyer zur rechten Zeit, denn er hätte abschreckend gewirkt.

Ich mache mir über seine Rückkehr auf die Insel Gedanken und gehe zurück zur Pension. Wegen der Komplikation mit Sievers wäre mir eine längere Abwesenheit Dreyers lieber gewesen. Ich darf mich jedoch nicht zu sehr von meinem Kurs abbringen lassen. John Sievers ist nicht die Spielfigur, die ich vom Brett befördern muss, sondern vor allem Ninas Problem. Sie hat sich mit ihm angelegt, also muss sie sich darum kümmern. Dreyer ist derjenige, dem meine Aufmerksamkeit gehört. Er ist ein Frauenmörder der übelsten Sorte, dem seine Taten nicht nachzuweisen sind. Wenn ich ihn nicht stoppe, stirbt schon bald eine weitere Frau.

Bereits von der Straße sehe ich Dreyer am Tresen hocken. Er trinkt ein Bier und ist in ein Gespräch mit Jule vertieft. Ob er ihr Lügengeschichten über seinen Festlandaufenthalt auftischt?

Ich betrete die Pension und gehe direkt in die obere Etage. Die Tür zu meinem Zimmer ist nur angelehnt, was mir als Vorwarnung genügt. Nina sitzt auf dem Stuhl am Tisch und legt überflüssigerweise ihren Zeigefinger auf die Lippen. Ich schließe die Tür, nehme die Energydrinks aus der Jacke und stelle sie in die kleine Minibar. Dann schlüpfe ich aus der Jacke.

»Männer, die das Zeug trinken, sind mir suspekt«, sagt sie.

»Ich hätte es nicht gekauft, wenn du mich nicht in die Getränkeabteilung geschickt hättest. Irgendetwas musste ich ja kaufen. Was hatte das zu bedeuten?«

»Mir ist ein Mann aufgefallen, der mich ziemlich aufdringlich gemustert hat. Definitiv kein Insulaner.«

»Trug er eine Thermojacke?«

»Nein. Wieso?«

»Als ich im Markt war, stand ein Thermojackenträger bei den Biersorten. Sonst ist mir niemand aufgefallen. Allerdings kenne ich nicht alle Insulaner. Woher soll ich wissen, wer Einheimischer ist?« Ich zucke mit den Achseln.

»Etwa fünfzig Jahre? Leichter Bauchansatz? Schwarze Daunenjacke?«

»So jemand ist mir nicht aufgefallen.«

»Du bist ja ein toller Polizist. Respekt!«

»Sehr witzig. Hat Dreyer euren Rollentausch durchschaut?«

Sie zögert kurz. »Nein«, sagt sie schließlich.

»Aber?«, hake ich nach.

»Ich hab mich nicht sofort dran erinnert, weswegen er auf dem Festland war. Am Ende konnte ich das gut überspielen.«

»Sicher?«

Sie nickt – was mir als Bestätigung ausreicht. Ich muss mich auf ihre Einschätzung verlassen, sonst würden mir die Probleme über den Kopf wachsen.

»Und was machen wir jetzt?«, fragt Nina.

»Mir scheint es sinnvoll, wenn Dreyer nichts von deiner Anwesenheit erfährt. Also solltest du weiterhin Jules Kleidung tragen. Nicht deine.«

Nina seufzt.

»Und wir müssen das Problem klären, wo wir dich unterbringen. Falls er das Haus beobachtet, darf ihm nicht auffallen, dass mehr als ein Gästezimmer bewohnt wird.«

»Ich werde nicht die ganze Zeit im Dunkeln hocken.«

»Vielleicht habe ich eine Idee. Ich kümmere mich drum.«

»Reden wir übers Wetter«, sagt Nina.

Der abrupte Themenwechsel überfordert mich. »Das heißt?«

»Da kommen Monsterstürme auf uns zu. Die Wettermodelle sind sich inzwischen einig. Baltrum wird am stärksten getroffen. Wenn der Sturm beginnt, sind wir für mindestens einen Tag von der Außenwelt abgeschnitten.«

Ich zucke die Achseln. »Sturm kenne ich aus Hamburg. Soll mich das beunruhigen?«

»Vom Inselleben hast du keine Ahnung. Du kannst einen Orkan in Hamburg nicht mit Baltrum vergleichen. Ich will dir nicht den Spaß verderben. Aber es wird sehr laut. Lauter als du es dir in deiner Hamburger Wohnung vorstellen könntest. Die Insulaner werden sich alle verkriechen, sobald es losgeht. Wenn ich jetzt schon auf der Insel wäre und planen würde, die Pension anzugreifen, würde ich das während des Sturms tun. Der Lärm des Orkans wird alles andere übertönen.«

Endlich verstehe ich, was ihr Sorgen bereitet. Zunächst will ich ihr widersprechen, aber ihre Befürchtung ergibt Sinn.

»Dann müssen wir uns gut vorbereiten und sollten von einem Angriff ausgehen. Ich geh runter zu Jule und versuche, Dreyer wegzuekeln.«

»Du hast mir noch nicht gesagt, wie du mein Unterkunftsproblem lösen willst.«

Ich zwinkere ihr zu. »Hab Vertrauen.«

Rasch öffne ich die Tür, ehe sie etwas erwidern kann. Diesmal lege ich übertrieben den Zeigefinger auf die Lippen. Dann verlasse ich den Raum und gehe in die Gaststätte.

»Hab ich mich gerade also nicht verhört, der Lieblingsnachbar sitzt hier an der Theke.«

Dreyer schaut mich an, ohne auch nur eine Miene zu verziehen. Dann greift er zu seinem halb vollen Glas und trinkt einen Schluck.

»Übrigens noch mal danke, Jule, dass ich auch das zweite Zimmer nutzen darf. Das hilft mir sehr bei der Konzentration.«

»Ein zweites Zimmer?«, hakt Dreyer nach.

»In dem einen schlafe ich, im anderen arbeite ich.«

»Ach, keine Ursache«, sagt Jule. Offenbar versteht sie, was ich beabsichtige. »Die Zimmer sind ja alle leer, warum hätte ich es dir nicht überlassen sollen?«

»Ich hoffe, du berechnest ihm auch die doppelten Kosten«, brummt Dreyer.

»Tamme, wieso sollte ich? Der Touristenansturm hält sich gerade in Grenzen.«

»Schmarotzer«, sagt Dreyer leise, aber verständlich. »Seit wann duzt ihr euch eigentlich?« Er guckt Jule an.

»Hat sich so ergeben«, antwortet sie ausweichend.

»Vermutlich durch die bessere Stimmung, nachdem Sie aufs Festland gefahren waren«, füge ich hinzu, um ihn zu provozieren.

Nun wendet er sich mir wieder zu. »Große Klappe und nichts dahinter. Einer meiner Lieblingscharakterzüge.«

»Und ich mag Ihre aufgeschlossene Art.«

Wir starren uns an.

»Haben Sie Ihre *Limonade* bekommen?« Die Verachtung, die er in das Wort steckt, ist beachtlich.

»Hab mir Red Bull gekauft«, antworte ich. »Damit ich auch nachts schön schreiben kann.«

Dreyer schüttelt abfällig den Kopf. »Das passt zu Ihnen. Hoffentlich machen Sie sich heute Nacht nicht ins Hemd.«

»Sie waren nicht lange auf dem Festland, oder kam mir das nur so vor? Ist es demnächst noch mal so weit? Davon haben wir alle profitiert. Die Stimmung war gleich besser.«

»Bürschchen, Sie reißen Ihre Klappe ziemlich weit auf.«

»Nennen Sie mich nicht Bürschchen.«

»Oh, Leute, kriegt euch mal wieder ein«, geht Jule dazwischen.

Dreyer und ich starren uns hasserfüllt an. Mir schießen unzählige Gedanken durch den Kopf. Wieso ist das zwischen uns so schnell ausgeartet? Ist er seit seiner Rückkehr noch abweisender? Ahnt er etwas?

»Meine Abwesenheiten gehen Sie gar nichts an.« Er trinkt das Bier aus. »Jule, ich zahl beim nächsten Mal.« Keine Frage, sondern eine Feststellung.

»Kein Problem.«

Er schnappt sich seine über dem Barhocker hängende

Jacke und verlässt die Gaststätte, ohne mir einen weiteren Blick zu gönnen.

Als die Tür hinter ihm zufällt, atme ich tief durch. »Scheiße! Was war das?«

»Angekratzte männliche Egos, die aufeinanderprallen«, sagt Jule. »Wie überflüssig.«

»Nein, das war mehr«, widerspreche ich. »Ob er ahnt, warum ich hier bin? Er kam mir viel feindseliger als sonst vor.«

»Mir gegenüber war er wie immer.«

Ich kratze mich an der Schläfe. Vielleicht sollte ich mich auf mein Bauchgefühl verlassen.

»Ist das zweite Zimmer für Nina?«

»Ja. Wir sollten ihre Anwesenheit weiter geheim halten. Aber irgendwo muss sie ja unterkommen und Licht anschalten dürfen. Bestimmt beobachtet Dreyer dein Haus.«

Nachdenklich schaut sie nach draußen. »Wieso glaubst du das?«

»Weil er mir nicht traut. Meine Anwesenheit macht ihn misstrauisch.«

Sie lächelt.

»Was?«, frage ich verunsichert.

»Vielleicht könnt ihr euch einfach nicht riechen«, sagt sie. »Eine gute Freundin hier auf der Insel hatte früher einen Hund. Einen Australian Shepherd. Das liebste Tier der Welt. Immer fröhlich. Aber einen Artgenossen konnte er nicht ausstehen. Sobald die sich auch nur auf zwanzig Meter begegneten, knurrten sie beide los. Das war richtig unheimlich. Tamme und du, ihr erinnert mich an die beiden.«

»Ich kann ihn nicht leiden«, bestätige ich. »Am liebsten würde ich ihn gewaltsam zum Geständnis zwingen. Aber den Gefallen wird er uns nicht tun. Trotzdem frage ich mich, ob er etwas ahnt. Irgendwie kam mir seine Feindseligkeit ausgeprägter vor.«

»Das liegt an der Wetterwarnung. Sturmfluten machen uns Insulaner ab einer gewissen Stärke nervös. Wir sind dem Wetter ziemlich schutzlos ausgeliefert.«

»Hoffentlich hast du recht.«

Ich vernehme das Brummen eines Handys. Jule greift in ihre Hosentasche und zieht es heraus.

»Was soll das denn?«, fragt sie amüsiert.

»Hast du eine Nachricht bekommen?«

»Von meiner Schwester. Sie erkundigt sich, ob die Luft rein ist. Offenbar will sie mit uns reden.«

Jule wählt ihre Rufnummer und aktiviert den Lautsprecher. Kurz ertönt das Freizeichen. Dann meldet sich Nina.

»Ich nehme an, ihr seid allein?«, folgert sie.

»Sonst würde ich jetzt nicht anrufen.«

»Ich schlüpfe eben in Jule-Kleidung und komm zu euch runter. Treffen wir uns in der Küche, da kann uns keiner sehen.«

»Jule-Kleidung?«

»Ja, du weißt schon. Diese langweiligen Stücke, in die ich mich zwängen muss, um nicht aufzufallen.«

Nina beendet das Telefonat, ehe Jule kontern kann.

22

NINA

Die Deckenlampe lassen wir vorsichtshalber ausgeschaltet, als wir am Küchentisch Platz nehmen. Etwas Licht fällt vom Flur herein, das muss genügen.

Jule ist zu Scherzen aufgelegt, was angesichts der Gesamtlage erstaunlich ist. »Siehst super aus in meinen Klamotten. Irgendwie jünger als sonst.«

»Wirklich sehr lustig.« Ich öffne am Smartphone eine Wetter-App. »Leute, wir haben keine Zeit für solchen Blödsinn. Wir müssen dringend eine Lagebesprechung abhalten.«

»Dafür sitzen wir hier, oder nicht?«

Leander schaut uns abwechselnd mit großen Augen an und spitzt die Lippen. »Wenn ihr mit euren kindischen Streitereien fertig seid, gebt einfach Bescheid.«

»Schon gut. Also, die Sturmvorhersage hat sich weiter konkretisiert. Hier ...« Ich tippe aufs Handy. »Erste Ausläufer werden um Mitternacht erwartet. Ab zwei Uhr morgens ist für mehrere Stunden ein starkes Sturmtief zu erwarten. Danach wird es ruhig sein, bevor am frühen Abend ein Orkan über Baltrum hinwegfegt.«

»Na, super. Da werden bestimmt wieder jede Menge Renovierungsarbeiten am Haus anfallen.« Jule rauft sich die Haare. »Kaum sind die Schäden vom vergangenen Jahr behoben, kündigt sich die nächste Katastrophe an.«

»Kann ich mir vorstellen. Noch größere Probleme werden uns allerdings unsere Gegner bereiten. Ich bin absolut davon überzeugt, dass sie den Sturm nutzen, um zuzuschlagen. Wir müssen gewappnet sein und uns generalstabsmäßig darauf vorbereiten.«

Leander zieht einen kleinen Notizblock und einen winzigen Bleistift aus der Hosentasche. Wer trägt denn noch so was mit sich rum?

»Ziemlich Old School. Was soll das werden? Ein Einkaufszettel für Mutti?«

Er geht nicht auf meine Provokation ein. »Ich liste die uns zur Verfügung stehenden Waffen auf. Sicher ist sicher. Ich habe eine geladene Pistole plus einmal Ersatzmunition auf die Insel mitgenommen.«

»Alle Achtung, Herr Polizist. Deine Dienstwaffe? Nicht sehr klug.«

»Natürlich nicht meine Dienstwaffe. Ich hab die hier über entsprechende Kontakte besorgt. Die Herkunft spielt jetzt keine Rolle. Sie ist jedenfalls nicht zurückzuverfolgen.«

Er notiert tatsächlich seinen Namen und das Wort Pistole dahinter. Ich schüttele fassungslos den Kopf. »Dann schreib mal schön *Nina* und *Stromschockgerät* auf, Herr Beamter.«

Jule erhebt sich und geht zum Messerblock. »Ich kann nur hiermit dienen.« Sie zieht ein großes Tranchiermesser aus dem hölzernen Quader. »Davon habe ich jede Menge. Aber ob ich mich traue, damit zuzustechen, wage ich zu bezweifeln. Außerdem könnte ich mit einem Fleischklopfer dienen. Den brauche ich normalerweise fürs Wiener Schnitzel.«

»Glaub mir, wenn es hart auf hart kommt, ist man über jede Verteidigungsmöglichkeit froh. Was hast du noch für Gegenstände im Haus, die nützlich sein könnten, Jule? Nina, fällt dir vielleicht auch was Brauchbares ein?«

Ich überlege. »Ist Papas Vorschlaghammer im Geräteschuppen?«

»Ja. Außerdem lagern da noch mehr Hämmer, Sägen, Spaten und so was. Soll ich alles reinholen?«

Leander steht ebenfalls auf. »Das erledige ich gleich. Lasst uns erst weiter überlegen. Es ist anzunehmen, dass die Angreifer von drei Personen im Haus ausgehen, da sie Nina zum Haus gefolgt sind und dabei auch dich gesehen haben.« Er blickt Jule an.

Ich nicke. »Das stimmt. Was aber unser großer Vorteil ist: Der oder die Verfolger wissen nicht, wo wir uns aufhalten. Einbrecher müssten sich erst orientieren und nach uns suchen. Das dauert ein Weilchen, bis die sich hier zurechtfinden.«

»Richtig. Wir hören sie, aber sie tappen buchstäblich im Dunkeln. Was haben wir für Optionen?« Er schaut zu seinem Block auf dem Tisch. Vielleicht ist das seine Art, die Gedanken zu sortieren. »Wir könnten uns zu dritt nah beieinander verschanzen. Zum Beispiel in einem der Gästezimmer in Treppennähe. So wissen wir immer, wo die anderen sind.«

Jule gibt zu bedenken, was auch mir bei der Variante spontan durch den Kopf schießt: »Allerdings hätten dann die Eindringlinge den Trumpf in der Hand, uns in einem Abwasch über den Haufen zu schießen.«

»Gesetzt den Fall, sie sind überhaupt schwer bewaffnet«, sagt Leander. »Oder wir verstecken uns an unterschiedlichen Orten. Das hat den Nachteil, dass eine einzelne Person leichter zu überwältigen ist und gegebenenfalls zur Geisel wird. Außerdem wissen wir dann nicht, wie es den anderen ergeht, wenn wir uns nicht in Rufweite befinden.«

»Als Geisel? Der Gedanke macht mich fertig!« Jule öffnet eine Schublade und zaubert eine Packung Schokoladenkekse hervor. »Sorry, ich brauche was Süßes. Ihr auch? Ehrlich, ich finde ja alles total einleuchtend, aber allein in einem Raum sterbe ich tausend Tode. Da bin ich schon gestorben, bevor mir ein Typ an den Kragen will. Außerdem würde ich bei einem Angriff so sehr zittern, dass ich garantiert kein Messer halten könnte.«

Ich nehme einen Keks aus der Schachtel und reiche die Packung an Leander weiter. »Keine Sorge, uns fällt schon was ein.«

»Nein, danke, ich hab eine Unverträglichkeit.«

War klar. Der Typ ist eine Memme. Jule und ich verdrehen die Augen. »Hast du bislang gar nicht erwähnt, als es um meine Speisekarte ging. Beim Frühstück war von einer Unverträglichkeit bislang keine Rede.«

Er lächelt Jule an. »Ich posaune es normalerweise auch nicht raus. Aber diese Kekse vertrage ich nun mal nicht. Wegen der Haselnüsse.«

Jule räuspert sich. »Und wie lösen wir das Problem jetzt? Ihr seid die Experten für Mord und Totschlag.«

»Ein Kompromiss ist die bestmögliche Variante, oder?«, frage ich. »Du und ich ziehen uns in deinen Wohnbereich zurück. Und Leander wartet allein. Einverstanden?«

»Ja, das halte ich für sinnvoll. Ihr Schwestern bleibt zusammen. So können wir auch unsere Waffen am besten einsetzen. Ich hole jetzt den Vorschlaghammer und die anderen Sachen aus dem Schuppen. Ihr könnt ja alle brauchbaren Messer auf den Tisch legen und was man sonst noch so als gute Hausfrau benötigt, um etwas zu zerkleinern.«

Jule nimmt ein Teesieb in die Hand. »Das wohl eher

nicht. Aber der Fleischklopfer vielleicht.« Sie wühlt herum und befördert allerlei Gerätschaften zutage, die ich noch nie im Leben gesehen habe.

»Was um alles in der Welt ist das denn?«, frage ich erstaunt, nachdem Leander zur Seitentür rausgegangen ist.

»Das ist ein extragroßer Spiralschneider. Damit könnte man bestimmt Augen auspiksen.«

»In dir steckt mehr Messerstecherin als du ahnst. Und das da?« Ich zeige auf einen länglichen Küchenhelfer mit Riffeln.

»Müsstest du eigentlich wissen. Ein Fischentschupper. Perfekt, um jemandem die Haut abzuziehen.«

Kurz vor Mitternacht gehen wir auf unsere Positionen. Leander hat nach reiflicher Überlegung nicht oben Stellung bezogen, sondern neben dem Gastraum im sogenannten Lager. In diesem Raum stehen Regale voller Lebensmittel, Geschirr und anderweitigem Zeug wie Geschenkpapier und eine Nähmaschine. Außerdem bewahrt Jule dort Bettwäsche, Handtücher und Tischdecken auf.

Jule und ich setzen uns auf Couch und Sessel des Wohnraums vor ihrem Schlafzimmer. Hier haben wir die Möglichkeit, zu zwei Seiten aus dem Fenster zu spähen, genau wie Leander, der in die entgegengesetzte Richtung blickt. Falls die Lage zu heftig wird, kann ich Jule nach hinten ins Schlafzimmer schicken und sie verteidigen.

Direkt am Körper trage ich den Elektroschocker und zwei Messer, den Rest habe ich in den beiden Räumen verteilt. Jule hält den Fleischklopfer so fest umklammert, als würde sie gegen ein XXL-Schnitzel in den Kampf ziehen.

»Entspann dich«, sage ich. »Vielleicht passiert stundenlang gar nichts.«

»Okay.« Sie legt den Fleischklopfer auf den Schoss und

knabbert auf der Unterlippe herum. »Ich hab so einen Schiss. Du nicht?«

»Ein bisschen schon, aber vermutlich anders als du. Diesen gewissen Nervenkitzel finde ich generell eher aufregend, wenn ich ehrlich sein soll. Nur jetzt gerade ... Also, wenn du nicht hier wärst, fänd ich es deutlich leichter.«

»Weil du glaubst, ich kann mich nicht verteidigen?«

»Nein. Doch. Ach, weiß auch nicht. Ich will halt nicht, dass dir was passiert. Normalerweise bin ich für mich allein verantwortlich. Und Leanders Wohlergehen geht mir echt am Arsch vorbei. Er ist zwar nützlich, aber ich mache mir null Sorgen um ihn. Shit happens. Außerdem ist er ein Bulle.«

Der Wind fegt ums Haus. Draußen klappert und scheppert es mal hier und mal dort. Die übliche Geräuschkulisse, wenn ein Sturm einsetzt. Ein Ast oder kleiner Stein knallt gegen die Fensterscheibe.

Jule greift instinktiv nach ihrer Seesternkette, deren Anhänger unter den Kragen ihres hochgeschlossenen Pullovers gerutscht ist. »Hast du sie auch noch?«

Ich nicke verlegen. »Ja, aber hab vergessen, sie umzulegen. Sauer?«

»Quatsch. Du warst in Eile. Trägst du sie denn manchmal? Kannst ruhig ehrlich sein. Zu deinem Leben in der High Society passt sie vielleicht gar nicht mehr richtig.«

Ich lache auf. »High Society? Das ist mir neu. Ich bin immer noch die Gleiche, auch wenn ich mittlerweile andere Klamotten trage. Das macht die Großstadt mit einem. Würde ich auf dem Land leben, hätte ich praktischere Sachen an. Völlig normal, jeder passt sich unbewusst seinem Umfeld an.«

»Sorry, ich meinte das echt nicht böse.«

»Kein Problem. Jedenfalls trage ich unsere Kette noch.

Wollen wir uns trotzdem bei Gelegenheit mal was Neues kaufen?«

»Ja, gute Idee, falls ...« Sie hält mitten im Satz inne und weicht meinem Blick aus.

Weint sie etwa?

»Jule? Ist was? Brennt dir noch was auf den Nägeln? Schieß los, was geht dir durch den Kopf?«

»Ich hab eine Scheißangst um dich, Nina. Wie willst du mit dem Rollstuhlmann umgehen? Selbst, wenn es uns jetzt gelingt, die Bedrohung auszuschalten, wird er im Hintergrund bestimmt weiterhin die Strippen ziehen. Du bist nie mehr sicher!«

»Hm.«

»Und dann habe ich auch selbst Schiss. Der Mann könnte auf die glorreiche Idee kommen, gegen mich vorzugehen, um dir zu schaden. Oder klingt das total abwegig? Ich sehe vermutlich überall Gespenster, aber es ist ja wirklich alles vollkommen verrückt.«

Ihre Furcht ist begründet, muss ich bekennen. »Ehrlich gesagt teile ich diese Sorge. Darum bin ich förmlich gezwungen, bald gegen ihn vorzugehen.«

»Was bedeutet das konkret?«

»Du weißt genau, was das bedeutet.«

In diesem Moment unterbricht ein lautes Geräusch im Haus unser Gespräch.

»Nina, da ist ein Fenster in die Brüche gegangen! Ich glaube, im Gastraum!«

23

LEANDER

Was war das? Ist gerade ein Fenster zersplittert? Wenn ich mich nicht täusche, kam der Lärm von nebenan aus der Gaststätte. Leise stehe ich von meinem Stuhl auf, taste nach der Pistole, ziehe sie und richte den Lauf zu Boden. Vorsichtig setze ich im Dunkeln einen Fuß vor den anderen. Die Tür zum Lagerraum ist nur angelehnt. Ich hatte mir zuvor bewusst den Weg vom Stuhl zur Tür freigeräumt, um nicht zu stolpern. Aufmerksam versuche ich, verräterische Geräusche wahrzunehmen, doch der Sturm macht zu großen Lärm.

An der Tür bleibe ich stehen und ziehe sie ein Stück auf. Ein kalter Luftzug weht mir ins Gesicht. Ich höre jedoch keine Schritte oder Geflüster, das auf Eindringlinge hindeuten würde. Angespannt verlasse ich das Lager. Aus der Gaststätte ertönt eine Art Pfeifen, den nur der Wind erzeugen kann. Wieso ist das Fenster zu Bruch gegangen? Eine Sturmfolge oder das Resultat gewaltsamen Eindringens?

Falls sich Angreifer Zutritt verschafft haben, lauern sie vermutlich in einer dunklen Ecke. Licht würde meine

Anspannung reduzieren. Trotzdem taste ich nicht nach dem Lichtschalter. Wenn Dreyer oder jemand anders das Haus beobachtet, könnte er oder sie sonst meine Waffe sehen. Dadurch wäre meine Tarnung hinfällig. Hobbyschriftsteller sind normalerweise nicht bewaffnet.

Ich betrete den Raum.

Tatsächlich ist eines der Fenster zerstört. Ein größerer Ast liegt auf einem Tisch. Anscheinend eine Folge des Sturms. Oder ein geschicktes Ablenkungsmanöver.

Rasch drehe ich mich einmal um die eigene Achse. In der Gaststätte hält sich niemand außer mir auf. Durchs Fenster regnet es in den Raum. Eine weitere Geräuschquelle, die meine Anspannung erhöht.

»Ich könnte eure Hilfe gebrauchen«, brülle ich über das Tosen des Sturms hinweg. »Wir müssen die Gaststätte abdichten.«

Es dauert nicht lange, bis Jule an der Türschwelle steht. Nina bleibt im Hintergrund, damit niemand sie von draußen sehen kann.

»Scheiße!«, flucht Jule. »Das hat uns gerade noch gefehlt.«

»Eine Pressspanplatte wäre ideal«, sage ich. »Pappe würde vermutlich auch erst mal helfen.«

»Für Pressspan müsste ich die Rückseite eines Schranks auseinandernehmen«, erwidert Jule. »Das dauert jetzt zu lange. Ich besorg uns Pappe.« Sie zieht sich zurück.

Dafür taucht Nina an der Schwelle auf. »Ein geschicktes Ablenkungsmanöver?«, fragt sie.

»Nein. Eher die unglückliche Flugbahn eines großen Astes.«

»Hoffentlich hast du recht. Ich schau mich ein bisschen um.«

Sie verschwindet aus meinem Blickfeld. Es dauert nicht lange, bis Jule zurückkehrt. Sie hat ein großes Stück Pappe,

Panzerband und eine Schere dabei. Während ich die Pappe vors Loch halte, klebt sie es am Rahmen fest.

»Fertig«, sagt sie schließlich.

»Das ist nur sehr provisorisch. Wenn es die ganze Zeit dagegen regnet, weicht die Pappe auf. Pressspan wäre besser. Stand im Geräteschuppen nicht ein ausrangierter Kleiderschrank?«

»Du hast recht«, sagt sie. »An den habe ich überhaupt nicht gedacht.«

»Für heute Nacht reicht die Pappe. Morgen früh sollten wir das ausbessern.«

Nina beendet ihren Rundgang. »Außer uns ist niemand im Haus. Aber sollten wir die Holzplatte nicht jetzt schon besorgen?«

»Willst du bei dem Wetter raus?«, fragt Jule. »Ich nicht.«

Nina schaut mich erwartungsvoll an, doch ich schüttle den Kopf. »Morgen früh reicht. Gehen wir zurück auf unsere Positionen.«

Ich setzte mich ins Lager auf den Stuhl und lausche. Die zuvor verspürte Müdigkeit ist vorübergehend verschwunden. Nach ein paar Minuten scheint der Sturm abzuflauen. Ist die erste Welle bereits über die Insel gezogen? Diese Hoffnung bricht nach einer weiteren Viertelstunde in sich zusammen wie ein Kartenhaus im Wind. Offenbar fegt nun das nächste Sturmfeld übers Eiland. Lauter und heftiger als zuvor. Von meinem Rückzugsort würde ich nichts mehr mitbekommen, falls jemand ins Haus eindringt und dabei Lärm verursacht.

Zu allem Überfluss lullen mich das Pfeifen des Windes und das Prasseln des Regens ein. Ich gähne zweimal hintereinander. Die Versuchung, die Augen für einen Moment zu schließen, um neue Kraft zu tanken, wird übermächtig.

Nur ganz kurz.

Ich gebe nach.

Und schrecke wieder hoch. Bin ich eingeschlafen? Seit meinem letzten Blick zur Uhr sind zehn Minuten vergangen. Habe ich die ganze Zeit geschlafen? In der Zwischenzeit hätte alles Mögliche passieren können.

»Idiot!«, beschimpfe ich mich leise. Falls sich jemand unbemerkt Zutritt verschafft hat, wäre das meine Schuld. Also muss ich das wieder in Ordnung bringen.

Ich greife zum Handy, um die Taschenlampenfunktion einzuschalten. Außerdem will ich Nina eine Nachricht schicken. Nicht, dass sie mich erneut mit einem Stromstoß zu Boden schickt.

Das Handy hat kein Netz. Ich bin weder im Mobilfunk noch im WLAN der Pension eingebucht.

»Weltklasse!«, stöhne ich.

Offenbar hat der Sturm das Internet lahmgelegt. Also muss ich nicht nur auf Eindringlinge achten, sondern auch darauf, mich nicht von Nina oder Jule überraschen zu lassen. Da die beiden sich in Jules privatem Wohnbereich aufhalten, beschließe ich, zunächst die obere Etage zu inspizieren. Ich gehe langsam die Treppe hoch. Aufs Knarren der Stufen muss ich nicht achtgeben, denn der Sturm übertönt die Geräusche.

Oben kontrolliere ich jeden Raum, ohne auf Spuren von Eindringlingen zu stoßen. Also schleiche ich wieder runter. Am Fuß der Treppe bleibt mein Herz fast stehen. Nina wartet dort auf mich und hält den Stromschocker in meine Richtung.

»Ich bin's«, rufe ich.

»Was schleichst du durchs Gebäude?«, fragt sie vorwurfsvoll. »Hättest wenigstens Bescheid sagen können.«

»WLAN und Mobilfunknetz sind ausgefallen.«

»Scheiße!«, flucht sie. »Auch das noch! Zumindest lässt der Sturm langsam nach.«

Ich lausche auf die Außengeräusche und muss ihr recht geben. »Beratschlagen wir uns kurz. Ich bin hundemüde und ehrlich gesagt gerade eben kurz eingenickt. Deswegen mein Kontrollgang.«

Ich erwarte eine abfällige Bemerkung, doch Nina nickt verständnisvoll.

»Jule musste ich auch schon anstoßen. Sonst wäre sie eingeschlafen. Ich bin hellwach. Leg dich oben in deinem Zimmer hin. Zwei Stunden Schlaf helfen wahrscheinlich. Jule schicke ich auch ins Bett. Du kannst die nächste Wache übernehmen. Einverstanden?«

Ich widerspreche erst gar nicht. Die Aussicht auf zwei Stunden Schlaf ist zu verlockend. »Soll ich mir einen Wecker stellen?«

»Nicht nötig. Ich rüttle dich sanft aus dem Schlaf.« Sie grinst schadenfroh. »Sehr zärtlich. Das verspreche ich dir. Erhol dich gut!«

Ich verzichte auf eine Erwiderung und schleiche die Treppen wieder hoch. In meinem Zimmer sichere ich die Pistole und lege sie unters Kopfkissen. Ohne mich umzuziehen, falle ich ins Bett. Nach wenigen Sekunden schlafe ich bereits.

* * *

Ein Flüstern weckt mich. Ich schrecke hoch und sehe eine Person an meinem Bett stehen. Draußen ist es zu meiner Überraschung hell. Es dauert einen Sekundenbruchteil, bis ich Nina erkenne.

»Hast du mich erschreckt«, stöhne ich.

Sie grinst. »Dabei habe ich nur geflüstert, dass du fällig bist und ich dir die Kehle aufschlitze.«

Ihr Humor ist gewöhnungsbedürftig. Ich blicke an ihr vorbei zum Fenster.

»Wie spät ist es?«

»Halb acht.«

»Danke.« Ich gähne. »Das hat gutgetan. Warst du die ganze Nacht wach?«

»Ja. Ist nichts passiert.«

»Und du warst gar nicht müde?«

Nina schüttelt den Kopf. »Ich hab viel an Rebecca gedacht. Wenn ich wütend bin, kann ich nicht schlafen. Sievers wird das büßen. Mit oder ohne deine Hilfe, aber das war seine letzte Schreckenstat.«

»Wir kümmern uns gemeinsam um ihn. Schon allein wegen Jule.« Ich senke die Stimme. »Nicht, dass er sich an ihr vergreift, sobald er von ihrer Existenz erfährt.«

»Das ist meine größte Sorge«, bekennt sie. »Deswegen kann ich auch nicht lange auf Baltrum bleiben. Ich muss mich in Hamburg um Sievers kümmern. Aber jetzt geh ich erst mal schlafen. Jule wartet unten in der Gaststätte auf dich. Bis später.«

»Erhol dich gut.«

Ich warte, bis sie den Raum verlassen hat, dann ziehe ich die Pistole unter dem Kissen hervor und lege sie in den Safe. Im Badezimmer mache ich mich frisch und wechsle die Kleidung.

In der Gaststätte erwartet mich kurz darauf eine Überraschung. Vor dem zerstörten Fenster hängt bereits eine Pressspanplatte.

»Guten Morgen, Langschläfer«, begrüßt mich Jule.

Auf einem der Tische steht mein Frühstück.

»Wann habt ihr die angebracht?«, frage ich mit Blick zum Fenster.

»Vor einer halben Stunde. Die Pappe war völlig durchnässt. Die Platte sollte dem nächsten Sturm standhalten.«

»Hat sich die Wettervorhersage verändert?«

»Nicht wirklich. Der Sturm soll ein oder zwei Stunden früher an Land treffen als zunächst vermutet. Er hat nichts von seiner Stärke verloren. Das wird ein Höllenspektakel.«

Mit unguter Vorahnung setze ich mich hin. Jule schüttet mir Kaffee ein, während ich ein Brötchen aufschneide.

»Ich hab übrigens einen Anschlag auf dich vor«, warnt sie mich.

»Worum geht's?«

»Wir Insulaner treffen uns um zehn Uhr am Rathaus, von wo aus Schutzmaßnahmen und Reparaturarbeiten koordiniert werden. Der nächste Sturm soll viel heftiger werden. Wir müssen die Insel schützen. Für mich als Insulanerin ist es verpflichtend, dort mitzuhelfen. Aber im Prinzip gilt das auch für arbeitsfähige Gäste, solange sie sich dabei nicht selbst in Gefahr begeben.«

»Du meinst also, ich muss dich begleiten?«

Jule nickt. »Wäre besser und würde dir Pluspunkte einbringen.«

»Können wir Nina allein lassen?«, frage ich. »Sie muss ausschlafen. Wäre es nicht besser, wenn ich auf sie aufpasse?«

»Wir haben das besprochen. Nina findet, du sollst mitgehen. Sie deponiert den Taser unterm Kopfkissen und ist überzeugt, sofort aufzuwachen, sobald jemand ihr Zimmer betritt.«

Ich erinnere mich an meinen tiefen Schlaf. Nina hätte mich problemlos überwältigen oder Schlimmeres mit mir anstellen können. Ich hab kein gutes Gefühl dabei. Trotzdem will ich nicht faul oder verweichlicht wirken und muss mich daher auf die Einschätzung der Zwillinge verlassen.

»*Alle* Insulaner treffen sich am Rathaus?«, vergewissere ich mich.

»Richtig. Tamme wird sich nicht drücken können.«

Ich lächle, weil sie meinen Gedanken erraten hat. »Und was passiert dann?«

»Die meisten von uns werden wohl zum Strandaufgang beim Hotel Wietjes abkommandiert, von wo aus es auf der Strandmauer kurz vor dem westlichen Seezeichen weitergeht. Oder wir müssen Säcke mit Sand befüllen. Ein paar Insulaner kümmern sich um Reparaturmaßnahmen an Gebäuden. Tamme ist allerdings kein begnadeter Handwerker.«

»Dann sollte ich mich am besten stärken. Könnte ein langer Tag werden.«

»Gute Idee.« Jule setzt sich mir gegenüber und schmiert sich ebenfalls ein Brötchen. Verschwörerisch zwinkert sie mir zu, während sie eine Hälfte mit Käse und die andere mit Fleischwurst belegt. Voller Genuss beißt sie hinein. »Das tut gut.«

Eine böse Vorahnung schleicht sich in meine Gedanken. So ausgelassen werde ich Jule nie wieder sehen. Das alles ist meine Schuld, weil ich ihre Schwester für meine Zwecke einspannen wollte.

Sie bemerkt meinen Blick. »Ist was?«, fragt sie irritiert.

Ich schüttle lediglich den Kopf und beiße selbst in eine Brötchenhälfte.

24

JULE

Ich habe Leander eines der Gäste-E-Bikes gegeben und mir mein eigenes Rad geschnappt, um zügig zum Rathaus zu kommen. Schweigend legen wir die kurze Strecke trotz des starken Windes in wenigen Minuten zurück. Gott sei Dank muss man bei solch einem Mistwetter nicht mehr wie früher in die Pedale treten und lässt stattdessen den Elektromotor für sich arbeiten. Inzwischen müsste man sich anbrüllen, um überhaupt ein Wort zu verstehen, so laut weht uns der Wind um die Ohren. Uns begegnen jede Menge Insulaner, die genau wie wir in dicken Regenjacken und Mützen dem Unwetter trotzen. Auf Gepäckträgern und in Anhängern werden Spaten, Arbeitshandschuhe und Thermoskannen transportiert. Die Stimmung ist angespannt, meine Nachbarn sind noch wortkarger als ohnehin schon. Jeder Insulaner hat seine eigenen Sturmfluterlebnisse. Uns eint das Wissen, was uns blühen kann, wenn der blanke Hans zuschlägt.

Baltrums Küstenschutz stellt die Experten immer wieder vor neue Herausforderungen. Erst vor wenigen Jahren wurde unser Deichwerk erfolgreich saniert. Der alte Pfahlschutz am Westkopf der Insel hatte sich nicht ausreichend bewährt, weil bei Hochwasser eine Unterspülung der Anlage möglich war. Auch das Konstrukt der alten Strandmauer wich einer moderneren Bauweise, denn bei erhöhtem Wasserdruck drohte Einsturzgefahr, und das Westdorf hätte im schlechtesten Fall überspült werden können.

Mittlerweile verfügen wir über mehrere zeitgemäße Möglichkeiten, den Wassermassen zu trotzen. Aber gegen Naturkatastrophen kommt selbst die stabilste Barriere nicht an. Darum packen wir mit Menschenkraft an, um unsere schöne Insel bestmöglich gegen die Urgewalten der Nordsee zu verteidigen.

Dutzende Fahrräder parken bereits vorm Rathaus; die halbe Inselbevölkerung ist auf den Beinen. Wir stellen die Räder ab und betreten den großen Flur des schmucken Gebäudes, das wie eine Art Inselzentrum auf einer kleinen Dünenerhöhung thront und als beliebtes Fotomotiv dient.

»Es herrscht höchste Deichverteidigungsstufe, Leute! Wir haben keine Zeit zu verlieren«, schallt es von der Treppe zu uns herüber. Dichtgedrängt versammelt sich die Gemeinde um Nils Meier, einem der acht Ratsmitglieder, der für den Küsten- und Naturschutz zuständig ist, seit ich denken kann. Er hat sich auf einer Treppenstufe postiert, damit ihn jeder sieht und hört. »Die leeren Säcke und der Sand werden gerade per Kutsche an die entsprechenden Stellen transportiert. Einige Schaufeln sind auch dabei. Aber bringt bitte selbst eure Schüppen mit, sofern vorhanden, damit wir genug haben.«

Einer der Älteren meldet sich zu Wort. »Wer übernimmt die Koordination und Arbeitsgruppeneinteilung?«

»Das erledigen Volker und ich gleich unbürokratisch, wenn ihr rausgeht. Wir stellen mehrere Trupps zusammen, überall dort, wo die Metallbarrieren zusätzliche Stabilität durch Sandsäcke gebrauchen können. Einmal am Strandaufgang Wietjes, weiter auf der Strandmauer kurz vorm westlichen Seezeichen, unten bei der Schule, bei der Teestube, dann am Eingang zum Ostdorf und hinterm Dünenschlösschen.«

Leander schaut mich fragend an. »Das sind mehr Orte, als du gerade erwähnt hast. Sind da überall Vorrichtungen für Barrieren?«, flüstert er.

Ich antworte leise: »Ja, da sind jeweils Fassungen vorhanden. Die doppelten Barrieren werden entsprechend eingeschoben. In die Mitte stapeln wir zur Stabilität die Säcke.«

»Okay, das klingt sicher.«

»Theoretisch schon, aber tatsächlich sind die Salzwiesen und der Sportplatz schneller überspült als man gucken kann.«

Die Menge brummt indes zustimmend und macht sich zum Aufbruch bereit.

»Und denkt dran, die Säcke nicht zu hoch zu befüllen. Ein Drittel Umschlaghöhe, zwei Drittel Füllhöhe, das Ganze mit Bindedraht oder Kabelbindern verschließen. Bildet wie immer effektive Menschenketten. Hat noch jemand Fragen?«

Der Pulk löst sich auf und reiht sich in zwei Schlangen ein. Hinter zwei provisorisch errichteten Arbeitsplätzen notieren Mitarbeiter der Kurverwaltung Namen und Einsatzort der Helfer. Leander und ich stellen uns mit an und schauen uns möglichst unauffällig um. Kein Tamme weit und breit.

»Siehst du ihn irgendwo?«, raunt er.

»Nein, aber ich frag mal eine Nachbarin, die ein Haus weiter wohnt. Moment.«

Ich gehe zwei Schritte nach rechts zu Merle, deren

Gesicht zwischen Kapuze und Rollkragenpullover kaum zu erkennen ist. Nur ihre eisblauen Augen blitzen hervor.

»Moin, Merle, schönen Schiet, was?«

»Das kannst du laut sagen. Bei dir zu Hause schon was kaputt? Man macht sich ja so seine Gedanken um die Dächer.«

Ich nicke. »Bislang nichts Nennenswertes zerstört, nur Kleinigkeiten. Ich hab ja gerade einen Feriengast bei mir, der kann zur Not helfen.«

Sie schaut misstrauisch zu ihm rüber, doch als er ihren Blick erwidert, lächelt sie wie auf Kommando. »Ich weiß. Aber ob der Milchbubi was beschicken kann? Bei einem Kerl vom Festland eher unwahrscheinlich.«

Wir grinsen verschwörerisch. »Wird sich gleich zeigen. Vermutlich ist er zu blöd, um Sand von A nach B zu schaufeln. Du, sag mal, weißt du, ob mit Tamme alles in Ordnung ist? Ich sehe ihn nirgends.«

»Bestimmt. Er soll an der Teestube eingesetzt werden und wird wohl direkt dort hingehen.«

»Ach so, dann bin ich beruhigt.«

Zehn Minuten später berichte ich Leander draußen an den Fahrradständern, was ich über Tamme Dreyer erfahren habe.

Bedauernd schüttelt er den Kopf. »Einerseits schlecht. So können wir ihn nicht im Auge behalten. Andererseits kann er kein Unheil anrichten, solange er beschäftigt ist.«

»Stimmt. Übrigens hat Merle erzählt, dass Baltrum schon von der Außenwelt abgeschnitten ist. Zu starker Seegang für Schiffe und zu heftiger Sturm für den Flugverkehr.«

Als ich meine Handschuhe wieder anziehe und mich auf den Fahrradsattel setzen will, kommen Nils und Volker zu ihren Rädern gelaufen. Ich lasse den Männern den Vortritt.

»Danke, Jule.« Nils nimmt Notiz von Leander neben mir und nickt. »Moin. Hilfe von auswärts, das ist gut.«

»Gerne. Ich hoffe, ich kann irgendwie nützlich sein«, antwortet Leander.

»Oh, Verzeihung, mein Handy.« Nils zieht ein klingelndes Smartphone aus der Jackentasche. Leander und ich verharren an Ort und Stelle. »Meier ... Ja ... Verdammt ... Drüben am Dünenschlösschen zwei Mann ... Und einer wo genau? ... Okay, verstehe. Kümmert ihr euch um die medizinische Versorgung? ... Mir schon klar, ich bin nicht blöd. ... Jo, tschüss.«

Er wendet sich seinem Kollegen Volker zu. »Scheiße. Drei Mann fallen schon aus. Sechs helfende Hände weniger, und vor allem nur ein Arzt auf der Insel. Hoffentlich kriegt der Doktor das in den Griff. Na ja, seine beiden Helferinnen wird er wohl allein rantrommeln, immerhin funktioniert das Handynetz wieder. Glück im Unglück.«

Obwohl es unangebracht ist, mich einzumischen, überwinde ich meine Scham. »Was ist denn passiert? Hoffentlich nichts Schlimmes?«

»Wie man's nimmt. Ein paar Männer waren schon für ihren Einsatz vorgesehen, die hatten wir direkt informiert. Drei von ihnen sind jetzt wegen gesundheitlicher Probleme ausgefallen. Gerhard, der olle Mattes und dein Nachbar Tamme.«

Ich fange Leanders alarmierten Blick auf und schlucke trocken.

25

NINA

Nach dem Aufwachen bin ich drei oder vier Sekunden lang in dem herrlichen Zustand, der mit nichts zu vergleichen ist, außer vielleicht einem Champagnerschwips. Der Schlaf war zwar kurz, aber erholsam. Ich genieße die leichte Orientierungslosigkeit und das Gefühl von Geborgenheit unter der kuscheligen Bettdecke. War irgendwas? Der Wind weht pfeifend ums Haus. Rasch lande ich wieder auf dem Boden der Tatsachen und stehe auf. Das Stromschockgerät lege ich auf den Nachttisch. Körperlich und mental bin ich fit. Es gilt, keine Zeit zu verlieren. Hoffentlich haben Leander und Jule die Stunden ohne mich komplikationslos überstanden.

Nur mit Thermounterwäsche und dicken Socken bekleidet, schleiche ich zur Zimmertür und öffne sie leise. Vorsichtig horche ich in den Flur. Vom Sturm vor den Fenstern abgesehen, ist nichts Beunruhigendes zu hören. Auch ein Blick in den Gang offenbart keine Gefahr. Das Haus ist wie ausgestorben, die Luft ist rein.

Um nichts zu verpassen, lasse ich die Tür geöffnet und kehre in mein kleines Badezimmer zurück. Nachdem ich mich auf der Toilette erleichtert und mir im Waschbecken die Hände gewaschen habe, schaue ich mich neugierig um. Bei dem Umbau vor einigen Jahren hat Jule die Gästezimmer ansprechend gestaltet. Die neue Einrichtung trifft bestimmt den Geschmack der meisten Gäste. Kritisch mustere ich mein Gesicht im Spiegel. Ich hab auch schon mal besser ausgesehen. Zwar ist die Haut dank der frischen, salzigen Luft rosig und gut durchblutet, aber eine anständige Frisur und das gewohnte Make-up fehlen. Trotzdem verzichte ich erneut auf Schminke und belasse es bei einer Ladung Wasser, die ich mir ins Gesicht klatsche.

Eine gewisse Unruhe kommt in mir auf, obwohl Angst eigentlich nicht zu den Gefühlen gehört, die ich häufig verspüre. Die muss weg. Ich habe mal gelesen, dass es dem Gehirn unmöglich ist, Angst zu erzeugen, während ein Mensch singt. Der Bereich in unserem Hirn, der dafür zuständig ist, wird durchs Singen blockiert. Ob das stimmt, weiß ich nicht. Bei mir funktioniert es jedenfalls immer.

»Dat du min Leevsten büst, dat du woll weeßt. Kumm bi de Nacht, kumm bi de Nacht, segg wo du heeßt ...«, trällere ich Omas plattdeutsches Lieblingslied, das sie Jule und mir manchmal beim Zubettgehen vorgesungen hat.

Ich trete singend aus dem Bad, von lähmender Furcht keine Spur, »Vader slöpt, Moder slöpt ...« ... und blicke unvermittelt in zwei fremde Gesichter. Abrupt verstumme ich mitten im Gesang und bleibe wie angewurzelt stehen. Was zur Hölle soll der Mist, wo kommen die so plötzlich her?

»Schöne Grüße von John Sievers«, sagt der kleinere der beiden Männer osteuropäischer Herkunft.

Sie treten in dunkler Ledermontur auf mich zu, ich weiche zurück und taste mit den Händen ins Leere. Sie sehen gefährlich aus. Sehr gefährlich, aber weiterzusingen ist keine Option. Immerhin tragen sie keine erkennbaren

Waffen bei sich. Meine Stromschockpistole liegt hinter ihnen auf dem Nachttisch. Ich muss unbedingt an sie gelangen, bevor sie mir zuvorkommen. Ich spanne den Körper an, zum Sprung bereit.

»Was wollt ihr? Verpisst euch!«

Der eine zückt sein Handy. »Rate mal, was John will, nachdem du ihm sein Leben kaputtgemacht hast.« Er fummelt am Smartphone herum, aber ich kann nicht erkennen, was er vorhat. »John will dabei zusehen, was wir mit dir anstellen, du Schlampe!«

»Haut ab, ihr habt überhaupt keine Chance! Es wird gleich jemand kommen. Kann sich nur noch um Minuten handeln. Außerdem könnt ihr unmöglich die Insel verlassen bei dem Sturm!«

Die beiden lachen höhnisch. »Spar dir deine sinnlosen Drohungen. Für dich sieht's schlecht aus. John freut sich nämlich schon, über Zoom an deiner Hinrichtung teilzuhaben.«

Er richtet seine Handykamera auf mich. Der andere Typ kommt auf mich zu und holt mit der Rechten aus. Ich verteidige mich mit beiden Händen und setze zum Fußtritt an, als der Kerl mit dem Handy hinter mich läuft und mich packen will. In einer Rotationsbewegung, die eine Kombination zweier Kampfsportarten ist, versuche ich, beide Gegner abzuwehren und gleichzeitig unschädlich zu machen. Möbelstücke stürzen polternd zu Boden. Schon nach wenigen Sekunden bin ich unterlegen. Zwei kampferprobte, brutale Kerle sind zu viel.

Sie schlagen mit ihren Fäusten auf mich ein. Ich verliere die Kontrolle und stöhne vor Schmerz, während ich Treffer an Ober- und Unterkörper einstecke. Ich taumle zur Seite, versuche, mich irgendwo festzuhalten. Jetzt nur nicht zu Boden gehen, ich muss irgendwie an ihnen vorbeikommen. Entweder, um meine eigene Waffe zu erreichen oder um die

Flucht zu ergreifen. Zur Not springe ich übers Treppengeländer nach unten.

Sie kommen mir zuvor. Der Kleine hat auf einmal meine Stromschockpistole in der Hand. Mit letzter Kraft versuche ich, mich wegzuducken, falle dabei aber seitlich zu Boden. Er hält das Gerät über mich. Ich spüre einen Stromschlag am Hals und verliere das Bewusstsein.

26

LEANDER

Zusammen mit Jule bin ich am Strandaufgang beim Hotel Wietjes eingesetzt. Zwei Metallbarrieren, die wir gemeinsam an die richtige Stelle schieben, sollen Überflutungen beziehungsweise Unterspülungen verhindern. Der starke Sturm erschwert die Arbeit. Nachdem wir es in einem Kraftakt geschafft haben, stapeln wir aufgrund des angesagten Extremwetters Sandsäcke zwischen beiden Barrieren auf. Meine Gedanken kreisen ausschließlich um Dreyer. Wieso hat der sich von seiner Pflicht befreien lassen? Faulheit würde als Begründung nicht zu einem Mann wie ihm passen. Entweder ist er wirklich angeschlagen, oder er heckt etwas aus.

Als über die Hälfte der Sandsäcke gefüllt und gestapelt sind, fasse ich mir demonstrativ ans Kreuz und stöhne. Jule schaut mich an, ich nicke ihr unauffällig zu.

»Du kannst ruhig schon gehen«, ruft sie über den Lärm des Sturms hinweg. »Ist ja nicht mehr viel zu tun.«

»Okay. Dann kehre ich in die Pension zurück«, antworte ich.

Eigentlich erwarte ich bissige Kommentare der anderen

Insulaner, stattdessen bedanken sie sich bei mir für die Hilfe und empfehlen mir, mich mit einem Grog aufzuwärmen.

»Ich bin spätestens in einer halben Stunde zurück«, kündigt Jule an.

Ich verlasse meinen Posten, senke den Kopf und kämpfe gegen den Sturm an, der an meiner Kleidung zerrt. Regen peitscht mir zu allem Überfluss ins Gesicht. Ich beschleunige meinen Schritt. Falls mich jemand beobachtet, glaubt er bestimmt, ich will bloß schnell ins Trockene. Doch mich treibt viel mehr die Sorge um Nina an. Dreyers Abwesenheit hat etwas zu bedeuten, und wir haben sie schlafend zurückgelassen. Schutzlos.

Ich erreiche die Pension und ziehe mit vollem Körpereinsatz gegen den Sturm die Tür auf. Ich schlüpfe ins Innere.

»Nina?«, rufe ich laut.

Niemand antwortet. Warum habe ich meine Waffe im Safe liegen lassen? Was, wenn mir oben jemand auflauert?

Unbewaffnet will ich die Gästezimmer nicht kontrollieren.

»Nina?«, wiederhole ich.

Wieder keine Antwort. Vorsichtig sehe ich mich im Erdgeschoss um, ohne auf Jules Schwester oder ungewöhnliche Anzeichen zu stoßen. Aus der Küche besorge ich mir den Fleischklopfer. So komme ich mir nicht total wehrlos vor.

Am Fuß der Treppe bleibe ich stehen. »Nina?«, rufe ich zum dritten Mal.

Außer dem Sturm ist nichts zu hören.

Ich gehe nach oben. Im Gang erkenne ich nichts Ungewöhnliches. Die Tür zu ihrem Zimmer ist geschlossen. Schläft sie noch und hat meine Rufe nicht gehört? Soll ich vielleicht sogar zuerst die Waffe aus dem Safe holen? Um keine weitere Zeit zu verlieren, drücke ich die Tür auf. Den hammerförmigen Fleischklopfer halte ich schlagbereit über den Kopf.

»Scheiße!«, fluche ich beim Anblick des Zimmers.

Nina liegt nicht im Bett. Die Decke ist zurückgeschlagen – ein deutliches Zeichen, dass sie irgendwann in meiner Abwesenheit aufgestanden ist.

Die anderen Hinweise beunruhigen mich. Ein umgekippter Stuhl, ein verrutschter Teppich und eine vom Tisch gezogene Decke, die zu Boden gefallen ist.

»Nina?«

Wieder antwortet nur der Wind.

Sekunden später höre ich aus dem Erdgeschoss ein Rufen. »Nina? Leander?«

Jule ist zurückgekehrt.

»Ich bin hier oben. Komm schnell!«

Sie rennt die Treppe hoch. Offenbar hat der Klang meiner Stimme sie alarmiert. Sie sieht mich mit dem Fleischklopfer in der Hand und bleibt im Flur wie vom Blitz getroffen stehen.

»Wo ist Nina?«

»Ich weiß es nicht.«

»Was heißt das?«, schreit sie, rennt ins Zimmer und brüllt den Namen ihrer Zwillingsschwester. Ich lege den Klopfer auf den Boden und packe Jule an der Schulter, drehe sie zu mir herum.

»Ist sie tot?«, jammert Jule.

»Ich seh kein Blut. Wahrscheinlich hat man sie verschleppt. Noch können wir sie retten. Wir müssen nur einen klaren Kopf bewahren.«

Ich ziehe meine dicke Jacke aus, die ich achtlos fallen lasse.

»Wo ist sie?« Jule schaut mir verzweifelt in die Augen.

»Gib mir eine Sekunde zum Nachdenken.«

Sie öffnet den Mund und schließt ihn wieder. Dreyer hat

sich von einem Dienst freistellen lassen, der für alle Insulaner verpflichtend war. Wäre er dazu imstande, Nina in eine Falle zu locken? Das kann ich mir nicht vorstellen, zumindest nicht ohne Hilfe. Es spricht also mehr dafür, dass Sievers Leute nach Baltrum geschickt hat, die das Sturmchaos ausgenutzt haben. Trotzdem muss Dreyer irgendwie involviert sein. Ich halte seinen Schwächeanfall für vorgeschoben.

»Bei diesem Wetter kann niemand die Insel verlassen?«, vergewissere ich mich.

Jule schüttelt den Kopf.

»Also müssen die Entführer sie irgendwohin verschleppt haben. Aber draußen sind viele Leute unterwegs. Steht hier in der Nähe gerade ein Haus leer, weil die Besitzer nicht da sind?«

»Nein«, sagt Jule.

»Kein derzeit geschlossenes Ferienapartment oder eine geschlossene Pension?«

»Nicht in dieser Straße.«

»Wie weit entfernt bis zum nächsten leeren Gebäude?«

»Dreihundert Meter. Da ist ...«

»Zu weit. Niemand schleppt am helllichten Tag deine Schwester dorthin, während die ganze Insel in Aufruhr ist.«

»Das heißt?«

»Dreyer.«

»Du glaubst, Tamme hat Nina entführt?«

»Nein, dafür ist er nicht stark genug. Aber der Weg von hier zu ihm ist nicht weit. Er arbeitet mit den Entführern zusammen.«

»Sicher?«

Ich zögere. »Es ist die einzige logische Erklärung für Ninas Verschwinden. Ich hole eben die Waffe aus dem Safe. Dann durchsuchen wir noch schnell jeden Winkel deines Hauses.«

»Hast du das nicht längst gemacht?«, fragt sie entsetzt. Sie reißt sich los und stürmt aus dem Zimmer.

Ich renne ihr hinterher.

»Nina!«, brüllt Jule.

»Jule!«, zische ich. »Nicht ohne Waffen. Ich hab das Erdgeschoss durchsucht. Sie ist nicht hier. Aber wenn wir gleich alle dunklen Ecken ansteuern, müssen wir bewaffnet sein. Falls irgendwer dort lauert.«

Sie kehrt um und bückt sich nach dem Fleischklopfer. »Worauf wartest du? Hol endlich deine Pistole! Es ist unsere Schuld, falls ihr was zustößt.«

Als wenn ich das nicht wüsste.

27

LEANDER

In den fünf Minuten, die wir brauchen, um wirklich jede Ecke zu kontrollieren, verdoppelt sich die Lautstärke des Sturms. Falls wir nicht endlich handeln, kommen wir die nächsten Stunden nicht mehr aus dem Gebäude heraus, ohne auf der Straße unser Leben zu gefährden.

Im Haus gibt es keine Spuren von Nina. Irgendwer hat sie verschleppt und hält sie gefangen. Den Gedanken, dass wir zu spät kommen und sie gar nicht mehr lebt, verdrängen wir. Ich habe die Pistole und das Ersatzmagazin dabei, Jule hat sich für den Fleischklopfer und ein großes Messer entschieden.

»Wie schaffen wir es in Dreyers Haus?«, fragt sie und benutzt zum ersten Mal nur seinen Nachnamen. »Wir können wohl kaum bei ihm klingeln.«

Darüber habe ich mir in den letzten Minuten auch den Kopf zerbrochen. »Wir gehen von hinten über die Terrasse rein.«

»Willst du die Tür aufhebeln?«

»Das dauert zu lange. Und hinterlässt zu viele Spuren.

Aber wenn ein Ast dein Fenster durchschlägt, kann das bei ihm auch passieren. Shit happens.«

»Das hört er.«

»Nicht unbedingt. Oder er zieht wegen des Sturms die falschen Schlüsse.«

Mein aus der Not geborener Plan überzeugt Jule nicht. Trotzdem ist es unsere einzige Option.

»Hat er auf der Rückseite des Hauses einen Bewegungssensor?«, hake ich nach.

»Glaub nicht. So was brauchen wir hier auf der Insel nicht.«

»Ich schlag die Scheibe mit einem Hammer ein. Wenn wir einsteigen, hüte dich vor spitzen Scherben. Wir tragen dicke Kleidung, trotzdem ist das nicht ungefährlich.«

Jule nickt entschlossen. Aus ihrem Werkzeugvorrat schnappe ich mir einen Hammer mit breitem Kopf.

»Gehen wir!«

Ohne Zögern treten wir an die Ausgangstür. Da Nina in Lebensgefahr schwebt, ist für moralische Skrupel kein Raum mehr. Ihre Rettung hat höchste Priorität. Ich versuche, die Haustür aufzudrücken, doch der Sturm arbeitet gegen mich. Stöhnend stemme ich meinen ganzen Körper dagegen. Endlich geht sie auf, und wir schlüpfen nach draußen. Obwohl es noch Nachmittag ist, gibt es kaum Tageslicht.

Schon auf dem gepflasterten Zugang zur Pension tobt die Hölle. Es ist unfassbar laut, der Sturm zerrt an uns, die Regenmassen durchnässen uns in Sekunden. Ich beuge den Oberkörper vor und senke den Kopf, um weniger Angriffsfläche zu bieten. Bei einem kurzen Blick über die Schulter sehe ich Jule in einer ähnlichen Haltung. Wir kämpfen gegen die mörderische Wut des Orkans. Falls im Sturm ein schweres Objekt auf uns zurasen würde, wären wir ihm schutzlos ausgeliefert.

Bis zu Dreyers Grundstück brauchen wir zwar gefühlt ewig, werden aber von nichts getroffen, was der Orkan mit sich reißt. Wir umrunden das Haus und erreichen die Terrasse. Im Wohnzimmer brennt kein Licht. Kommt nun der kritischste Moment des Unterfangens? Wir stehen hier draußen auf dem Präsentierteller. Falls sich jemand in dem Raum mit einer Waffe verschanzt hat, kann er uns einfach erledigen.

Einen halben Schritt von der Glastür entfernt hole ich mit dem Hammer aus. Schon mein erster Schlag erzeugt Risse in der Scheibe. Beim zweiten Hieb zersplittert sie. Das Glasklirren ist im Heulen des Sturms nicht zu hören. Rasch haue ich einige Scherben aus der Fassung und lasse dann mein Werkzeug fallen.

Ich klettere in Dreyers Wohnzimmer und ziehe die Pistole aus der Jackentasche. Die Kapuze schiebe ich nach hinten, um bessere Sicht zu haben. Rasch scanne ich den Raum. Nichts deutet auf seine Beteiligung an Ninas Verschwinden hin.

Habe ich mich geirrt?

In diesem Augenblick kommt ein recht kleiner Mann aus dem Flur ins Wohnzimmer. Er wirkt entspannt, bis er mich bemerkt. Mit der Hand greift er zu einer im Schulterhalfter steckenden Waffe.

»Alexej!«, ruft er alarmierend.

Ich schieße und treffe ihn in die Brust. Der Mann fällt wie vom Blitz getroffen um. Der Lärm des Schusses hallt nach, und in meinen Ohren piept es. Sekundenlang irritiert mich das Geräusch. Ich taste mit der freien Hand nach Jule, um sie an mich zu ziehen. Zum Glück versteht sie, was ich von ihr will und sucht Schutz hinter mir. Das Piepen wird leiser. Oder übertönt der Sturm es bloß?

Ich suche hinter der Rückenlehne eines Sessels Deckung und warte. Kommt Alexej ins Wohnzimmer gestürmt, oder hat er den Warnruf seines Partners gar nicht vernommen? Beides halte ich für unwahrscheinlich. Ich an seiner Stelle würde mich verschanzen und darauf spekulieren, dass wir den Raum verlassen. Falls auch Dreyer bewaffnet ist, könnten sie uns ins Kreuzfeuer nehmen.

Hektisch schaue ich mich um und suche nach einer Alternative. Doch es gibt nur einen Zugang zum Wohnzimmer und somit keine Chance, ein Überraschungsmoment zu kreieren.

Ich drehe mich zu Jule um. »Du bleibst hinter dem Sessel. Falls du Schüsse hörst und ich keine Entwarnung gebe, rennst du über die Terrasse raus und holst Hilfe. Je schneller du unter Menschen bist, desto besser.«

Sie schüttelt energisch den Kopf. »Nein! Ich lasse Nina und dich nicht allein.«

»Und ich kann mich nicht auch noch um dich sorgen!«

»Musst du nicht! Ich komm schon klar.«

»Gegen zwei bewaffnete Männer? Mit einem Fleischklopfer? Soll Dreyer dir das antun, was er seinen Opfern angetan hat?«

Wir starren uns sekundenlang an, bis sie den Blick senkt.

»Okay, du hast recht«, sagt sie leise. »Wenn du ...« Sie bricht ab und nickt bloß.

Ich bin mir nicht sicher, ob ich ihrer Zusicherung vertrauen kann, doch mir fehlt die Zeit, um nachzuhaken.

»Wird schon schiefgehen«, muntere ich mich selbst auf. »Zögere nicht, zuzustechen, falls nötig.«

Jule ringt sich ein Lächeln ab. Ich atme tief durch und schaue wieder nach vorn. Der tote Angreifer liegt in der Nähe der Türschwelle. Erst jetzt denke ich an seine Waffe. Wenn es mir gelingt, sie Jule zuzuschieben, ist sie nicht völlig wehrlos.

Noch einmal drehe ich mich zu ihr um. »Traust du dir zu, mit einer Pistole umzugehen?«

Für einen Moment wirkt sie verwirrt, dann versteht sie, worauf ich hinauswill.

»Ich hab mal auf einem Schießstand geübt. War gar nicht so schlecht.«

»Wie lange ist das her?«

Sie denkt kurz nach. »Sieben Jahre.«

»Besser als nichts«, murmle ich und reiche ihr meine Waffe. »Schieß mir nicht in den Rücken.« Um keine weitere Zeit zu verlieren, verlasse ich die Deckung und krieche zu dem toten Angreifer. Ich nehme die Pistole an mich und überzeuge mich, dass sie geladen und entsichert ist. Wieder drehe ich mich zu Jule um und hebe einen Daumen. Am liebsten wäre es mir, wenn sie hinter dem Sessel bleiben würde, aber ich ahne, wie wenig Einfluss ich auf ihr Handeln habe. Sie ist in Sorge um ihre Zwillingsschwester und wird alles tun, was zu ihrer Rettung nötig ist.

Ich robbe zur Türschwelle und spähe in den Gang hinein. Auch im Flur ist keine Lampe angeschaltet. Ich erinnere mich an unseren letzten Besuch. Eine Treppe führt nach oben zum Schlafzimmer, auf den Stufen stand so viel Kram, dass die Gefahr zu stolpern hoch ist.

Die Windgeräusche, die durch die zerschlagene Terrassentür ins Haus dringen, nehmen überhand. Der Luftzug reicht bis zur Tür. Ich denke nach. Wie soll ich das Wohnzimmer verlassen, ohne zu wissen, wo sich Alexej aufhält? Lauert er im Dunkeln des Hausflurs? Oder auf den Treppen? Ich brauche Licht, muss aber gleichzeitig freie Hände haben, um vernünftig schießen zu können. Ohne Jules Hilfe geht es nicht. Ich robbe zurück, bis ich wieder hinter dem Sessel in Deckung bin.

»Im Flur ist es stockdunkel. Ich befürchte, dieser Alexej lauert dort. Vielleicht sogar zusammen mit Dreyer.«

»Was soll ich tun?«

»Mit der Handylampe leuchten. Traust du dir das zu? Es ist nicht ungefährlich.«

»Verlieren wir keine Zeit!«

Ich erkläre ihr die Position, zu der sie kriechen soll. Eines der vielen Möbelstücke in Dreyers Wohnzimmer würde ihr an der Stelle zumindest teilweisen Schutz bieten. Ich robbe zuerst zurück zum Türrahmen und halte die Pistole mit beiden Händen fest. Jule bewegt sich hinter mir vorsichtig, bis sie die angedachte Position erreicht hat. Sekunden später leuchtet sie mit der Taschenlampenfunktion ihres Handys in die Diele.

Ich sehe einen Mann, der auf dem oberen Treppenabsatz Stellung bezogen hat. Das plötzlich angehende Licht scheint ihn zu erschrecken. Er macht einen entscheidenden Fehler. Statt sich zu orientieren, schießt er auf die Lichtquelle. Durch das Mündungsfeuer habe ich einen zweiten Anhaltspunkt. Ich drücke ab. Der Mann ächzt und fällt kopfüber die Treppe hinunter.

»Bist du okay?«, schreie ich. Erneut klingelt es in meinen Ohren, und der Sturm trägt seinen Teil zur Geräuschkulisse bei.

»Ja«, antwortet Jule. »Er hat mich nicht getroffen. Ist er tot?«

Ich schaue in den Flur. Der Kerl bewegt sich nicht. Aber wo ist Dreyer? Wartet er auf seine Chance, mich abzuknallen? Ich greife zu meinem eigenen Smartphone und schalte die Taschenlampe ein. Über mir entdecke ich den Lichtschalter fürs Wohnzimmer und beschließe, das Risiko einzugehen. Ich gehe in die Hocke und taste danach. Kurz darauf erhellt die Deckenlampe den Raum und einen Teil des Hausflurs. Alexej bewegt sich nicht. Die vielen Stunden, die ich in meiner Vergangenheit auf dem Schießstand verbracht habe, zahlen sich aus. Zwei Schuss, zwei Treffer. Ich blicke mich um und entdecke im Boden ein Einschussloch. Ungefähr eine Armlänge von Jules Kopf entfernt. Um das Loch werden wir uns später kümmern müssen.

Jule starrt mit großen Augen zu der Stelle. »Das war knapp«, flüstert sie.

»Suchen wir Nina. Bleib hinter mir.«

Ich erhebe mich und betrete die Diele. Zuerst taste ich bei Alexej nach einem Puls. Der Mann ist tot. Ich nehme seine Waffe an mich und stecke sie ein. Langsam gehe ich die Stufen hoch und richte den Lauf nach oben. Als ich auf dem Treppenabsatz stehe, bemerke ich die nur angelehnte Durchgangstür.

»Dreyer, es ist vorbei. Ihre Helfer sind tot. Geben Sie auf!«, sage ich laut.

Er antwortet nicht. Ich winke Jule zu mir.

»Du wartest auf dem Absatz als meine Rückendeckung. Vor allem musst du die untere Etage im Blick behalten. Nicht, dass er sich von hinten anschleicht.«

»Okay.«

Langsam gehe ich die letzten Stufen hoch. Ich stoße die Tür auf und presse mich an die Wand.

»Bleib stehen!«, ruft Dreyer. »Sonst bring ich sie um.«

Deutet seine Drohung darauf hin, dass er keine Pistole hat? Oder will er mich bloß in den Hinterhalt locken? Ich orientiere mich kurz. Auch in dieser Etage gibt es einen kleinen Flur, von dem zwei Türen abführen. Eine ist geschlossen.

Ich renne los und rechne fast mit einem Schuss. Doch es passiert nichts. Nun stehe ich am anderen Ende des Gangs und bewege mich vorsichtig zurück. Im Schutz der Wand spähe ich in den Raum hinein.

Nina sitzt gefesselt und geknebelt auf einem Stuhl, ihr Gesicht zur Tür gerichtet. Dreyer hat sich hinter ihr aufgebaut. Er presst ihr eine Messerklinge an den Hals.

»Keinen Schritt weiter!«, warnt er mich.

»Nina lebt!«, rufe ich.

»Noch!«, droht Dreyer. »Bleibt, wo ihr seid.« Das Zittern seiner Hand verrät mir seine Anspannung. Er weiß, wie schwach seine Verhandlungsposition ist. Mit einem Messer zu einer Schießerei zu kommen ist einfach eine dumme Idee.

»Tamme, das machst du nicht!«, brüllt Jule. »Lass Nina in Ruhe.«

Ich übertrete die Türschwelle.

»Stopp!«, schreit Dreyer.

»Wenn du zustichst, erschieße ich dich«, sage ich seelenruhig. »Ich bin Polizist.«

»Als ob ich das nicht längst wüsste.«

»Knast oder Tod. Noch kannst du eine Wahl treffen.«

Wir starren uns an.

»Lass das Messer fallen! Das ist meine letzte Warnung. Du bist verhaftet!«

»Scheiße!«

Er folgt meinem Befehl. Das Messer fällt zu Boden. Glaubt er wirklich, ich sei in offizieller Mission hier?

»Jetzt weg von Nina! Setz dich aufs Bett und mach keine Dummheiten.«

Dreyer weicht in kleinen Schritten zurück, bis er ans Bettgestell stößt.

»Hinsetzen!«

Er nimmt Platz und lässt den Kopf hängen. Jule zwängt sich an mir vorbei. Sie zieht ihrer Schwester den Knebel aus dem Mund. »Bist du okay?«

»Ja. Habt ihr die beiden Scheißkerle erledigt?«

»Sie sind tot«, sage ich. »Beim Schusswechsel in Notwehr getötet.«

Dreyer blickt entsetzt auf. Ahnt er, dass die nächsten Minuten nicht so enden, wie er sich das vorgestellt hat?

Jule löst das Seil an Ninas Händen. »Sollen wir ihn damit fixieren?«

»Nicht nötig«, antworte ich. »An mir kommt er nicht vorbei.«

»Ich will einen Anwalt!«, fordert Dreyer.

»Und ich will Erklärungen.« Ich starte die Diktierfunktion meines Handys und lege das Telefon auf den Stuhl. Dass diese Datei nie jemand zu hören bekommen wird, muss Dreyer nicht wissen. Mein Handeln soll ihn in Sicherheit wiegen. Seine Überlebensinstinkte ausschalten. »Ich bin Leander Brodersen. Hauptkommissar beim LKA Hamburg. Vor wenigen Augenblicken habe ich Tamme Dreyer auf Baltrum in seinem Haus festgenommen. Die Vorwürfe lauten auf Mord und Freiheitsberaubung. Sobald das Sturmtief Viktor abgezogen ist, bringe ich ihn aufs Festland. Aber vorher werde ich Tamme Dreyer verhören. Er besteht auf einen Anwalt, den ich ihm momentan nicht zur Seite stellen kann.«

»Dann sag ich auch nichts«, brummt Dreyer.

»Das wäre ein schwerer Fehler. Woher kennen Sie John Sievers?«

Überrascht blickt Dreyer mich an. Mit dieser Einstiegsfrage hat er offenbar nicht gerechnet.

»Rede, du Schwein!«, zischt Nina.

»Ohne Anwalt sag ich nichts.«

»Das wollen wir ja sehen.« Nina nimmt das Messer und geht drohend auf ihn zu.

»Das könnt ihr nicht machen«, sagt Dreyer. »Folter ist verboten. Ihr müsst euch an die Regeln halten.«

»Ich schon«, behaupte ich. »Die Zwillinge nicht.« Ich greife zum Smartphone. »Ups. Mein Akku ist ziemlich schwach. Ich sollte keine Energie verschwenden.« Ich schalte den Mitschnitt aus.

»Das dürft ihr nicht!« In seiner Stimme liegt nackte

Panik. Offenbar hat er Angst vor den Schmerzen, die Nina ihm zufügen könnte.

»Wenn du ihn schneidest, muss es so aussehen, als hätte er sich das selbst zugefügt«, erkläre ich Nina. »Das ist wichtig, wenn ich ihn morgen in Untersuchungshaft bringe. Sonst zieht das einen elenden Rattenschwanz nach sich.«

»Nein!«, stöhnt Dreyer.

»Das kriege ich hin«, sagt Nina mit kalter Stimme. »Ich stech ihm in die Hand.«

»Nein!«, wiederholt er.

Nina macht den nächsten Schritt auf ihn zu und hebt das Messer.

»Darknet«, ruft er.

»Stopp!«, befehle ich Nina, die sofort innehält. »Was heißt das?«

»Ich bin im Darknet vor ein paar Wochen auf einen Hinweis gestoßen. Ein Mann suchte jemanden, der wie Jule aussieht. Ich wusste sofort, um wen es sich handelt. Er hat eine hohe Belohnung auf deinen Kopf ausgesetzt. Als ich auf dem Festland war, hab ich ihn getroffen. Fotos gezeigt. Auch von Ihnen.« Er schaut mich an. »Er hat Sie sofort wiedererkannt. Deswegen ist es keine Überraschung, dass Sie Bulle sind.«

»Und dann?«

Dreyer zögert. Ich nicke Nina zu.

»Schon gut!«, ruft Dreyer und hebt die Hände. »Sievers und ich haben uns finanziell geeinigt. Ich hab zwei seiner Leute in mein Haus gelassen. Wir wussten, der Sturm wäre die beste Gelegenheit. Er wollte über Zoom live bei Ninas Hinrichtung dabei sein. Das scheiß Netz ist ausgefallen, sonst wärt ihr zu spät gekommen.«

»Du verdammter Mistkerl.« Nina hebt ihre messerfreie Hand, um ihn zu ohrfeigen.

»Nina! Nicht!« Wir dürfen an ihm keine Spuren hinterlassen, die einen Arzt stutzig machen. Laut aussprechen darf ich das nicht. Zum Glück hält sie sich zurück.

»Du hättest dich nicht mit einem Menschen wie Sievers anlegen dürfen«, sagt Dreyer. Es klingt wie eine Rechtfertigung für sein Handeln.

»Und der Schwächeanfall heute war nur vorgetäuscht?«, vergewissert sich Jule.

»Was sollte ich machen?«, antwortet er. »Sie haben mich für meine Unterstützung bezahlt und die Regeln festgelegt. Dass ich den ganzen Tag unterwegs bin, kam nicht infrage.«

»Haben sie bar bezahlt?«, frage ich.

»Zwanzigtausend. Liegt in der Reisetasche im Schrank. Wenn ihr mich laufen lasst, könnt ihr die Kohle haben.«

Ich schaue mich unauffällig um. Dreyer schläft nachts auf einem großen Federkissen. Ideal für das, was mir vorschwebt. Er hat sich bei den Sturmschutzarbeiten krankgemeldet. Falls man ihn morgen früh tot in seinem Bett vorfindet, ohne Spuren eines Kampfes, könnte ich damit durchkommen. Ein Herzversagen ausgelöst durch den Stress wegen der Sturmflut. Vorausgesetzt, wir schaffen die beiden Leichen von Sievers' Handlangern aus dem Haus und überdecken das Einschussloch im Fußboden. Mindestens mit einem Teppich, besser mit einem Möbelstück. Außerdem müssen wir die drei Patronenhülsen finden und einstecken. Es gibt noch einige andere Details, an die wir denken müssen. Zum Beispiel einen großen Ast so zu platzieren, als hätte er die Terrassentür zerstört. Oder eine Dachschindel. Spuren von Feuchtigkeit wegwischen, die Jule oder mir von unserer nassen Kleidung getropft sind. Wir dürfen nicht die kleinste Kleinigkeit vergessen, denn oft sind es die unscheinbaren Dinge, die einem am Ende das Genick brechen.

»Geht raus!«, sage ich zu Jule und Nina. »Dreyer und ich unterhalten uns allein. Über die unglückseligen Frauen, die seinen Weg in den vergangenen Jahrzehnten gekreuzt haben.«

Er sieht mich erschüttert an. Nina packt unterdessen Jule am Handgelenk und zieht sie aus dem Zimmer.

»Wenn du Hilfe brauchst, sag Bescheid.« Sie schließt die Tür von innen.

»Ich will einen Anwalt!«, wiederholt er.

»Dafür ist es noch zu früh«, erwidere ich lächelnd.

28

JULE

Die Trauergemeinde marschiert quer über die Insel zwei Särgen hinterher. Wie ein langer, schwarzer Schatten ziehen wir gemäßigten Schrittes vom West- ins Ostdorf, um Theda und Tamme feierlich unter die Erde zu bringen. Am liebsten würde ich unauffällig einen Zahn zulegen, um das allgemeine Tempo zu erhöhen, aber aus der Reihe zu tanzen wäre respektlos.

Die ehemalige Bäckerin Theda Ricklefs ist letzte Woche während des großen Sturms einem Herzinfarkt erlegen. Sie starb allein, weil ihr Mann am Deich bei den Schutzmaßnahmen half und nicht bei ihr sein konnte, als sie ihren letzten Atemzug tat. Darum wird niemals jemand erfahren, ob es die Aufregung wegen der Sturmflut war oder ob die alte Frau auch ohne Unwetter gestorben wäre. Immerhin hatte sie erst kürzlich ihren achtzigsten Geburtstag gefeiert. Tamme Dreyers Todesursache wird ebenfalls für immer als Herzinfarkt in die Annalen eingehen. So hat es der Inselarzt in der Todesbescheinigung vermerkt, demnach hat alles seine Richtigkeit. Zwei alteingesessene Insulaner, die zufällig fast zeitgleich während eines Unwetters verstarben und nun unter großer Anteilnahme beigesetzt werden.

Es gibt kaum einen Insulaner, der nicht dabei ist. Beerdigungen auf Baltrum sind an Dramatik nicht zu überbieten, denn die Kirchen liegen weit vom Friedhof entfernt. Wenn das Ganze auch noch wie heute im Nebel stattfindet, wirkt es wie die Prozession in einem gruseligen Film aus längst vergangenen Zeiten. Mir ist kalt, und ich ziehe den Kragen meines Mantels möglichst hoch, den ich nur zu Beerdigungen aus dem Kleiderschrank hole. Alles an diesem Schrank erinnert mich an Tod, deprimierende Orgelmusik und Tränen.

Immerhin fand die Trauerfeier für beide Verstorbenen in der großen evangelischen Kirche statt, sodass alles in einem Abwasch erledigt werden konnte. Es gibt noch zwei weitere Kirchen, nämlich die alte Inselkirche neben Baltrums Wahrzeichen, der Inselglocke, und die reetgedeckte katholische Kirche.

Niemand nimmt großartig Notiz von mir. Wir hatten überlegt, ob Leanders Anwesenheit nötig sei, kamen jedoch zum Ergebnis, dass es niemanden interessiert, ob ein Feriengast bei den Beerdigungen dabei ist. Er bleibt zu Hause bei Nina und kümmert sich mit ihr um die toten Russen.

Ladies first, sogar über den Tod hinaus. Langsam lassen die Sargträger Thedas schlichten Eichensarg in die Erde hinab. Mein Vater und sie sind jetzt fast Nachbarn, denn sie findet ihre letzte Ruhe nur drei Grabstätten von ihm entfernt. Der Pastor spricht ein Gebet. Ich stehe mitten im großen Pulk der Trauergesellschaft neben dem Wattführerehepaar, das leise miteinander flüstert.

»Meinst du, es dauert noch lange? Mir frieren die Finger bald ab«, sagt sie.

»Nee, ich denke, das dauert nicht mehr lang, bis Tamme eingebuddelt ist. Dem hält bestimmt auch niemand eine Grabrede. In der Kirche ist schon alles gesagt worden.«

Die beiden behalten glücklicherweise recht. Eine Viertelstunde später ist Tammes Sarg im Grab verschwunden. Einige Leute werfen Blumen oder Sand hinterher, aber ich verzichte auf das Ritual. Es ist anstrengend genug, Haltung zu bewahren. Vor meinen Augen wird ein Mörder bestattet, von dem alle um mich herum annehmen, er sein ein guter Mensch gewesen. Ein guter Mensch – was bedeutet das eigentlich?

* * *

Meine Schwester und Leander trinken in der Küche ein Bier im Stehen, als ich zurückkehre. Nina kommt mir mit besorgtem Blick entgegen und streichelt meinen Oberarm.

»War's schlimm?«

»Ging eigentlich. Dafür, dass ich jetzt eine von euch bin, hab ich mich erstaunlich wacker geschlagen. Vor allem war die Beerdigung langweilig und arschkalt.«

»Du Arme, trink erstmal eine Tasse Tee. Aber bestimmt haben es die Russen noch kälter.«

Obwohl es sehr makaber ist, muss ich laut lachen. »Der war gut. Was machen wir denn jetzt mit den beiden?«

»Sie müssen schnellstmöglich verschwinden, so viel steht fest. Leander und ich wissen auch schon, wie.«

Alexej liegt im Keller in der großen Kühltruhe, die noch aus Papas Zeit stammt. Gott sei Dank habe ich dieses riesige Ungetüm nicht entsorgt, das wie durch ein Wunder seit Jahrzehnten ohne Unterbrechung kühlt. In der altmodischen Truhe lagern Fleisch und Gemüse; in dem modernen Gerät, das in seiner Optik an einen amerikanischen Kühlschrank erinnert, verstaue ich normalerweise Gefriergut wie

Eis, Himbeeren und Schnaps. Diese Lebensmittel mussten nun allerdings in Gaststätte und Küche zwischengelagert werden. Die Schubfächer sind ebenfalls entfernt, damit der kleine Russe reinpasst. Er steht eingequetscht zwischen Kühlpads und Eiswürfelbeuteln hochkant im Gefrierschrank.

»Schade, dass er noch keine Eiszapfen an der Nase hat«, findet Nina.

Mitten in der Nacht machen wir uns an die Arbeit und schleppen die Leichen nach oben. Inzwischen gelingt es mir besser, meine Emotionen auszuknipsen und die Distanz aufrechtzuerhalten. Es ist hilfreich, die toten Männer als Russen zu bezeichnen, auch wenn der Kleine aus der Ukraine stammt, wie seine Papiere verraten.

»Ihre Ausweise entsorge ich später an anderer Stelle«, sagt Leander, der den Transport im großen Handwagen vorbereitet. »Was wir aber nicht wegschmeißen, sind ein paar Zugangskarten für Türen und Schlösser, die sie bei sich trugen. Vielleicht ist was Brauchbares für uns dabei, das irgendwo reinpasst.«

Den Großteil übernehmen Nina und Leander, obwohl ich es auch hinbekäme. Einer packt die Beine, der andere den Oberkörper. Ich halte den Karren fest beim Umwuchten der Russen von der Waschküche nach draußen. Wir sprechen wenig und beeilen uns. Die Kerle sind massig und schwer, es dauert ein bisschen, bis sie in die Wippe passen und mit mehreren Wolldecken zugedeckt sind. Daneben verstauen wir zwei Spaten und eine Harke.

Der Mond ist die einzige Lichtquelle, als wir in der nächtlichen Stille zum Friedhof aufbrechen. Wie man es auch dreht und wendet, gibt es keine Schleichwege, die wir wählen könnten. Wir sind gezwungen, den normalen Weg zu nehmen, und hoffen, niemandem zu begegnen. Einer allein kann die schwere Fracht nicht schnell ziehen, es bedarf außerdem verstärkter Manpower beim Schaufeln. Zu dritt bringen wir es zügiger über die Bühne. Eilig schreiten wir voran.

Vorsichtig ziehe ich das Friedhofstor hinter mir zu. Leander und Nina zerren den Karren angestrengt über den Rasen. Die frisch ausgehobenen Gräber erkennt man beim Eintreten aufgrund der Trauerkränze sofort, und ich hatte obendrein längst berichtet, wo Theda und Tamme liegen.

»Der Kleine kommt zur Frau, und Tamme bekommt Besuch von Alexej«, sagt Leander.

Nina nickt. »Am besten, wir teilen uns auf. Jule und ich buddeln hinten, während du dir Tammes Ruhestätte vorknöpfst.«

Ich unterdrücke den Impuls, Einspruch einzulegen, weil wir keine Zeit haben. So dicht neben dem Grab unseres Vaters in der Erde rumzubuddeln, um einen russischen Verbrecher bei seiner neuen Nachbarin zu verstecken, ist eine Herausforderung. Nina kann meine Gedanken lesen. »Er ist tot, Jule, er bekommt nichts davon mit. Und falls doch, wäre sein Kommentar ...«

»Der Zweck heiligt die Mittel, ich weiß.« Ich zucke mit den Achseln und beginne zu graben.

Fast zeitgleich stoßen Leander und wir eine Viertelstunde später mit den Gartengeräten auf die Särge. Der Schweiß rinnt uns vor Anstrengung in Strömen über die Gesichter, als wir mit vereinten Kräften den letzten Rest beiseiteschaufeln, um die Holzkisten zu öffnen.

»Hoffentlich passen die Herren mit rein. Ist besser, wenn sie im Sarg liegen als oben drauf«, sagt Nina.

»Arme Theda, das hat sie echt nicht verdient. Ihre Brötchen waren immer so lecker.«

»Stimmt. Tamme hat's aber absolut verdient.«

Leander springt in die Gruben und verstaut die Leichen mehr schlecht als recht. Beide Särge gehen nicht wieder richtig zu, als endlich alle kuschlig beieinanderliegen. Für etwaige Sentimentalitäten bei Thedas Anblick fehlt mir mittlerweile die Kraft. Ich bin körperlich am Ende und will das nur noch hinter mich bringen.

»Los, Erde wieder draufschütten, und dann nichts wie weg hier, Mädels.«

Selbst Nina ist so erledigt, dass sie sich jegliche Reaktion erspart und Leander für das *Mädels* keinen mit dem Klappspaten überzieht.

Zu Hause entledigen wir uns im Flur der dreckigen Klamotten, und ich werfe die erste Ladung in die Waschmaschine.

»In ein paar Stunden schmeiße ich den Trockner an und wasche den Rest«, sage ich.

Leander geht zur Treppe. »Danke. Wir müssen noch überlegen, wie es jetzt weitergehen soll, bevor wir uns hinlegen. Was ist mit John Sievers?«

Nina zieht sich ungeniert das T-Shirt aus. »Was guckt ihr so doof? Ihr kennt mich doch beide nackt. Mit John Sievers, meinem speziellen Freund, kenne ich mich aus. Den erledige ich mit Vorliebe.«

»Das solltest du nicht ohne Hilfe angehen. Er hat seit einer Woche nichts von seinen Auftragsmördern gehört. Wer weiß, wie viel Paranoia das in ihm auslöst.«

Ich pflichte Leander bei. »Auf keinen Fall machst du das mit dem Rollstuhlfritzen allein. Das ist zu gefährlich.«

Nur mit einem Slip bekleidet, streckt sie die Arme vor

und gähnt. Ich glaube, sie genießt es, Leander in Verlegenheit zu bringen. »Von mir aus. Dann schlage ich vor, ich verlasse Baltrum so heimlich, wie ich gekommen bin. Ich schicke Jürgen eine WhatsApp, dass er mich noch vor Sonnenaufgang mit seinem Boot abholen soll.«

»Und Jule und ich folgen morgen mit der offiziellen Fährverbindung.«

29

LEANDER

Ich sitze in einem Mietwagen nicht weit von der Einfahrt zu der weißen Villa entfernt, in der John Sievers im Penthouse lebt. Nina und Jule werden in wenigen Minuten zu mir stoßen. Wir haben bei den Auftragskillern Zugangskarten gefunden, die uns vermutlich wie von Zauberhand Einlass ins Sievers' Reich bieten werden. Zumindest erinnert sich Nina daran, genau solche Karten bei Sievers gesehen zu haben, als sie ihr verhängnisvolles Date hatten.

Doch meine Gedanken gehören nicht dem Mann, dem wir vielleicht in den nächsten Minuten sein Lebenslicht auspusten. Sie sind bei Dreyer.

Hätte ich Nina und Jule die Wahrheit über seinen Tod gestehen müssen?

In meiner Erinnerung reise ich zurück in Dreyers Schlafzimmer.

Ich hatte ihm die Namen seiner Opfer entgegengeschleudert und behauptet, dass ihn ein Kollege schon seit geraumer Zeit verdächtigen würde. Ich hätte die Ermittlungen übernommen, weil der zuständige Hauptkommissar pensioniert worden sei. Ich nannte ihm Fakten, die alle der

Wahrheit entsprachen. Dreyer wusste, dass er nie wieder frei sein würde.

Plötzlich griff er sich an die Brust. Ich lachte ihn deshalb aus und riet ihm, mit dem schlechten Schauspiel aufzuhören. Bis ich einen Blick in sein Gesicht warf. So gut konnte niemand einen Herzinfarkt vortäuschen. Es war schmerzverzerrt. Dreyer kippte auf dem Bett nach hinten, rang nach Luft, stöhnte, wimmerte und verstummte schließlich.

Hätte ich ihn retten können? Vielleicht. Hab ich ihn ermordet? Nicht im juristischen Sinne. Wissen Nina und Jule darüber Bescheid? Nein.

Nina war begeistert von meiner Geschichte, der zufolge ich es geschafft hatte, Dreyer ein Kissen auf den Kopf zu drücken, ohne einen Kratzer abzubekommen. Sie war voll des Lobes, nachdem der Inselarzt den Totenschein ausgestellt hatte, ohne Zweifel an der Todesursache geäußert zu haben.

Warum verschweige ich ihnen die Wahrheit?

Mir ist es ernst mit meinem Ziel, böse Menschen zu bestrafen. Die Zwillinge fühlen sich mitschuldig an Dreyers Tod. Das sichert mir ihre Kooperation. Ich frage mich bloß, ob man unser Vorhaben auf einer Lüge aufbauen kann.

Röhrender Auspufflärm reißt mich aus meinen Überlegungen. Ein dunkler Sportwagen mit getönten Scheiben zieht an mir vorbei und steuert auf die Tiefgarageneinfahrt zu. Von meiner Position aus sehe ich, wie sich das Fahrerfenster öffnet und eine weibliche Hand eine schwarze Karte vor das Lesegerät der Zugangskontrolle hält. In der nächsten Sekunde fährt das Tor langsam hoch. Rasch steige ich aus und laufe die Einfahrt hinab. Wir haben bei den Auftragsmördern also tatsächlich die Zugangskarte für John Sievers' Penthouse gefunden. Wenn Ninas Erinnerung stimmt, kommen wir so auch einfach in die Wohnung.

Ich betrete die Garage und ziehe eine Sturmmaske aus meiner Jackentasche. Vielleicht hat Sievers seit seiner Konfrontation mit Nina Kameras einbauen lassen. Ich will mich meinen Kollegen nicht auf einem Silbertablett ausliefern.

Nina, Jule und ich treffen uns vor dem Fahrstuhl. Auch sie tragen Masken und Kleidung, die keine Rückschlüsse auf ihren Körperbau zulässt. Ich fordere den Aufzug an. Nach wenigen Sekunden erreicht er die Tiefgarage und öffnet seine Tür. Wie schon beim vorherigen Lesegerät hält Nina die erbeutete Karte vor ein schwarzes Feld. Automatisch leuchtet auf der Tastatur das Licht für die oberste Etage auf. Die Fahrstuhltür schließt sich.

Jeder von uns zieht auf dem Weg nach oben seine Schusswaffe, auf die wir jeweils Schalldämpfer geschraubt haben. Wir wissen nicht, welche Maßnahmen Sievers zu seinem Schutz ergriffen hat. Da oben könnte eine ganze Armee auf uns lauern.

Ich bemühe mich um eine flache Atmung. Je ruhiger ich bin, desto besser werde ich bei einem Schusswechsel treffen.

Wir erreichen die oberste Etage und stellen uns versetzt voneinander schussbereit in die geräumige Kabine.

Die Tür gleitet auf.

Niemand ist zu sehen.

Es dauert einen Augenblick, bis ich einen weiblichen Schmerzensschrei höre. Gefolgt von Sievers' Stimme.

»Zeig's der Schlampe! Reiß ihr den Arsch auf!«

Lustvolles Stöhnen erklingt. Das Klatschen von nackter Haut, die auf nackte Haut stößt. Und wieder Schmerzenslaute.

Wir bewegen uns auf die Geräuschquelle zu. Als ich die Ursache erkenne, traue ich meinen Augen nicht. Sievers sitzt unbekleidet in seinem Rollstuhl. Eine Hand liegt in seinem Schritt. Er bewegt sie auf und ab. Auf dem Bett kniet auf allen vieren eine fixierte, dunkelhaarige Frau. Hinter ihr hockt ein muskulöser Mann, der sie vergewaltigt.

»Stopp!«, schreie ich. »Runter von ihr. Sofort!«

Sievers schaut entsetzt zu uns. Der Vergewaltiger löst sich von seinem Opfer und versucht, an seine Waffe zu gelangen, die auf dem Nachttisch liegt. Nina ist schneller. Sie erreicht das Bett und tritt ihm mit voller Wucht unters Kinn. Das Muskelpaket sackt zusammen.

»Du blöde Schlampe«, zischt Sievers.

Trotz der Maskerade erkennt er Nina offenbar wieder. Sie zieht sich die Maske vom Kopf. Sievers wird kaum so dumm sein, seine Verbrechen in diesem Raum zu filmen.

»Hallo, John«, sagt sie.

Die dunkelhaarige Frau schluchzt.

»Ich kümmere mich um sie«, erklärt Jule.

Während Nina Sievers in Schach hält und ich die Pistole des noch immer bewusstlosen Muskelpakets einstecke, setzt sie sich zu der wimmernden Frau.

»Es ist alles in Ordnung«, flüstert Jule.

»No te entiendo«, sagt die Frau auf Spanisch. »No hablo alemán.« *Ich verstehe dich nicht. Ich spreche kein Deutsch.*

Jule legt ihre Waffe auf die Matratze und beginnt die Fesseln zu lösen.

»Du bist also nicht mehr in der Lage, Frauen zu vergewaltigen«, sagt Nina amüsiert. »Aber du kannst es dir noch selbst besorgen. Ironie des Schicksals für einen Wichser wie dich.«

»Du miese Fotze!«, zischt er. »Ich mach dich fertig und pinkle auf dein Grab.«

»Wirklich?«, fragt sie. »Ich bin gespannt, wie dir das gelingen wird. Kannst du zaubern? Du hättest Rebecca nicht töten dürfen. Damit hast du dein Todesurteil unterschrieben.«

Jule löst die letzte Fessel.

Und plötzlich geht alles ganz schnell.

Die Frau greift zu Jules Pistole. Die schreit: »Nein!«

Ehe ich reagieren kann, erschießt die Frau John Sievers mit einem Kopfschuss. Dann dreht sie sich zu ihrem Vergewaltiger um. Mittlerweile könnte ich einschreiten, aber ich halte mich zurück. Sie feuert das ganze Magazin auf ihren Peiniger ab, ehe sie schluchzend auf dem Bett zusammenbricht.

In der Küche unterhalten wir uns. Meine Spanischkenntnisse sind nicht schlecht, Nina hingegen spricht es perfekt. Wir erfahren von Juanita, dass sie vor acht Wochen hoffnungsvoll von Kolumbien nach Deutschland gekommen sei, angeblich mit der Aussicht auf einen Job als Kindermädchen. Stattdessen ist sie in der Hölle gelandet. Sievers und sein Bodyguard, der sich rund um die Uhr in seiner Nähe aufgehalten hat, haben sie hundertfach vergewaltigt. Meistens so wie an diesem Abend. Manchmal haben die Männer sie auch gezwungen, Sievers mit der Hand oder oral zu befriedigen. Ihre Rachetat, die beiden Männer zu erschießen, ist absolut nachzuvollziehen.

Wir beratschlagen uns. Auf ihren Hinweis hin finden wir ihren Reisepass in Sievers' Schreibtisch. Am Ende beschließen wir, ihr ein Flugticket zurück in die Heimat zu kaufen. Schon morgen wird sie in einem Flieger nach Paris sitzen, von wo sie weiter nach Kolumbien reisen soll. Bis dahin nimmt Nina sie mit zu sich nach Hause.

Was für eine verrückte Nacht! Aber irgendwie passt es zu den Ereignissen auf Baltrum.

* * *

Wir treffen uns am nächsten Tag am Flughafen und begleiten Juanita bis zur Sicherheitskontrolle. Nachdem sie den Detektor durchquert hat, dreht sie sich noch einmal um und hebt die Hand zum Gruß.

Ich räuspere mich, als wir den Ausgang ansteuern. »Habt ihr ein paar Minuten Zeit für mich? Ich muss euch was erzählen.« Ich darf ihnen die Wahrheit über Dreyer nicht länger verschweigen. Sie sollen nicht glauben, gezwungen zu sein, mich auf meinem Feldzug gegen schlimme Verbrecher zu unterstützen.

30

NINA

Es tut gut, zurück auf Baltrum zu sein. Endlich kann ich offiziell über die Insel gehen, ohne mich als Jule auszugeben. Ich kann sogar mit ihr zusammen am Hafen stehen und auf Leanders Ankunft warten. Meine Fähre kam heute früh an, seine jetzt am späten Nachmittag. Es ist bereits dunkel und schon wieder eisig kalt, wir sind fast allein auf dem gepflasterten Anlegeplatz. Manchmal habe ich an der Nordsee das Gefühl, es wird nie wieder Frühling. Weiter hinten auf dem Steg des kleinen Bootshafens ist ein bisschen mehr los. Es kommt mir so vor, als sei es Monate her, dass ich dort auf Jürgens Boot abgelegt habe. Dabei sind erst drei Wochen vergangen. Komischerweise fehlt mir der Nervenkitzel, ich bin einfach nicht für ein langweiliges Leben gemacht. Nachdenklich mustere ich Jule von der Seite. Wie können Zwillinge so verschieden sein? Sie liebt ihr überschaubares Leben und die ewig gleichen Rituale. Klar, ein paar Wochen im Jahr finde ich die Ruhe auch schön. Aber immer? Nein, danke.

»Wir sind schon echt unterschiedlich.«

»Hm«, brummt sie, ohne den Blick von der heranfahrenden Baltrum-Linie abzuwenden. »Gleich ist er da. Wollen wir uns irgendwo anders zusammensetzen, in ein Lokal vielleicht? Immer nur bei mir ist es doch auch langweilig.«

»Das geht nicht. Wir haben zu viel zu besprechen, von dem niemand was mitbekommen darf. Wenn Leander weg ist, kehre ich liebend gern mit dir woanders ein. Ich möchte zum Beispiel mal wieder im Witthus ein ordentliches Schnitzel essen!«

»Gute Idee, darauf hab ich auch Lust. Dann bereite ich uns gleich etwas Käse, Schinken und andere Leckereien zu.«

»Hast du zufällig noch tiefgekühlte Windbeutel?«

»Klaro. Die schmecken auch garantiert nicht nach totem Russen. Ich hatte die Süßspeisen extra aus dem großen Gefrierschrank genommen und ins Eisfach vom Küchenkühlschrank getan.«

Ich korrigiere meine Gedanken von vorhin und muss lachen – meine Schwester ist kein bisschen langweilig. »Alle Achtung, Schwesterherz, das war eine sehr kluge Entscheidung. Windbeutel à la toter Russe hätte ich dankend abgelehnt.«

* * *

Jule stellt eine Schale mit Nüssen und Chips neben die anderen Speisen und setzt sich zu Leander und mir an den Stammtisch. An die Eingangstür hat sie das *Heute geschlossen*-Schild gehängt, damit wir unsere Ruhe haben.

»Guten Appetit.«

»Danke. Ich seh schon, ich werde hier wieder gemästet. Schade, dass ich nur so kurz hier bin, aber so komme ich morgen vielleicht zumindest in den Genuss deines tollen Frühstücks ...?«

Sie lächelt geschmeichelt. »Natürlich.«

»Wundervoll!«

Ich verschlucke mich hustend an einer Nuss. »Wir sollten jetzt mal endlich unsere Punkte durchgehen und alle relevanten Informationen austauschen.«

Leander streckt den Rücken durch. »Du hast recht. Als Erstes die Frage, wie es auf der Insel aussieht. Jule, ist dir was Verdächtiges aufgefallen? Redet man über Tamme? Fällt dir sonst noch was ein, was dir seit den Vorkommnissen ungewöhnlich erscheint?«

»Nein, hier geht alles seinen gewohnten Gang. Ich gehe fast jeden Tag unauffällig zu den Gräbern und tu so, als besuche ich unseren Vater, was ja auch stimmt. Gelegentlich werfe ich einen Blick zu Theda und Tamme. Jedenfalls waren wir die Letzten, die da rumgewühlt haben. Die Trauer um die beiden hält sich offensichtlich in Grenzen. Keine frischen Blumen, keine Besucher.«

»Sehr gut. Und tratschen die Leute? Hast du in dieser Richtung was mitbekommen?«, frage ich.

»Nö, bloß das übliche Gerede über die Sturmflut, Sturmschäden und so was. Nichts im Dorfklatsch deutet darauf hin, dass jemand Verdacht geschöpft haben könnte. Tammes Erbschaft ist ungeklärt. Irgendwann wird wohl das Schussloch im Boden auffallen, aber zum Glück steckt kein Projektil mehr drin.«

»Vermutlich sind irgendwo in Tammes Haus die Souvenirs, die er von seinen Mordopfern eingesteckt hat. Hoffen wir, dass der glückliche Finder nicht die richtigen Schlüsse zieht«, sagt Leander.

»Angeblich ist ein Investor aus Sylt an dem Grundstück interessiert, um ein modernes Haus hinzusetzen. Vielleicht wird alles abgerissen, und die Sachen landen auf dem Müll.«

»Das wäre perfekt. Aus Hamburg gibt es auch nur gute

Nachrichten für uns«, teilt Leander mit. »Die Spurenlage ist eindeutig. An dem toten Bodyguard haben sich DNA-Spuren einer unbekannten Frau sichern lassen. Die zuständigen Kollegen haben herausgefunden, dass die in einem Raum als Gefangene gelebt hat. Das Zimmer war voller Fingerabdrücke, Haare und sonstiger Spuren von ihr. Für die Polizei stellt es sich so dar, als habe sie es irgendwie geschafft, sich während einer Vergewaltigung zu befreien und zu rächen, bevor sie verschwunden ist.«

»Was sagt dein Partner?«, will Jule wissen.

»Er hat mit mir nur einmal über Sievers gesprochen und gefragt, ob dessen Tod nicht ein großer Zufall sei, nachdem ich mich über ihn erkundigt hätte. Ich hab bloß mit den Achseln gezuckt. Je weniger man in so einem Fall antwortet, desto besser.«

»Akzeptiert er es?«, frage ich.

»Niemand weint Sievers eine Träne nach. Der Fall wird als ungelöst in den Archiven verschwinden.«

Ich beiße erleichtert in eine Käsestange und schiebe anschließend meinen Teller und das Besteck zur Seite. »Das klingt gut. Dann kommen wir zum Grund unseres heutigen Wiedersehens. Ich will euch etwas vorführen, das mich ein paar Wochen Arbeit gekostet hat.«

Ich starte meinen Laptop und rufe den Tor-Browser auf.

»Du hast eine Seite im Darknet online geschaltet?«, folgert Leander.

»War nicht schwierig. Ich hatte schon befürchtet, einen IT-Experten aus meiner Firma zu Rate ziehen zu müssen, aber ich hab's mit etwas Tüftelei auch allein geschafft.«

»Ist das nicht verboten?«

»Jule! Was ist das denn für eine doofe Frage?« Ohne ihre Antwort abzuwarten, fahre ich fort. »Die Seite ist programmiert. Frustrierte oder desillusionierte Polizisten können anonym Details über Ermittlungen preisgeben, bei denen sie sicher sind, den Mörder zu kennen.«

»Alle Achtung«, sagt Leander. »Da hätte ich schon viele Ideen für Beiträge. Gilt das nur für Morddelikte?«

»Nein. Jegliche Täter, bei denen deine Kollegen und du es nicht schaffen, sie zu verhaften oder deren Taten nachzuweisen. Logischerweise gilt das für die übelste Sorte von Verbrechern.«

»Wie soll man deine Seite finden? Leander kennt sie jetzt, aber er kann doch schlecht rumposaunen, dass meine Schwester eine geheime Datensammelstelle im Darknet eröffnet hat.«

Leander räuspert sich. »Na ja, ohne konkret darauf einzugehen, glaube ich durchaus an die Reichweite. Als Polizist stehen mir ... wie soll ich es ausdrücken ... gewisse Möglichkeiten für so etwas zur Verfügung.«

»Aha. Ich muss nicht alles verstehen, oder?« Jule klingt leicht beleidigt.

Ich nehme das Zepter wieder in die Hand, denn ich ahne, warum Leander vage bleibt. Selbstverständlich ist nicht alles legal, aber wen juckt das? Mich jedenfalls nicht. »Ich habe mir darüber meine Gedanken gemacht. Die Website wird schon die entsprechende Zielgruppe erreichen. Außerdem bin ich davon überzeugt, den perfekten Namen für das Projekt gefunden zu haben. Dadurch verschaffen wir uns garantiert Aufmerksamkeit.«

»Wie soll die Seite denn heißen?«, fragt Jule.

Nach einer Kunstpause und einem tiefen Blick in die Augen der beiden lasse ich die Bombe platzen: »Stumme Jule.«

»Hahaha!«, lacht meine Schwester los. »Nicht dein Ernst! Was ist das für ein bescheuerter Name?«

»Mein voller Ernst«, widerspreche ich.

»Das kann doch nur ein Scherz sein. Stumme Jule, also bitte!«

Auch Leander wirkt überrascht, hält sich jedoch zurück und wartet meine Erklärung ab.

»In manchen Kindergärten gibt es eine Art Geheimcode, den die Erzieherinnen benutzen, um die Kinder zur Ruhe zu bringen. Wenn die wilde Meute zu laut ist, sagt eine Erzieherin *Stumme Jule ab jetzt*! Der Ausspruch gilt quasi als Wettbewerb, wer es am längsten aushält, die Klappe zu halten. Auch untereinander nutzen die Kleinen das manchmal spielerisch. Darf natürlich nicht überstrapaziert werden, und wirkt sowieso nicht lange.«

»Nett. Der Zusammenhang zur Seite im Darknet ist allerdings schon sehr weit hergeholt«, sagt Leander.

»Möglich, ist aber trotzdem einzigartig. Außerdem ist das noch nicht alles. Jules Name ist nämlich genial, weil er alle Bestandteile enthält, um die es uns geht. Judikative, Legislative, Exekutive. Versteht ihr? Ju für Judikative, L für Legislative ...«

»Mein schöner Name wird durch den Kakao gezogen.«

»Kannste mal sehen, was alles in dir steckt. Aus Nina ergibt sich zumindest rein gar nichts Brauchbares, und Leander bietet auch keine Interpretationsmöglichkeiten. Ich habe wirklich Diverses durchgespielt und bin zum Ergebnis gekommen, dass die drei Staatsgewalten es auf den Punkt bringen.«

Leander erhebt sich und nimmt eine herrschaftliche Pose ein. »L'état, c'est moi, wie Sonnenkönig Ludwig es ausdrückte. Ich bin der Staat. Oder in unserem Fall: *Wir* sind der Staat. Richtig?«

»Korrekt. Genau darum geht es. Wir sorgen wie eine richterliche Gewalt dafür, dass die vom Gesetzgeber erlassenen Gesetze vollstreckt werden. Darüber muss Stillschweigen bewahrt werden, weswegen das Adjektiv *stumm* hervorragend passt.«

»Du Streberin.« Jule zwinkert mir zu. Sie mag den Namen jetzt doch. Auch Leander nickt vor sich hin.

»Tja, wer kann, der kann. Gebt zu, meine Idee ist super.«

»Nicht übel«, sagt Leander.

»Von mir aus.«

Ich ziehe den Laptop zu mir. »Dann geben wir *Stumme Jule* im Darknet frei?«

Leander hebt den Daumen, meine Schwester schließt sich der Geste an. Ich werte das als Startzeichen und schalte die Seite mit einem Klick online.

»Stumme Jule ab ... jetzt!«

* * *

Leander und ein Dutzend weiterer Passagiere warten auf die Freigabe der Gangway, um das Schiff zu betreten. Jule und ich haben ihn bis hierhin begleitet. Ich bleibe noch einen Tag länger auf Baltrum, bevor ich nach Hamburg zurückkehre.

Hoffentlich verschwindet er gleich. Ich hasse Abschiedsszenen, egal, ob mir jemand etwas bedeutet oder nicht. Ich bin heilfroh, wenn der Bulle weg ist. Trotzdem lächle ich nett und tu ohnehin alles, was man in einer solchen Situation erwartet.

»Dann gute Überfahrt«, sage ich. »Wenn du Glück hast, gibt es im Schiffskiosk eine Bockwurst. Die schmeckt nirgends so fantastisch wie dort.«

»Nein, heute nicht, dafür sind gleich zu wenig Passagiere an Bord.« Jule kramt in ihrer geräumigen Handtasche und zieht eine Plastikdose heraus. »Hier ist etwas Proviant. Nichts Großartiges, aber vielleicht schmeckt es dir.«

Meine Schwester überreicht ihm das Lunchpaket und senkt den Blick. Auch ihr scheint nicht nach großer Abschiedsszene zu sein, trotzdem will sie den Aufgaben einer Pensionsbesitzerin gerecht werden.

»Danke. Wie lieb«, sagt Leander. Er zeigt auf die Fähre, die nun für die Passagiere freigegeben ist. »Dann geh ich mal. Macht's gut!«

Er scheint ebenfalls keine großen Reden schwingen zu wollen. Was für ein Glück.

Er hebt die Hand zum Gruß und sieht jedem von uns in die Augen. Vermutlich denken wir drei gerade alle in die ähnliche Richtung: Man darf gespannt sein, ob wir je wieder etwas von der Stummen Jule hören.

Leander dreht uns den Rücken zu. Ohne über die Schulter zu blicken, betritt er das Schiff und verschwindet schnell im Innenraum.

»Gehen wir«, sagt Jule. »Ich hab uns einen Tisch im Witthus reserviert. Die freuen sich alle, dich endlich mal wiederzusehen.«

Ich hake mich bei Jule unter. »Und ich freue mich auf unsere Geschwisterzeit. Es ist schön, hier zu sein.«

»Trotzdem kannst du es kaum erwarten, in den Großstadttrubel zurückzukehren.«

Lachend entfernen wir uns vom Hafen. In dieser Sekunde setzt eine Propellermaschine zur Landung an. Jule hebt winkend den Arm. »Das ist Olaf! Der kommt übrigens gleich auch. Er hat angeboten, dich morgen nach Hamburg zu fliegen. Falls du Interesse hast.«

»In einem Flugzeug zurück? Natürlich!«, juble ich.

»Und so haben wir morgen noch ein paar Stunden länger Zeit für Zwillingsdinge.«

Ich ziehe Jule an mich und gebe ihr einen Kuss auf die Wange. »Hab dich lieb.«

»Ich dich auch.«

»Wenn dir was passiert, bringe ich Leander um. Das sollte ihm klar sein.«

»Ist es. Aber mir passiert schon nichts. Ich kann mir nicht vorstellen, jemals eine Nachricht über die Seite zu bekommen. Das funktioniert niemals!«

Ich brumme lediglich. Auf der Welt gibt es genug schlechte Menschen, die ungestraft davonkommen. Vielleicht ändert sich das ja durch uns. Ich hoffe es zumindest. Aber dafür müsste sich irgendwer mit uns in Verbindung setzen.

Mal sehen, was die Zukunft so bringt.

NACHWORT

Liebe Leserinnen und Leser,

falls Sie nicht zu den Menschen gehören, die zuerst das Nachwort aufschlagen, haben Sie gerade eben unseren ersten gemeinsamen Roman seit knapp sechs Jahren gelesen. Eine ziemlich lange Zeit für zwei Autoren, die sich beim Schreiben eines gemeinsamen Buchs 2015 ineinander verliebt haben.

Dass wir so lange keine Zeit für ein gemeinsames Werk hatten, lag vor allem an den vielzähligen Projekten, die wir in den letzten Jahren veröffentlicht haben.

Seit dem im Oktober 2016 veröffentlichten Thriller *Bruderlos* sind von uns über 40 verschiedene Romane (und teils auch Sachbücher) erschienen. Keine so schlechte Quote für kaum mehr als fünf Jahre. Da bleibt nicht immer Zeit für jedes Projekt, das man sich vornimmt. Die Idee eines gemeinsamen Nordsee-Thrillers geisterte allerdings schon länger in unserem Kopf herum, nicht zuletzt deshalb, weil Kirsten einige Jahre ihrer Kindheit als *Insulanerkind* auf Baltrum gelebt hat. Im gleichnamigen Buch können Sie ihre

Erlebnisse übrigens nachlesen und dabei noch mehr Nordseeduft in literarischer Form schnuppern. Nähere Informationen finden Sie in den Lesetipps nach diesem Nachwort.

Im Frühherbst 2021 beschlossen wir dann, endlich Nägel mit Köpfen zu machen. Nach einem Baltrum-Aufenthalt zu Recherchezwecken setzten wir uns an *Stumme Jule* und haben es sehr genossen, endlich mal wieder gemeinsam an einem Projekt arbeiten zu können. Das Schreiben zu zweit löst ganz andere Gefühle aus als das einsame Arbeiten an einem Manuskript. Das unmittelbare Feedback des jeweils anderen lässt die Freude am Schreiben erheblich steigen. Nun hoffen wir, auch Ihren Geschmack getroffen zu haben. Uns jedenfalls hat es großen Spaß gemacht, und wir hätten nichts gegen eine Fortsetzung einzuwenden.

Wenn Sie Lust haben, können Sie uns Ihre Meinung gern mitteilen. Neben persönlichen Nachrichten freuen wir uns auch über Rezensionen, die Sie auf der Produktseite von *Stumme Jule* bei Amazon hinterlassen können. Dafür bedanken wir uns sehr herzlich! Von Ihren Reaktionen machen wir es übrigens abhängig, ob Jule, Nina und Leander in weiteren Büchern auftreten. Falls ja, müssen Sie auch keine fünf Jahre warten. Das versprechen wir!

Wenn Sie es noch nicht getan haben, dann tragen Sie sich doch bitte in unsere Newsletter ein, durch den Sie immer auf dem neuesten Stand sind, was unsere Veröffentlichungen anbelangt. So helfen Sie uns ganz besonders!

www.marcus-huennebeck.de/newsletter
www.kirstenwendt.de/newsletter

Alle neuen Empfänger von Marcus Hünnebeck erhalten übrigens die Kurzgeschichte *Die Namen des Todes – Die Jagd beginnt* als Dankeschön geschenkt.

Per E-Mail kontaktieren Sie uns unter:

kontakt@marcus-huennebeck.de
kirsten.wendt@outlook.de

Per Facebook erreichen Sie uns wie folgt: www.facebook.com/MarcusHuennebeck www.facebook.com/WendtHuennebeck

Und per Instagram unter

www.instagram.com/marcushuennebeck
www.instagram.com/kirstenwendt

Vielen Dank und herzliche Grüße

Ihre

Kirsten Wendt-Hünnebeck & Marcus Hünnebeck

LESETIPPS

Unsere bisher erschienenen gemeinsamen Thriller *Bruderlos* und *Opferraum* gibt es nicht nur einzeln zu kaufen, sondern auch als preisgünstigen Sammelband, in dem Sie beide Romane zum Preis von einem bekommen:

Du sollst mich lieben

Bruderlos: Ein brutaler Serienmörder beobachtet sein nächstes Opfer. David Storm wird in die Mordkommission versetzt, als die Polizei endlich eine erfolgversprechende Spur entdeckt. Sein Bruder Alexander wittert die Chance, von der Mordserie zu profitieren. Der Schriftsteller entlockt dem Polizisten geheime Informationen und schickt die beiden dadurch in einen Strudel aus Hass, Verrat, Geheimnissen und Tod ...

Opferraum: Delias Ehe ist am Ende. Ihr Mann Gregor betrügt sie mit einer Jüngeren, und Delia glaubt, dass er mit ihrem Familienerbe durchbrennen will. Panisch sammelt sie Beweise für das Scheidungsverfahren, als sie endgültig zum

Opfer wird. Von einem Fremden brutal verschleppt, findet sie sich eingesperrt in dessen Wohnung wieder. Was will der Entführer von ihr? Handelt er in Gregors Auftrag? Oder ist sie zufällig ins Visier eines unberechenbaren Psychopathen geraten? Während Delia nach Antworten sucht, hat der Kampf ums Überleben längst begonnen.

Falls Sie Lust auf nicht-kriminellen Nordseelesestoff haben, seien Ihnen Kirstens Kindheits-Memoiren ans Herz gelegt:

Insulanerkind

Erwachsene denken immer, Kinder hätten keine Probleme: gar nicht wahr.

Zuerst sieht beim Umzug auf die kleinste ostfriesische Insel alles nach einem riesengroßen Abenteuer für Kirsten aus. Am Hafen himmelt sie die Schlagerstars der Siebzigerjahre an, die auf Hitparaden-Tour mit Dieter Thomas Heck unterwegs sind. Und in der Mittagshitze am Strand heult sie dicke Tränen, weil sie eine Folge von „Heidi" verpasst hat.

Die autofreie Insel ist ein Paradies für Kinder. Doch rasch entwickelt sich die neue Heimat zu einem Ort der Einsamkeit. Allein unter lauter Insulanern, sehnt sie sich nach einer Vertrauten – und findet sie schließlich in einem Gästekind. Als die beste Freundin vom Festland schwer erkrankt und Kirstens Eltern ihre eigenen Probleme mit dem Leben auf Baltrum bekommen, beschließt sie, die Dinge selbst in die Hand zu nehmen.

Und falls Sie wissen wollen, was Marcus in den letzten Jahren veröffentlich hat, finden Sie hier eine Auswahl:

<u>Die KEG-Reihe:</u>

Die Todestherapie
Der Wundennäher
Der Schädelbrecher
Blut und Zorn
Die TodesApp
Muttertränen
Todesschimmer
Vaters Rache
Rachekrieger
Der Geisterfahrer
Nesthäkchens Schrei
Bittere Brut
Tödlicher Fake
Schreikind
Eiskalte Reue
Der Schattenbringer
Der Mädchenpflücker
Feuerqual
Totgeschlagen
Böser Sandmann
Der Blutmaler

Die Buchinger-Reihe:

So tief der Schmerz
Kein letzter Blick
Wundenherz
Zu viel gesehen
Zwischen den Seiten

Printed in Poland
by Amazon Fulfillment
Poland Sp. z o.o., Wrocław

87720840R00155